MINGUO TONGSU XIAOSHUO
DIANCANG WENKU

民国通俗小说典藏文库·冯玉奇卷

罪

冯玉奇 ◎ 著

中国文史出版社

目　　录

第一回

罪恶的展开

上海的夜都会，比白天里更要热闹得多，虽然天空是那么的漆黑，但是被下面霓虹灯光的反映，天空由黑漆的也会变成紫红的颜色，高大建筑物内播送着一阵阵悠扬的乐声，映射出一层层迷离的灯光。女人的娇靥，女人的媚笑，一切都显出令人魂销的神秘，在这歌舞升平的时候，一班青年的男女，也无不全体出动前来活跃了。

这是一个秋天的晚上，星月都很皎洁，万里无云，天高气爽。在一个幽静的角落里，四周是显得分外的寂寞，不过有座矗立在半空中的大厦，门口却亮着五光十色的电灯，点缀得通明仗亮。而最使人触目的，是用红色灯泡编成两个挺大的字样，很明显的是"绿宝"两个字，这在远远的地方望过来，也很可以瞧得清楚这是一座多么富丽的大厦。瞧了这一座大厦，谁都想进去瞧瞧，希望出来的时候两手可以捧满了钞票，因为这屋子里是尽藏着迷人的钞票呀！

绿宝俱乐部的房屋虽然是这么的富丽堂皇，不过它的四周却散布着许多衣衫褴褛的流浪者，闪躲在黑暗的壁角里、树荫旁。秋风吹着树叶儿奏出雪瑟的声响，这音调是包含了无限凄凉的成分。这在这个当儿，忽然开来了一辆簇新的汽车，汽车在绿宝门口停下的时候，就有一个身穿紫红色制服的侍童很快地步到汽车的旁边，把车厢拉开，侍候里面的人跳下了汽车。

汽车内跳下的是三个身穿西服怪年轻的男子，瞧他们的年纪，都在二十左右，他们跳下汽车之后，一阵叽咯的皮鞋声响，三个人一前一后地便步进绿宝俱乐部的大门去了。这三个西服少年一个叫贯黎明，一个叫蒋泽，还有一个叫司马起。三个人中算司马起最年轻、最俊美，他是一个入世未深的少年，今夜到绿宝俱乐部里来游玩，原是被他们硬拖了来的，因为他们是在一个学校里读书的同学。

司马起跟着贯黎明和蒋泽，一脚跨进了里面，身子就感到一阵热烘烘的，同时听到女子喉咙的声音，高叫着"开啦！开啦！"这声音是怪清脆的，听到青年人的耳朵里，至少是包含了一些诱惑的成分。司马起到赌场里来游玩，可说还是破题儿第一遭，所以他对于这开啦开啦的叫声，当然有些莫名其妙的，这就拉了拉蒋泽的衣袖，望了他一眼，低低地问道：

"蒋泽，开啦开啦，这是怎么的一回事呀？"

"你且别问，我伴你到一只台子旁去坐坐，你就晓得了。"

蒋泽听他这么地问，忍不住扑哧地一笑，遂拉了他的手，挤进到人缝里面去，拉开三只空椅子，大家坐了下来。司马起方才瞧清楚这是一张长长的台子，对面坐着的都是十七八岁的小姑娘，当中一个姑娘，手捧了摇缸，摇了三摇，放在桌子上。她口里喊着开啦开啦，原来是催客人快些把钞票放下去的意思。捧摇缸姑娘的两旁有四个姑娘，她们面前都放着钞票盘子，专门管理赔吃的职司。台子的两端，一面写着大字，一面写着小字，旁边是写着四五六七八一直到十八为止的阿拉伯码子字。司马起还有些看不懂，遂向贯黎明问道：

"这是怎么样赌法的？这些阿拉伯码子字是什么意思？"

"你看不明白吗？我告诉你，摇缸里面是三粒骰子，三点至十点算小，十一点至十八点算大，打大小就是这样的意思，和轮盘赌押红黑是一样的道理。至于四五六七八的字母，等于轮盘赌中的押孤丁，你把钞票放在四字的码子上，回头她若开出来的齐巧是两只一点、一只两点，

2

那么你这个四点上就押着了。这是一元赔六十元，听来是很引人，只不过很难中罢了。"

贯黎明一面絮絮地告诉他，一面把手向他一拉，指了指台子上画着的大小字里，只见两旁大小上都有钞票押下去。司马起听那摇缸的姑娘又连喊着开啦开啦，见没有什么人再押了，于是她把那只黑漆的铁罩子取去，里面还有一层玻璃罩，在玻璃罩内有三粒骰子呈现着，听摇缸的姑娘高声地叫道：

"双四五，十三点，大里向有了。"

司马起见那管赔吃的姑娘把押小字上的钞票都拿进钞票盘子里去，然后再赔给押在大字上的钞票。黎明和蒋泽拿了红蓝铅笔，在一本小册子里记下了两个四字和一个五字。司马起不明白似的又悄悄问道：

"你们记下来做什么？"

"看他开几次大？这是给赌客们做个参考用的，有时候开一记大一记小，有时候一连开了七八次的大，或者是小，这很奇怪的，你也记下来，心里便可以有了一个打算。照我看来，这是'摇路'的架子，所以我预备押小。老蒋，你以为我说的意思怎么样？"

贯黎明一面向他告诉着，一面回眸望了蒋泽一眼，低低地向他征求同意。蒋泽点了点头，沉吟了一会儿，说道：

"你的意思很不错，依我看来，两只四翻转来是两只三，一只五翻转来是两点，所以还可以押一下八字上的孤丁。"

蒋泽说着话，他在西服袋内摸出一百元钱，把九十元钱放在小字上，把十元钱押在八点的数目字上。黎明也取出一百元钱来，照蒋泽的样子一样押法，因为司马起并不动手，这就望了他一眼，笑道：

"既来之，总要押一下的，为什么呆坐着？你看我们的样子押法，准叫你满载而归的。司马，你怎么啦？快些呀！回头开了一下小，机会错过，岂不可惜？"

"你们押孤丁八点，我以为太冒险，万一来了一个七点，这不是白

3

费心血吗？"

司马起被他一催促，于是也在袋内摸出一百元钞票，五十元放在小字上，五十元放在七八点上。黎明见了，忍不住笑道：

"说起来你是门外汉，谁知赌门槛却比我们还紧哩！望他开了一个七点，我们这二十元钱情愿送掉的。"

这时管赔吃的那个姑娘见他们三个人落手阔绰，于是含笑送过来十五支大前门香烟，分给他们一个人五支，说道：

"你们三位押得真不错，已经'摇路'了好多次哩！望他开个七八点，小开给我们吃头钿好吗？"

"那当然再好也没有的了，只要开个七八点，还会不赏你们的头钿吗？"

蒋泽今年二十四岁，三人中是老大，他的资格最老，脸皮也比较厚些，笑了一笑，一面吸着烟卷，一面对她点了点头回答。司马起见那姑娘身穿一件花青条子呢的长袖旗袍，一头高耸卷曲的长发，覆着下面一个瓜子的脸。她的粉脸上虽然并没有涂着脂粉，因为里面空气闷热的缘故，所以把她的两颊也透现了一层青春的红晕，眉毛弯弯的，仿佛是两条垂柳的叶子，那一双明眸非常的灵活，说话的时候，露着一排整齐玉洁的牙齿。在电灯笼映之下，只觉容光焕发，自有一股子醉人的风韵。她的两手很白胖，手背上都印着一个一个的潭，那只无名指上还戴着一枚亮晶晶的钻戒，虽然她的手指上没有涂着紫红的指甲油，可是也令人感到她的可爱。司马起不禁暗想：这样白胖的手，其软可知，假使能够把她握一握的话，那真够人甜蜜的哩！一会儿又想：想不到一个赌台上的姑娘，居然也戴着金钢钻的戒指，那么她们收益真也可想而知的了。

司马起望着那个姑娘的粉脸，只管呆呆地想。不料冷不防有阵尖锐的叫声触送到他的耳鼓，把他从沉思中惊觉过来，很显明地她叫着道：

"一二四七点呀！好，这位小开押中了，真是鸿运高照的。小开是漂亮人，我们可以吃头钿的了。"

"你这小妮子别啰唆了，人家这三位先生是早已答应过我们的了。"

那个身穿花青条子呢旗袍的姑娘笑盈盈地逗给那个捧摇缸姑娘一个白眼，一面说着话，一面赔着押在小字上的钞票。赔到司马起的时候，她先把小字上赔他五十元，然后在七八点的五十元钞票拿来，秋波斜也了他一个媚眼，笑道：

"七点上一元赔十二元，你押二十五元，带本一共三百二十五元，小字上我不吃你的头钿，点子上应该客气一些，先生，赏五十元好吗？"

"你这小姑娘胃口倒大，竟也说得出这一个数目来吗？"

蒋泽听她狮子大开口，这就不待司马起的回答，先急急地向她说着，在他这两句话中，当然是表示不答应的意思。那姑娘见司马起本身并没回答，这就逗了他一个娇笑，向他又柔和地道：

"先生，点子押着，那是难得的，希望你下次再多赔两记就是了。"

"好，好，只要你说得出口，我总也能赏给你。假使你要三百元做了头钿，把二十五元还给我，那我也可以答应你的。"

司马起见她一面笑盈盈地说，一面已把二百七十五元的钞票送到他的面前来，于是只好把钞票接了过来。在接过钞票的时候，和她纤手撞了一下，心里不免有个感觉，这五十元的头钿还有些值得，一时望着她的粉脸，也忍不住笑嘻嘻地说出了这几句话。那姑娘听他这几句有趣的话，芳心里似乎也感到他话中是包含了一些神秘的作用，粉脸微微一红，逗给他一个妩媚的娇嗔，嫣然笑道：

"先生，你这话说得太漂亮了，倒叫人有些难为情，我们可也是吃饭的，难道能说得出三百元也做头钿的一句话吗？"

"我也是比方那么说一句，假使你真的说了出来，我总也不会失你的面子。"

司马起见她这表情令人感到心醉，这就笑了一笑，继续地说出了这两句话。那姑娘心里荡漾了一下，却又逗给他一个又嗔又笑的白眼。贯黎明拉了拉他的衣袖，低声笑道：

“司马，你不要被她迷倒了吧！这五十元钱至少有三十元钞票是硬伤的。”

“譬如在舞厅里坐一只台子，第一流舞厅里，坐台子五十元钱还拿不出呢！再譬如开了一个十一点，那还不如只好向他看看吗?”

司马起听他这么说，遂也笑着回答他。贯黎明因为见司马起和那姑娘齐巧坐在对面对的，想着他这句譬如舞厅里坐台子的话，觉得有意思，这就忍不住扑哧一声笑了，说道：

“你就想得明白，不过一个譬如，两个譬如，也就譬光了。”

贯黎明这两句话，蒋泽也听得很清楚，他也笑了起来。这时候，那姑娘又送过来十五支大炮台的香烟分给他们三个人，司马起把烟卷却交到黎明的面前，那姑娘瞧这光景，乌圆眸珠一转，微笑道：

“这位先生不吸烟的吗？那么你可要吃些点心?”

“不会吸烟，这儿备着些什么点心?”

“有高桥松饼，有牛乳咖啡，还有是炒面，你喜欢吃哪一样?”

司马起见她殷殷招待，虽然知道这是五十元钱的力量，不过对于那一种外表的多情，心里总觉得有些甜蜜的滋味，遂笑道：

“那么就拿三客牛乳咖啡、三客高桥松饼好了。”

那姑娘点了点头，于是开条子吩咐下去。这时候，那个摇缸的姑娘用了尖锐的喉音又在高声地喊着“开啦开啦”的调子，这喊声会把每个赌客们的心灵震动得极度紧张和恐怖，他们的两眼仿佛苍蝇见血般地盯住在摇缸上。赢钱的朋友固然是满脸春风，十分安定，然而输钱的朋友，他们的脸是呈现了灰白的颜色，额角上都冒着黄豆大的汗点，站在台子的旁边，简直有些滚油煎的样子。那姑娘见他们三个人都不下注了，遂向司马起瞟了一眼，低低地道：

“一大一小，‘摇路’这么准确，你为什么不放在大字上去？譬如少赢二十元钱，你放在十三十四上，一定大有希望的。”

“也好，我就听从你的话，押不着问你算账。”

司马起听她这么说，遂拿一百元钱放在大字上，又取二十元钱押在十三十四的点子上。那姑娘听了，露齿一笑，说道：

"那么押着了，你又怎么说呢？"

"不用说得，当然是给你们吃头钿……老蒋、老贯，怎么样？你们不押了吗？"

司马起说到这里，回眸望了他们两人一眼，又向他们低低地问。贯黎明沉吟了一会儿，瞧了瞧面前的记录册子，说道：

"你瞧，'摇路'已十多次了，这次恐怕要'连路'的了。我的意思，也许还是连小的，所以还是押小比较妥当。"

贯黎明说着话，把他连本带赢的一百八十元钱都押到小字上去。蒋泽点了点头，表示赞成黎明的意思，他也把一百八十元钱押到小字上去。司马起见他们和自己背道而驰，遂很不快乐的神气，说道：

"你们算和我存心捣蛋吗？要赢大家赢，要输大家输，为什么偏要分开心思各自乱押呢？"

不料司马起话声未完，忽然听那摇缸的姑娘又高声地叫道：

"三五六十四点，你瞧，这位先生今天财神菩萨跟着他了，押到哪里有哪里的，我们又可以吃头钿的了。"

"可不是吗？先生，你说，我看得准不准？"

那个身穿条子花呢的姑娘扬着眉毛，乌圆眸珠滴溜地一转，秋波盈盈地斜乜了他一眼，笑嘻嘻地说。司马起见她笑的时候，那红晕的粉颊上还印了一个深深的酒窝儿，一时心里只觉得甜蜜蜜的，遂向她频频地点了点头，一面望了黎明和蒋泽一眼，只见两人那种失望的表情令人感到有趣，这就忍不住哧地一笑，埋怨他们说道：

"好好儿的大家一条心，偏又生出这个异念来，现在可怎么样？你们还算是老赌朋友呢！到底失脚的了。"

"你别说得嘴响，看我们翻本是了。胜败乃兵家常事，哪有什么稀奇？"

蒋泽和黎明听他说得好风凉的话，心里有些不服气，遂各人又摸出两百元钞票来，强颜含笑地回答。在他们这笑的表情上看来，当然，那是包含了一些苦的成分。这时，那个姑娘又赔到司马起的时候，她把钞票拿在手里，望着他媚笑道：

　　"大字上赔一百元，十四点也一元赔十二元，连本一百三十元，一共三百三十元。先生，你预备赏我们多少头钿呢？"

　　"这是要你说的，你要拿多少就多少，反正你说得出，我总可以答应。"

　　司马起听她这么问，因为这次押着了十四点，确实是全仗她的嘱咐，所以也益发学漂亮了，望着她粉脸得意地笑。大凡无论一件什么事，你越是客气，这使对方越是不好意思开口的，这也是人之常情，大都如此。那姑娘被司马起这么地一说，这就再也没有勇气多开口了，于是笑道：

　　"三十元零头赏了我们吧！"

　　"你很平心，即使你说六十元，我也不失你的面子。"

　　司马起既把三百元钞票接到了手，他便笑着说出了这几句话。那姑娘见他刁得令人可爱，这就哟了一声，逗给他一个娇嗔，笑道：

　　"那么请你再补给我三十元钱吧！这三十元算赏给我个人的好不好？"

　　"好吧！赏给你个人，我听得进去的。"

　　司马起存心放一个交情，遂又数了三十元钞票交到她的手里去。那姑娘听他这么说，一时觉得这个少年对待自己不免有情，心头有些羞涩的感觉，因此这三十元钱也就不好意思伸手再去接过来了。那个摇缸的姑娘见了，却急急地叫道：

　　"欧阳珠，你别发傻劲，这位先生赏你的钱，你干吗不接受呀？"

　　欧阳珠被蔡晴梅这么一催，这才厚了脸皮，伸手接过了，向他含笑道了一声谢。司马起听摇缸的姑娘喊她欧阳珠，虽然不知道这"珠"

8

字是怎么的写，不过"欧阳"两字总再没有第二个的写法。心中暗想：原来她也是和我一样的两个姓字呢！这时，侍童把三客牛乳咖啡和三客松饼端上，司马起因为赢了钱，心中笃定泰山，所以吃得津津有味，但贯黎明和蒋泽的心中，却只管转着大小的念头，所以嘴里虽然喝着牛乳咖啡，却有些食而不知其味的感觉了。过了一会儿，司马起拉了拉蒋泽的衣袖，笑道：

"这次我想还是摇路的，不知你心中的意思怎么样？"

"且瞧它一次再说，因为押不顺手，心头就会糊涂得没有主意的。"

蒋泽喝了一口牛乳咖啡，低低地说。司马起也觉得不容易猜测，于是点头赞成。不多一会儿，这次开出的果然又是三四五十二点大。贯黎明道：

"他妈的，现在倒又连路了，不管三七二十一，我来押一下大。"

他说着话，把手中两百元钞票就丢到大字上去了。蒋泽很表同情地点了点头，他把面前两百元钱也押到大字上去。司马起笑道：

"一定要同心协力，那么才行呀！我也押两百元大。"

"好吧！晴梅，你开个大吧！又可以吃头钿的了。"

欧阳珠见他们三个人都押两百元，这就回眸望了那捧摇缸的晴梅一眼，笑盈盈地叮嘱着。蔡晴梅一面揭开摇缸罩子，一面连笑边叫道：

"二三六，刚刚大呀！真正是老天保佑的。"

司马起和蒋泽、贯黎明的心中当然是非常喜悦，三人叫声好险，不过蒋泽和黎明的额角上已是急得冒出蒸汽水那么的汗点来了。欧阳珠知道他们两人才吃过一记，所以并不要他们头钿，可是赔到司马起的时候，又要和他谈判了。司马起笑道：

"你不用问我，你要抽多少头？你就拿去多少是了。"

"你先生说得太漂赌，我就抽十元钱吧！"

"为什么越抽越少了？你胃口一些一些地减小了呀！"

"因为你不是押的点子，我们抽头也有个分寸，不过先生愿意多赏我们一些，那我们当然很感谢你的。"

欧阳珠对于他这一句话倒不免感到了意外的惊喜，遂把秋波斜也了他一眼，忍不住笑出声音来了。司马起于是又取过十元钞票送到她的面前去。欧阳珠向他一点头，道了一声谢谢你。蒋泽到底是个老赌朋友，不过他的门槛也是输钱中得来的，当下就向司马起和贯黎明说道：

"我们这一次的押下去，等于三百元钱去换他一百元钱，所以这次能够押中了，真不是一件容易的事情。赢了一些可以开步走了，否则也许会还给他们的。"

贯黎明认为这话说得有意思，遂毅然地站起身子来，说我们就走吧！司马起见两人都要走了，一时也只好把钞票藏入袋中，站起身子。欧阳珠笑道：

"你们慢着走，我给你们开张车票，明天有空请再过来玩玩吧！"

司马起见她说着话，把车票已送过来，遂伸手接过了，说声再见，三个人一同步到汽车间。车夫问三人开到什么地方去，蒋泽叫他开到迷高美舞厅去，车夫答应了一声，遂拨动机件，呜呜地一声喇叭响，车身便向黑魆魆的马路上直驶行了。

"司马，那么你今天一共赢多少？"

"谁知道赢多少，大概五百多元钱吧！"

"我倒给你算出了，第一次，赢二百七十五元；第二次，赢一百七十元；第三次，赢一百八十元，头铟倒要抽去五十加六十再加二十元，其中有四十元最硬伤，她开不出口，你自己送给她做什么？我想司马一定在转那个小姑娘的念头了。"

在汽车里，蒋泽向司马低低地问，司马脑海里兀是映着那姑娘媚人的笑靥，遂毫不介意地回答着。贯黎明听了，却在旁边给他一笔一笔地算派着，算到后面，想起司马的举动，他回眸向司马逗了一瞥神秘的目光，又含笑向他取笑着。司马起有些难为情，脸浮上了一圆圈的红晕，摇头笑道：

"你别胡说了，生平还是第一次跑赌场，如何就会转人家姑娘的念头呢？"

"不过那姑娘确实生得太美丽了，她的眼睛含了诱惑性的光芒，好像会勾引人家灵魂的模样，尤其对待司马，真多情得很，无怪我们的小司马心头就有些混淘淘地迷糊起来了。喂！你真要动动她的脑筋吗？"

贯黎明见他害羞的样子，遂一面笑，一面加紧他的吃豆腐，说到末了，拍了拍他的大腿，又显出很认真的神气，表示他有办法动那姑娘脑筋的意思。蒋泽究竟多懂得一些世故人情的事情，他笑了一笑，说道：

"黎明，你把她'多情'两个字，应该要放在'金钱'两个字的后面，因为她见了你的金钱，她就向你多情起来，你要如输得精光的话，她连一根烟卷都不会请你吸的。至于点心、笑脸，那更不用说起，恐怕白眼倒要遭到的了。"

"照你说来，这里面姑娘的脸孔是有两副的，一副是媚人的笑脸，一副是骇人的鬼脸吧！不过这当然也难怪她们，她们为的是什么呢？"

司马起听他这么说，一时把心头对那姑娘的热情又冷了下来，不过他表面上还含了微微的笑，这几句话至少是包含了同情她们的意思。因为彻底地说，哪一个人不是为了金钱在忙碌、在奔波，甚至于在欺诈，连性命都不顾了呢！黎明笑道：

"你这话说得不错，她们若不是见钱眼开的话，她们手指上的钻戒、金戒都从什么地方来的呢？所以想明白了，还是不去的好。"

"那么你可曾想明白了吗？"

蒋泽听他跑出赌场的门口，头脑倒又清楚起来了，遂用了冷峻的口吻，向他这么问一句。司马起和黎明被他问得哑口无言，这就都忍不住笑了。不多一会儿，汽车到迷高美舞厅门口停下，司马起赏了车夫五元钱，遂和蒋黎明一同跳下车厢，又走进到灯红酒绿爵士音乐狂欢声中的舞厅里去了。

在迷高美舞厅里，他们三个人可说是老主顾了，几个仆欧都当他们财神爷爷般地看待。三个人一脚跨进门，就有仆欧迎上来笑道：

"三位今晚来得迟些了，好的位置都已客满了。"

"那么有办法想想吗？洋琴台面前排个位置也很好的。"

"你蒋先生吩咐，就是没有办法，我总也要想个办法来。"

那仆欧所以这么地说，也无非拍马而已，表示自己对于三位是无不竭尽心力的。蒋泽向司马起和黎明一招手，大家跟着他走到音乐台面前的舞池里，排了一个座桌。黎明吩咐拿三瓶啤酒，不多一会儿，仆欧把啤酒开了上来。

今天是星期六的晚上，所以生意的好，真叫人不相信上海的米价已经是一千五百元钱一担的了，所以，上海的夜都会，依然是个花花世界，钞票好像满天在飞一样不值钱。红男绿女，珠光宝气，都是一班雍容华贵的太太、老爷、小姐、少爷。蒋泽喝了一口啤酒，望了司马起一眼，低低地笑道：

"司马，怎么样？坐台子呀，譬如少赢一百元钱。"

"那么你们也喊一个坐坐，我一个人坐台子，那有什么意思？"

司马起含笑点了点头，轻声地回答。黎明笑了一笑，表示那当然大家喊一个舞女坐坐的意思，于是把手向仆欧一招，向他说道：

"你喊唐飞、张剑秋、张雪尘三个人来坐台子。"

仆欧答应一声，遂匆匆地去了。这三个舞女是迷高美中三大红星，其中以张雪尘为最发红，每夜起码有七八只台子可以转，以一百元一只台子计算，其收益之可观，银行的行长、公司的经理，大有远叹勿如之感慨。不多一会儿，三个人都姗姗地走来，好在他们都是熟悉的，用不到介绍的麻烦。原来，蒋泽是向来跳张剑秋的，黎明是跳唐飞的，司马起是跳张雪尘的，当下三个人站起身子，拉开沙发坐椅，请剑秋等三位舞女坐下。这三个舞女中以张剑秋年龄最大，唐飞次之，张雪尘最小，她们生得冰肌玉骨，兼之服饰的华贵，更令人感到娇艳无比，各有风韵。仆欧在她们坐下后，问喝什么茶，三个人都说淡茶。黎明望着她们

12

的粉脸，笑道：

"为什么给我们节俭起来？不喊瓶可口可乐喝吗？"

"给你做人家一些不好吗？免得向人家又哭穷。"

唐飞秋波斜乜了他一眼，笑盈盈地回答他，在这么一句的话中，好像包含了一些神秘的作用。黎明听了，脸上果然有些局促的样子，但却笑了一笑，和司马起谈别的事情了。原来，唐飞上次曾经要黎明做一件灰背大衣，要五千元钱，黎明拒绝了她，所以唐飞今天拿话去讽刺他。不过蒋泽等众人当然是不知道其中的底细，所以也不理会他们的谈话，他向张剑秋自管搭讪着问道：

"张小姐，听说你近来很忙碌，累得人清瘦不少了呀！"

"还谈得到'忙碌'两字吗？你不要挖苦我了，我觉得我到底是老了，近来正空闲呢！记得前年从香港回来的时候，真的很忙碌，不过现在是大不如前了。"

张剑秋明眸逗了他一瞥哀怨的目光，说到后面这一句话，大有不胜今昔之感的神气。蒋泽摇了摇头，笑道：

"你太客气，我觉得你也够忙的了。"

"我真的忙不了什么，倒是我们这位雪尘妹妹，她是忙得分不开身。最好她有孙行者的本领，拔一根毛，化一个人，那么在这许多客人中才能应酬得过来呢！"

"剑秋姊姊，你老喜欢跟我开玩笑的。"

张雪尘雪白的牙齿微咬着微红的嘴唇皮子，正在凝眸含颦地出神，听剑秋这么地取笑，遂把秋波逗给她一个娇嗔，却忍不住抿嘴又嫣然地笑了。司马起见她的神情真有些醉人心灵的，遂凑过头去，只觉细香扑鼻，一时更有些神魂荡起来了。雪尘见他这个模样，似乎有些难为情，向他笑道：

"司马先生，你这个做什么呀？"

"我问你一句话，为什么人家都叫你作小洋狗？这是什么意思？"

司马起被她这么一问，遂转了转眸珠，向她反问了这两句话。雪尘听了，啐了他一口，引得大家都笑起来了。蒋泽笑道：

"我倒知道这个意思，因为张小姐皮肤生得白嫩，头发烫得卷曲，坐在身旁，活像一头小洋狗似的讨人欢喜。"

蒋泽说着，众人益发大笑起来。张雪尘绯红了两颊，秋波逗给他一个娇嗔，但她回身却把手在司马起脚踝上打了一下，噘着小嘴儿，笑嗔道：

"都是你不好，倒叫你的好朋友来取笑我，我可向你不依。"

"司马，你快坐得稳一些吧！"

黎明见雪尘扳着他的肩胛，扭捏着腰肢，像孩子那么的撒娇着，这就笑了一笑，忍不住又俏皮地说。唐飞白了他一眼，大家忍不住又笑出声音来了。这时，康脱来拉斯指挥一曲《秋的怀念》，司马起被热狂的音乐声振奋得脚底痒起来，于是拉了雪尘的手，向蒋泽等一点头，便走到舞池里去了。

"司马先生，你今天似乎很得意，我想你近来药厂里的生意很好吧！"

"现在西药天天飞涨，厂里可说是赚足了，不过我们做小伙计的，又分得到什么好处呢？说起来怪不好意思，我们的薪水还及不到你跳一夜的舞呢！"

在舞池里跳舞的时候，雪尘见他俊美的脸颊上还掀着一个浅浅的笑窝儿，一颗芳心中也不免荡漾了一下，遂脉脉含情地望着他，笑盈盈地搭讪着。司马起一面低低地告诉她，一面又表示很感叹的样子。原来，司马起和蒋泽、黎明都是中学时的同学，毕业后大家都已在社会上经商了。当时，雪尘撇了撇小嘴，很不悦似的说道：

"你们三人都是一只袜筒里的，无怪唐飞要怨贯先生会哭穷哩！谁不知道新光药厂的总经理是你的姊夫。"

"是我的老子就稀奇，是我的姊夫那有什么关系呢？他做他的总经理，我做我的小伙计，根本是沾不到一些光的。张小姐，你现在红得这么的发紫，我想你的私蓄一定也有不少了吧！"

司马起听她这么地说，遂正着脸色，很认真地向她告诉，说到后面的时候，他又含了浅浅的微笑，向她低声地探问。但雪尘却微微地叹了一口气，摇了摇头，说道：

"进益虽好，然而出账也很大。譬如做一件旗袍，还不算十分的料子，起码要近一千元的左右，若做一件好些大衣的话，那是更不用说的了。你想，还有什么多余的钱了吗？"

"你这样发红，有钱的客人当然很多，叫他做两件大衣，算得了怎么一回事？"

"可是他也没有给你白白地做呀！他们的目的，为什么呢？唉！你也真想得好容易的，我的年纪轻哩！总还想图一个将来的。"

雪尘听他这么地说，遂把秋波逗了他一瞥哀怨的目光，微蹙了眉尖，似乎有些感伤的意思。司马起听了，暗想：她难道真的还是个洁身自爱的姑娘吗？不过听外界传说，她已经生育过两个小孩子了。无风不起浪，这当然总有些意思的了，遂微笑道：

"既这么地说，张小姐何不早些嫁个人？像剑秋现在到了花信年华，她就在感到老之将至的忧愁，可见一个姑娘在交际场中出风头的日子，实在是极短极短的呢！"

"可是像我这么的女子，嫁人也不是一件容易的事。有家产的老头子，我们心里又觉得不情愿，像你们这班小滑头，恐怕又没有真心的爱，所以这事情也就永远没有解决的时候了。倒不如趁现在积蓄一些，将来还是抱独身主义的好。"

司马起听她这么地说，倒忍不住笑了起来，遂把她纤手握紧了一些，明眸凝望着她的娇容，低低地说道：

"张小姐，我倒很想跟你有结婚的意思，只怕我养你不活，所以有些委决不下，而且你的心中，也未必会瞧中意了我。"

"和我开什么玩笑？"

雪尘逗给他一个妩媚的白眼，粉颊上浮现了一朵娇艳的玫瑰，她有些娇嗔的神情。司马起感到她妩媚得可爱，遂搂着她的腰肢，附了她耳朵笑道：

"我没有跟你开玩笑，张小姐，你心中愿意不愿意？"

"不过我觉得没有资格配给你。"

"那为什么？张小姐，我不懂，你倒给我说出一个意思来。"

司马起不等她说下去，立刻离开了一些身子，用了猜疑的目光，向她凝望了一眼，低声地追问。雪尘听了，心头有些凄凉的意味，微蹙了蛾眉，却并没有回答他。司马起见了她这个意态，心中明白外界的传说大概有些准确的，不过猜想她的遭遇，一定也是非常可怜。他有些同情的悲哀，因为这不是她的罪恶，谁想得到舞国中一等的红星，外表的欢悦，也遮不住她心头的痛苦呢？就在这个当儿，音乐停止，掌声四起，司马起和雪尘方才惊回过知觉来，于是一同携手归座。

"你们在舞池里不是跳舞，简直在谈爱情了，咬头接耳，真正亲热得很！"

贯黎明见他们舞罢归座，遂瞟了他们一眼，又笑嘻嘻地说。雪尘鼓着红红的粉腮子，逗了他一个娇嗔，笑道：

"谁像你和唐飞谈得亲热呢！"

"张小姐，有客人请你转台子。"

雪尘话还没有说完，就有个舞女大班走上来笑着说，他一面生恐司马起不高兴，遂又含了笑容打招呼。雪尘听了，一瞧手表，已是十一点半了，离开舞厅散场只有一刻钟，想不到还有客人转台子，这些屈死的舞票也不知是偷了来，还是抢了来的，于是只好拍了拍司马起的肩胛，点头含笑道：

"弟弟，对不起得很，请你坐一会儿，我立刻就过来。"

"别客气，你只管自便好了。"

16

司马起听她这一声弟弟叫，心头真有些甜蜜蜜的，遂点了点头，笑着回答。雪尘和蒋泽等一点头，便跟着舞女大班走了。黎明拍了司马起一下膝踝，笑道：

"张小姐这一声弟弟叫，你的骨头至少减轻了三分之二的了。"

"老贯，你豆腐少吃，看唐小姐的眼睛又在给你白眼瞧的了。"

司马起回眸向唐飞望了一眼，也取笑着说。蒋泽和张剑秋听了，也都笑起来。一会儿音乐又起，黎明、蒋泽拉了唐飞、剑秋到舞池里去跳舞，剩了司马起一个人坐在位置上，他静静地又会想起了赌台上那一个姑娘，真的太美丽了。雪尘虽美，但到底尚有遗憾，我想这一个姑娘大概是十足道地的处子的吧！呆呆地想了一会子心事，蒋泽等已携手回座。剑秋望了他一眼，笑道：

"司马先生，你姊姊走了，你一个人很冷静了吧！"

大家听了，都笑弯了腰肢。司马起红晕了两颊，正在感到不好意思的时候，忽然听得"砰砰"两声响亮，顿时之间，人声鼎沸，秩序大乱。唐飞、剑秋拉住了黎明、蒋泽的身子，吓得脸无人色，几乎竭声地叫起来。

第二回

社会上随俗浮沉的青年太多

司马起听这砰砰两响，那分明是开枪的声音，一时也大吃了一惊，遂把身子慌忙低下躲到台子旁边去。这时已有人把开枪的舞客抱住了，一面鸣警到来，一面请舞客们不要混乱，安定地坐下。蒋泽听有人在说，是因为争风吃醋的缘故，本厅红星陈美美饮弹流血，还有一个舞客也中了一弹，已送到医院里去。这里把开枪的舞客也押到捕房里去了。黎明知道并不是炸弹，遂拍了拍唐飞的背脊，笑道：

"别害怕，别害怕，没有什么大不了的事情，我们仍旧坐下来吧！"

"司马先生躲到桌子底下去，比我们胆子还小哩！"

大家坐下后，音乐又起，舞客和舞女们才算惊魂稍定。剑秋明眸瞟了他一眼，倒又向他取笑起来。司马起红了脸，笑道：

"倒并不是胆小，怕中了流弹，这真是哑子吃黄连，有苦没处诉了。明天妈问起来，叫我回答什么的好？"

"本来吗，小小的年纪倒玩舞场了，要如我做了你的妈，一定捶你一顿小屁股。"

"也好，今天夜里我就脱下裤子给你捶屁股好吗？"

司马起听剑秋讨自己的便宜，遂也笑嘻嘻地向她涎脸。剑秋知道他话中还包含了一层调戏的意思，这就啐了他一口，害得唐飞忍不住又咯咯地笑弯了腰肢。舞厅散场原在十一点三刻，今夜因为生意好，所以延

18

长一刻钟，不料经过一阵开枪的事情混乱后，胆小舞客都匆匆走了。司马起一瞧手表上的长针已指到五十分了，于是把茶账拿起，见六十四元八角，遂摸出四百元钞票，三百元买票子，又数八十元付茶账，剩下的作为小账。仆欧接过钞票，弯了腰肢，连连地道谢下去。这时，张雪尘笑盈盈又走过来，在司马起身旁坐下了，笑道：

"这真是太危险了，我和客人齐巧坐在陈美美同客人坐的隔座上，幸亏那开枪的朋友也是有经验的，否则，我的小性命真要丢了呢！"

"还好还好，姊姊假使真的中了弹，那我也要跟你一块儿去了。"

司马起拉过她的纤手，忍不住笑嘻嘻地说。雪尘逗给他一个白眼，剑秋、唐飞也都笑了。因为到底是怎么的一回事，雪尘把纤手理了她一下垂在脑后的长发，摇了摇头，轻轻地叹了一口气，说道：

"还有什么好事情吗？这固然是做舞女的苦楚，不过陈美美平日的为人，也不免太以浪漫一些了。但是那个客人会下得了这个毒手，真也可谓如蛇蝎的了。"

"你不要怨那客人心狠，陈美美当然也有欺人的地方。比方说那客人把她捧红了，她倒一面孔的红星架子，前去另结新欢，那叫我心中也要受不了呢！"

司马起听雪尘这么说，遂摇了摇头，表示代为那开枪舞客抱不平的意思。雪尘伸手在他手背上拧了一下，秋波逗给他一个娇嗔，笑道：

"原来你是个醋罐子，那是你不打自招的了。假使有谁做了你的爱人，她的行动上倒大大地要受束缚了，否则，不免也有吃你手枪的日子。"

"我没有捧红过什么人，我也没有什么亲爱的人，我跟谁去喝这一罐子醋呢？"

司马起微红了两颊，望了她一眼，有些难为情的样子，含笑着回答。蒋泽、剑秋等都扑哧地笑了。黎明瞟了雪尘一眼，说道：

"你当心一些，只怕他会跟你吃醋的。"

"弟弟会和姊姊吃醋吗？这是不会的吧！"

"张小姐，你怎么老喊着他弟弟？难道司马的年龄真比你小吗？"

"我今年二十岁了，不是比他大一年吗？"

雪尘听蒋泽这么地问，遂一撩眼皮，微笑着回答。蒋泽点了点头，喷了一口香烟说道：

"这里六个人，我是老大了。"

"不见得，我也许比你还大一些。"

张剑秋摇了摇头，低低地说。蒋泽向她粉脸打量了一会儿，做个沉吟的样子。司马起早已先说道：

"老蒋二十四岁，张小姐难道还比他大不成？"

"真的，我已经二十五岁了。这倒有趣，我们都是姊姊的资格呢！"

"不，我是哥哥的资格，比唐飞大一岁，她只有二十一岁。"

贯黎明听到剑秋这么地说，遂急急地辩解着。唐飞逗给他一个妩媚的白眼，大家忍不住又都笑起来了。这时，仆欧把三本一百元的舞票送上，司马起等各自拿了一本，送到她们三个人的手里去。剑秋等含笑接过，一齐道了一声"谢谢侬！"

"三位肯不肯赏个脸？大家到露意丝咖啡馆去喝杯咖啡。"

音乐台上的音乐成了尾声之后，蒋泽向剑秋、唐飞、雪尘三个人低低地问。雪尘望了司马起一眼，微微地笑。司马起道：

"张小姐若有别的客人约着，那我不勉强你。"

"你这话说得好刁恶的，假使你认为我没有资格跟你去的话，那么我就回家了。"

雪尘听他这么地说，心头有些不快乐，噘了噘小嘴儿，别转身子要走的模样。司马起这才含了笑容把她拖住了，连声地赔不是，叫道：

"好姊姊，你不要生气了，弟弟说错了话，你做姊姊的不是应该要原谅我的吗？"

"司马先生，你听听肉麻吗？我们汗毛孔都要竖起来了呢！"

唐飞抿了嘴，一面笑，一面说。大家听了，忍不住早又扑哧一声笑起来了。这时仆欧送上六个人的夹大衣，大家披上了后，方才一同步出了迷高美舞厅的大门。六个人跨出大门，只见黑暗里便有两个三分像人七分像鬼那么叫花子赶上来，跟在他们身后，少爷、奶奶地一阵乱叫。司马起笑道：

　　"这里没有一个是奶奶，你当心吃耳光。"

　　"那么少爷、小姐发发慈悲心，抬抬金龙手，穷人实在饿死了。你们譬如多给一些小账，穷人望你们永远在天堂里过生活。"

　　两个叫花子那张嘴倒也很灵活，一连串的都是吉利话。贯黎明有些不耐烦，大喝，"小瘪三，啰唣些什么？还不快些滚开了！"那两个叫花子心中暗想：你们神气活现算得了什么稀奇？五年前我们也是一位左拥右抱的大少爷呢！看你们永远在天堂里生活着，有一天也到我们这样的日子，还不是照样的给人家呵斥吗？他们心中虽然这么愤愤不平着，不过他们嘴里还是一连串地说道：

　　"好少爷，好小姐，穷人冷死饿死，实在没有办法，这次麻烦了你们，下次再也不敢了。希望你们住洋房，坐汽车，年纪活到九十九，一钿勿落虚空，明中去暗中来。今日做了好事情，明天保险你们发大财。"

　　司马起被他缠得有些讨厌，遂只好摸出一张一元的钞票，向地上一丢，两个叫花子一见，早已抢步上前，争先恐后地捡起来。因了你也夺，我也夺，把钞票撕破了，于是两个人大家打起来，齐巧被一个巡捕瞧见了，给了他们一顿棍子打。可怜两个叫花子钞票拿不到，也只好抱头鼠窜地逃跑了。

　　后面这一幕狼狈可怜的情景，他们六个人当然不会注意到的，自管走到一家三轮车出租公司，六个人分坐了三辆车子，吩咐车夫把他们送到露意丝咖啡馆去。司马起和张雪尘坐一辆，跟在他们的后面。雪尘望了他一眼，低低地问道：

　　"弟弟，我瞧你们天天晚上在外面游玩，这样夜深的回家，难道家里爸妈不会骂你的吗？"

"我家里只有一个妈妈，爸爸是在前些年没有了。不过我现在并不住在家里，因为厂里原有寄宿所的。"

司马起听她这么地问，遂回眸望了她一眼，低低地告诉着。秋风一阵一阵地吹送着，司马起鼻管内是只闻到一阵阵芬芳的幽香，他心里有些陶醉起来。雪尘见他凑着脸，目不转睛地盯住了自己，这就用手指去划他的颊，笑道：

"做什么？难道今天第一次见面不成？弟弟，我问你，你妈给你定了亲吗？"

"你问定亲不定亲干什么？可是你又不肯嫁给我！"

司马起把脸微微地仰开了，忍不住扑哧的一声笑了。雪尘恨恨地打了他一下，秋波逗给他一个娇嗔，笑道：

"别胡说吧！假使你还没有定亲的话，我可以给你做媒。"

"你给我做媒吗？是谁？"

"是我的妹妹，我妹妹叫雪鸿，比我小三岁，和你配成一对是很好的。"

雪尘见他有些不相信的样子，遂平静了脸色，很认真地告诉他。司马起感到意外的惊喜，握了她的手，忙问道：

"原来你还有一个妹妹的吗？她是不是也在做舞女呀？张小姐，请你告诉我，你家里一共有多少人？"

."你不要瞧轻我们好吗？我妹妹是还在青风女子中学里读书呢！家里还有一个母亲一个阿妈，此外是没有什么人了。"

司马起再也想不到她妹妹倒还是个女子中学里念书的姑娘，一时倒不禁愕住了一会子。良久，方低低地接着问道：

"张小姐，你这话可真的吗？那么你的妹妹也跟你长得一样的美丽吗？"

"妹妹年纪比我轻，当然比我长得更美丽的。弟弟，你若欢喜的话，我可以给你们介绍的。不过你以后应该别天天晚上出来游玩，因为这样的荒唐，是会伤金钱而又伤身子的。你的年纪轻啦！也要图个将来的呢！"

这几句话会出在一个红舞女的口中，司马起当然感到分外的惊异，情不自禁地把她手紧握了一阵，点了点头，笑道：

"听了你这几句话，我觉得你确实有资格做我的姊姊了，不过我想你的妹妹是否有和你一样的不平凡呢？所以我的意思，倒很想和你结婚，可是你不肯爱上了我。"

"你肯爱上我，我当然非常感激，不过我觉得没有资格接受你的爱，因为你是个前途有希望的青年，我是不情愿来污辱你的清白。"

雪尘笑了一笑，她说到后面这两句话的时候，轻轻地叹了一口气，似乎激起了一阵身世的悲哀。司马起听了这话，益发感动了，遂忙说道：

"不，做舞女也不是一件什么卑劣的事，请你别说那些污辱我清白的话，我觉得你对我确实有真心爱护的意思，所以我非常感动。"

不料正在说话的时候，横马路里突然走出一个十五六岁的姑娘来，她好像是要穿到对马路去的样子，待她发觉了有三辆三轮车驶来，急忙向旁躲避，但躲避了前面两辆后，司马起和雪尘这一辆便再也躲避不了，因此她叫声啊哟，身子就撞倒在马路上了。这时，马路上静悄悄的，行人简直少得瞧不见，车夫怕被巡捕瞧见，又得发生许多麻烦，所以硬着心肠，不管那姑娘的死活，就只管向前疾飞驶行。司马起心头有些不忍，意欲叫他停车，下去瞧瞧人家姑娘有没有辗伤了什么地方，不过那辆三轮车已驶过了好一截马路的了。回头去望望跌在马路上那个姑娘也早已细小得模糊的了，这就叹了一口气，说道：

"可怜那姑娘不知跌得怎么样了，假使不幸受伤的话，那真是我的罪恶。"

"谁叫她走路不小心的？没有什么关系，不是汽车撞了她，她是不会受伤的。"

车夫在前面毫不关痛痒地回答，雪尘虽然想埋怨他几句话，但是不知怎么地却再也说不出来。不多一会儿，车子在露意丝咖啡馆门口停下，蒋泽在前面已付了车资，六个人一同步了进去。吃毕夜点心走出来，时候已近子夜一点钟，雪尘问司马起道：

"这样夜深了，你们回宿舍去，还能叫得开门吗？"

"我们原在金都饭店开好房间的，没有关系，现在我们先送你们三人各自回家，然后大家在金都饭店里碰面吧！"

黎明不待司马起回答，就先悄悄地告诉着。蒋泽和司马起点头说好，于是大家跳上露意丝门口停着的三轮车，各自分路送她们回家去。张雪尘是住在愚园路静安别墅里的，三轮车在路上也得花二十五分钟的时间，在这二十五分钟时间内，两人由不得又闲谈起来。雪尘把秋波斜乜了他一眼，微笑道：

"原来你们预先开好了房间的，年轻的人这么样不管昼夜地游玩着，我觉得是太荒唐了。"

"那是因为今天星期六，明天不办公，所以才开房间的。姊姊既这么说，以后我一定听从你的话好不好？"

司马起脸有些发红，他心中很羞惭，把雪尘手握得紧紧的，感动地回答着。雪尘笑了一笑，点了点头，说道：

"我希望你能约束一下自己才好，你要知道社会上的一切，正象征着此刻黑魆魆深夜中一样，而且四周全布了陷人的荆棘，你一不小心，立刻有失足的可能。"

"姊姊，你这话说得太不错了，不过你是一个年轻貌美的女子，置身在这灯红酒绿之中，四周的环境不是也太危险了吗？"

雪尘听他这么地说，粉脸上的笑容消失了，轻轻地叹了一口气，她那两条蛾眉是紧锁着，眼眶子里似乎贮满了晶莹莹的泪水，低低地道：

"就是为了我的前途已经没有希望了，所以我要栽培妹妹到学校里去读书，使妹妹能够踏上光明的大道，不像她苦命的姊姊一样悲惨才好。"

"姊姊，我很奇怪你为什么要有这么悲观的思想，难道你……"

司马起听她说这几句话的声音是包含了颤抖的成分，他明白雪尘已是个怎么样遭遇的姑娘了，但问到这里的时候，他又觉得不好意思问下去，因此顿了一顿，望着她含有了凄凉意味的粉颊出了一会儿神。雪尘的泪水已在眼角旁展露了，她点了点头，低低地回答道：

"是的，弟弟，我觉得也没有瞒你的必要。我自十七岁做舞女到现在，已有了四个年头，在十八岁的那一年，我是被一个人诱奸失身了，虽然我想嫁给他，不过他家中已有了妻子，而且他也没有存意要娶我。不过我竟然怀了身孕，虽然我恨这个孩子，可是我想着这孩子的身上至少也有我一半的血分，所以我觉得孩子长大起来，也许不会像他父亲一样无赖吧，所以我一直抚养到现在，他已是个会叫妈妈的孩子了。弟弟，你瞧得出我已是个有了孩子的姑娘了吗？"

司马起听她絮絮地诉说了这一大篇的话，因为她对自己竟这么坦白，所以心头反而激起了无限的同情，带了凄婉的口吻，低低地问道：

"那么现在这一个人还在上海没有？"

"没有在上海了，听说他已到香港去了。不过我也不希望再有见他脸的日子，唉！弟弟，你听到了这个消息，你卑鄙我的人格吗？你笑骂我的无耻吗？"

"不，不，因为这不是你的罪恶，我觉得你是社会上太可怜的一个女性。"

司马起见她说着话，眼泪扑簌簌地滚了下来，一时非常难受，连说了两个"不"字，向她颤声地说出了这两句话。雪尘点了点头，把手背揩擦了一下眼皮，秋波逗了他一瞥感激的目光，低低地又道：

"弟弟，我觉得你真是我生命中的一个知音，因为你能谅解我心头的苦衷。是的，我确实是社会上一个最可怜的女性，他们天天包围在我的四周，表面上是含了慈爱的笑，但他们的心头都在想吞噬我、祸害我，希望我能给他们任意地玩弄，然而我到底还是个有理智、有情感的女子，我怎么能够在他们巨爪下出卖自己的灵魂呢？所以我现在尽管这么的发红，但我究竟并没有自暴自弃的行为。弟弟，你应该相信我，我将来除了爱儿一个人外，始终是孤零零的一个人。"

"不过，你也不用这么的灰心、这么的悲观，一个失足的女子并不是永远就再得不到光明的前途，只要你有奋发的精神，我相信你还有幸福的乐园。人生本来像一个梦，所以你把过去这一回事就当它是个梦，你应该挣扎着起来，在这罪恶布满的都会中，以求最后的胜利和生存。"

司马起听她这样消极的话，心头有些凄惨的意味，因为她还是个青春时期的姑娘呀！如何能给予她这么悲惨而痛苦的结局呢？他感到不忍，于是握着她的手，向她很恳切地安慰。就在这个时候，车子已到静安别墅的门口，雪尘跳下车子，司马起要送她到大门口，她不答应，和司马起握了握手，低低地道：

"时候不早，你也快些回去睡了吧！我现在既然已把身世告诉了你，那么你有空只管请到我家中来玩。我家是三十二号，明天星期日，我妹妹也在家里，你还是明天早晨到我家来吃午饭吧！"

"好的，我明天一定来拜望你的母亲。"

司马起见她很诚心地要把她妹妹介绍给自己，当然她是因为真心爱我的缘故，心里真有无限的感动，遂点了点头，很认真地回答她。雪尘听了，微微地一笑，她向他一招手，身子就向弄内走了。司马起瞧着她窈窕的倩影，不免愕住了一会子，忽然雪尘又回身走上来，望了他一眼，低低地叮嘱道：

"弟弟，我知道社会上有许多的青年，他们只会劝告人家，而不会约束自己的。刚才我听你对我劝说的话，我觉得你是个很聪敏、很有思想的青年，所以我希望你自己在这一个满布荆棘的环境里要格外地留意才好。"

"谢谢你这样真心真意地爱护着我，我一定听从你的话，我觉得你真是一个伟大的女性。"

司马起对于她又会回过身子来向自己叮嘱了这几句话，那真是感到意料之外的，心里在十分感激之余，又觉得她的可爱，遂点了点头，向她诚恳地回答着。雪尘这才说声再见，她便匆匆地走进里面去了。司马起在经过一阵子发怔之后，他便跳上三轮车，吩咐驾驶到金都饭店。

这已经是子夜一点半了，马路上是静悄得阴森森、冷清清的，司马起瞧着黑魆魆的前途，他心头会激起了一阵莫名的恐怖，夜风吹动着街树枝叶发出来雪瑟的声音，更使他有些疑神疑鬼地感到极度的不安。为了避免发生意外不幸起见，他把手指上那枚钻戒脱下了，塞到袜筒里面去，这好像他预先知道了一样。就在这个当儿，忽然斜路里奔上来五六个短衣的男子，有的执刀，有的握枪，喝声停车。车夫见事不妙，只好把车塞住停下。司马起活了这十九年来，遇到这一班绿林好汉，也是今夜破题儿第一遭，所以他早已吓得脸无人色，全身发抖，举起了两手，表示绝不违抗的意思。

这五六个大汉既奔到了面前，这就七手八脚地把司马起身子上下一阵地乱摸乱探。司马起见他们已摸去了六百多元的钞票，但他们还有些不知足的样子，要求拿他手腕上的金表，可是就在这当儿，他们望风的叫声有巡捕来了，于是那个为首的男子也就来不及再拿他的手表，大家心慌意乱四散地溜走了。司马起这才惊魂稍定的，忙叫车夫快些驾驶到金都饭店的门口去。

车到金都饭店的门口，司马起伸手在大衣袋内一摸，里面放着刚才茶账付剩的二十元钱却并没有摸了去，一时暗暗好笑，遂把二十元钱付了来回两次的车资，他三脚两步地奔进里面，乘电梯上三楼十八号的房间里去了。

司马起推开房门，一脚跨了进去，只见蒋泽和贯黎明已在房间里了，他们坐在沙发上，各人膝踝上都坐了一个年轻的女子，任意地调笑着。这就嚷着道：

"你们好逍遥自在，我真险些落掉了魂灵呢！"

"是怎么的一回事？我们见你不回来，还以为你睡在雪尘的家里了。"

蒋泽、黎明见他这样惊慌的样子，遂推开怀内的女子，站起身来，向他急急地问着。司马起遂把遇盗的经过向他们告诉了一遍，叹道：

"我在绿宝里赢来的钱都被他们抢去了，你想倒霉不倒霉？"

"他妈的，真有这么的一回事吗？那你为什么不叫喊呢？"

"司马，你手指上的钻戒呢？难道也被他们抢去了吗？"

黎明听完了他的告诉，不禁愤愤地骂了一声，向他这么地问着。蒋泽瞥眼见他手指上已没有了钻戒，这才也焦急起来，不觉啊哟了一声，脸上也浮现了惊骇的神色。司马起被他一提了后，方才记得了，于是在袜筒里取出那枚钻戒，戴在手指上，笑道：

"我送雪尘回家后一个人回这儿来，见街上冷清的样子，我心中就有些担忧到这一层，所以把钻戒先脱下了，藏在袜筒里，万不料就在这个时候，几位宝货就向我保护起来了。"

黎明、蒋泽听他说"保护"两个字，这就忍不住大笑起来，连旁边两个向导女子也抿嘴哧哧地笑了。黎明道：

"幸亏你刚才给我们代买了两百元舞票，否则，这两百元钱不是也被他们借去派用场了吗？这真是岂有此理，我就从来没有碰到过这些事。假使我遇到了，我一定跟他们奋斗一下子的。"

"你马后炮少放几个吧！他们有刀有枪，你把性命去跟他们硬拼吗？那你还是自己跳黄浦自杀去好。"

司马起听他这么说，遂白了他一眼，拿话去俏皮他。蒋泽一面笑，一面把一百元钞票取出，交还给他。黎明见了，也还给他一百元钱。司马起很不好意思地说道：

"我本来的意思，今夜的台子原算我请了客，万不料会发生这样的不幸，那我也只好跟你们老实不客气的了。唉！真是三两黄金四两福，福薄得很，所以纵然赢了钱，也是拿不牢手的。"

司马起一面说，一面把他们交还的钞票藏入袋内去，他摇了摇头，又连声地叹气。黎明见他懊丧的样子，遂拍了拍他的肩胛，笑道：

"抢也抢去了，譬如助了慈善捐，那还难受它做什么呢？司马，我给你介绍，这位是我叫的梅花公主，这位是老蒋叫的芙蓉公主，你也快叫一个来吧！"

司马起听他这么地说，遂向两个人望了一眼，只见她们向自己含笑弯了弯腰，表示招呼的意思。虽然没有像雪尘、唐飞那么美丽，不过却也有一股子醉人的风韵，于是也向两人点了点头，笑道：

"时候快两点多了，我身子受不了，要早些睡觉了。这两张床我让给你们两对睡，我就在这长沙发上躺一夜得了。"

司马起笑着说到这里，伸手在嘴上打了一个呵欠，便走到长沙发上去躺下了。蒋泽走到他的身旁，拉着他的手，笑道：

"别装什么死腔了，难道抢去了钞票就没有兴致了吗？司马，索性乐一乐吧！我给你喊茶房打电话去，叫个娇小玲珑的小姑娘来陪伴你睡一夜，保准你心中一些气闷也没有了。"

"蒋先生，我给这位介绍一个小妹妹叫白雪公主好不好？真漂亮、真美丽，一见了她，你们一定会喜欢的。"

芙蓉公主听蒋泽劝着他，遂在旁边也插着嘴笑嘻嘻地说。黎明不等蒋泽的回话，就拉了芙蓉公主，亲自走到电话间去了。司马起这就急了，意欲跳起身子来去拦阻他们，可是他的身子却又被蒋泽紧紧地拉着了，笑道：

"何必装假正经？你又不是没有喊过的。"

"从前喊的时候也是你们强迫的，喊来了默默无语地坐一会儿，这钞票不是硬伤吗？"

"譬如坐台子呢，到底还是向大人便宜一些，而且也实惠一些。喊来了，你只管和她谈谈好了，你叫她默默地呆坐着，这原是你自己的屈呀！"

蒋泽听他这么说，遂又絮絮地劝着他，并教他的门槛，司马起听了，向房中剩下的那个梅花公主望了一眼。梅花公主似乎也感到他这一眼望过来是包含了一些神秘的意思，心里感到有些难为情，红晕了两颊，把身子别转去了。这时候，黎明和芙蓉公主含笑走进房来说道：

"巧得很，白雪公主刚刚回卡不到十分钟，她马上就来了。"

"老贯，问问茶房去，还开得出一个房间吗？"

蒋泽点了点头，他见房中只有两张床铺，觉得事情有些尴尬，遂望了黎明一眼，笑着问他。司马起明白他说这两句话的意思，一时心头便像小鹿般地乱撞起来。因为自己虽然也跑了一年多日子的舞厅，但除了跳舞之外，对于女人可从来也没亲近过，今夜若真的要落水了，那到底有些胆怯，所以他立刻阻止道：

"不，老贯，你别去问了，我叫她坐一会儿就走的。"

"要落水大家一齐落水，你算扫我们的兴致吗？"

黎明回眸瞅了他一眼，一面说着话，一面把身子已向房门口走出去了。待他这次回房的时候，手里却拉着一个十八九岁的姑娘。芙蓉公主一见，早已迎了上去，笑着叫道：

"妹妹，我给你介绍，这位是司马先生。"

白雪公主听了，秋波向司马起斜乜了一眼，含笑叫声司马先生，她便在司马起身旁坐了下来。司马起在她坐下身子的时候，鼻子里也闻到一阵芬芳的细香，于是向她粉脸上打量了一会儿，觉得她柳眉杏眼，十分的妩媚，一时倒不禁出了一会子神。芙蓉公主见他这个痴然的样子，这就抿嘴儿扑哧一笑，俏皮地问道：

"司马先生，你瞧我妹妹生得够美丽吗？"

"真是个好人才，司马，你今夜的艳福不浅呀！"

蒋泽一面吸着烟卷，一面笑嘻嘻地吃豆腐。白雪公主听了，逗了司马起一个媚眼，却是嫣然地笑起来。司马起被她这一笑，心头也不禁为之怦然跳动了一下。这时，黎明拉了梅花公主的手，一同走到房门口去。蒋泽见了，忙问道：

"你们又到什么地方去呀？"

"时候不早，我们是要睡去了。阿根给我二十六号开好一只小房间，还是我们两个人去睡一夜吧！"

"还是你们经济实惠，梅花公主，你当心些，别给他战败了明天坍台。"

黎明和梅花公主听蒋泽这么地取笑着，遂不约而同地啐了他一口，唻唻地笑着走远去了。蒋泽把房门关上，伸手打了一个呵欠，笑道：

"他们乐惠去了，我们也可以睡了，怎么司马的大衣、皮鞋还不脱去干吗？"

白雪公主听了这话，遂走到梳妆台旁，把下面抽屉拉开，取出一双拖鞋，放在司马起的面前。她蹲下身子去，却伸手给司马起脱皮鞋。蒋泽瞧了这个情景，忍不住笑出声音来，说道：

"真是恩爱得不能再恩爱的了，你们可谓一见倾心。司马，你瞧怎么样？心里有没有甜蜜蜜的滋味吗？"

芙蓉公主听了，在旁边也唻唻地笑。司马起被她笑得难为情，两颊飞上了一层红晕，遂把身子俯下去，低低地说道：

"谢谢你，我自己来脱好了。"

不料司马起俯身低头的当儿，白雪公主齐巧起身抬起头来，两人都没有留心，这就碰了一个头。白雪公主哎哟了一声，害得蒋泽、芙蓉公主都笑得直不起腰肢来了。司马起见她手摸着额角，皱了眉尖，又痛苦又要笑的神气，颇令人感到她的楚楚可怜，遂情不自禁地把她身子拉到怀里来，摸着她的额角，笑道：

"撞得很不轻吧！我给你揉摸一会儿。"

"还好，你给我倒真的撞痛了吧？"

"真也不会撞痛的，也许是越撞越快乐了。"

蒋泽见他们柔情绵绵的样子，遂一面笑，一面打趣他们。白雪公主羞红了两颊，啐了他一口，却把秋波逗给他一个妩媚的娇嗔，于是大家都笑了。在经过这一阵嬉笑之后，房间里的电灯光也就熄灭了。

第二天早晨十点钟光景，蒋泽把司马起叫醒，说芙蓉公主和白雪公主要先回去了。司马起便用英语问蒋泽给她多少钱，蒋泽也用英语回答他，说她们每个钟点八元，自昨夜两点到今晨十时计八小时，六十四元。账外再另赏十六元，给八十元钱好了。司马起听了，暗想：舞厅里坐一个小时的台子，也要一百元钱，她们伴我们睡一夜，却只有八十元钱，他心头感到这班女子的可怜，于是送白雪公主一百元钱。白雪公主接了钞票，便连声道谢，和芙蓉公主自管蓬了头发回去了。蒋泽待她们走后，向司马起又取笑了一会儿昨夜的事情，因为时候尚早，兼之精神不好，于是两人拥着被各自又睡熟了一会子。

待司马起这一觉醒回来，伸手见金表上的短针已指在一点钟了，他猛可想到张雪尘约自己今天早晨到她家中去吃饭的一回事，这就连喊糟了，遂披衣匆匆地起床，见蒋泽尚酣睡未醒，于是也不叫他，自管到冷热水龙头旁洗脸梳头。梳洗完毕，披上了西服上褂，忽然感到内急，遂把痰盂罐端起小解，谁知在他小解的时候，他却感到有些微微地作痛，一时心头这一吃惊，真是非同小可，这就情不自禁独个儿啊哟的一声叫起来了。司马起这一声叫，把床上的蒋泽吵醒了，他仰起了身子，手揉了揉眼皮，连声地问道：

"司马，怎么啦？怎么啦？"

第三回

溺爱是丧失儿女们前途的毒素

司马起被蒋泽连问了两声怎么啦，一时涨红了两颊，却半晌回答不出一句话来。蒋泽瞧他低了头，似乎还在细细窥测究竟的神气，这就猛可地理会过来了，遂一面掀被下床，一面套上西裤，走上来望了他一眼，扑哧地笑道：

"司马，怎么啦？难道就出了乱子了吗？"

"好像有些不舒服，我心里有些害怕，若真的出了乱子，那可是你们害了我。"

"这是你疑心生暗鬼的缘故，就是她不清洁，在这几个小时之内也没有这样神速的呀！我瞧不会的，你放心，即使你有些害怕，我身边原带有预防的药片，这是我昨天从药房里出来就带在身旁的，我给你服几片，保准你没有什么事情的。像我们在药房、药厂里做事情的人，若再怕患这种病，那真也天晓得的了。昨夜那个白雪公主看她外表很貌美，真可说冰肌玉骨，我不相信她难道就这样不清洁吗？"

司马起听他这样问，遂扣上西裤的纽子，回眸过来，逗了他一瞥怨恨的目光，低低地告诉了他。蒋泽听了，一面笑，一面拍了拍他的肩胛安慰着他。司马起暗想：事情没有这么快的，况且在二十四小时之内，只要服了药，也不会发作的，因此也放心了大半，笑道：

"还算你是个老资格，难道你不知道夜都会里的女子，她外表的清秀，正是她内部污浊的表现呢！"

"现在你倒又想得这么明白了，那么你昨夜就不应该落水的呀！魂灵生在你的身上，难道安安静静地和她睡一夜不可以的吗？"

蒋泽对了梳妆台的镜子，一面打着领带，一面忍不住咯咯地笑出声音来了。司马起微红了脸，笑了一笑，说道：

"我不是柳下惠再世，我如何有这么好的忍耐？唉！说起来，我们到底是个社会上最普通的青年。"

"可是不平凡的青年就能有几个？"

蒋泽听他说到后面那一句话，还微微地叹了一口气，这就回过身子，向他反问了一句。司马起想到整个都会中有多少的旅馆，而多少旅馆内又有多少的房间，在每个房间内每夜所干的又有多少卑鄙龌龊的事情？他觉得蒋泽这句话问得对，因为我们三个人的行动，足以代表整个都会中一班青年的典型了。他觉得惭愧，然而他虽有惭愧的意思，却并没有反悔的存心，这无他，正因为他是个都会中最普通的青年。

"老蒋，闲话少说，你把药片拿出来，这是谁家的出品？"

"是德国制造的，这种货色现在断了来路，别人是买不到的。司马，先叫茶房冲了开水，免得被他们见了难为情。"

司马起见他穿着皮鞋，并不把药片拿出来，遂很性急地催促他。蒋泽抬头望了他一眼，一面含笑回答，一面向房门口努了努嘴。司马起于是到门口按了铃，叫茶房冲开水，不多一会儿，茶房来冲了开水走出去。蒋泽方才穿上西服上褂，在上褂子的袋内取出一瓶药片来，倒出五片，司马起正拿开水吞服的时候，却见贯黎明匆匆地推门进来，见了这个情景，笑问道：

"司马服补品吗？"

"补品？你要不服几片？"

蒋泽听了这话，忍不住咯咯地好笑起来，遂把瓶拿给他瞧。黎明瞧清楚了后，也不免笑了，遂接过瓶，倒出几片，说道：

"那么我也问你取几片吞服了，因为我心头也有些感到害怕。"

"被你这样一说，我也有些担心起来了。不管她们清洁不清洁，我们还是预防了好，要如一发作，那可真不是玩的。"

蒋泽见黎明也要吞服，于是自己也感到心虚，三人都吞服了五片。司马起心头不免有些感触，叹了一声，说道：

"在昨天夜里，见了她们蝴蝶般的粉脸、蛇样的腰肢，大家都没有想到今天早晨会这样的害怕，可是蝴蝶虽美丽，她的粉是毒的，至于蛇般的细腰，那是更害怕了。不过当时为什么大家都不害怕呢？该死，该死！我以后总不再上你们的圈套了。"

"你是个好人？那么以后我就瞧着你吧！"

贯黎明见他也放起马后炮来，遂白了他一眼，笑嘻嘻地说。蒋泽把杯子内开水喝完了，望了司马起一眼，笑道：

"天下的事情，你要去尝试，那你总不要害怕，你要害怕的，那么你还是不要尝试。假使不冒险的话，你又如何能享受得到……"

"好了，好了，你不要说下去了，一个人固然要有冒险的精神，不过这个冒险的精神有些不值得。因为收获的代价不过是片刻之欢，而陷害的却是终身遗恨，不但害了自己，而且将来还害了妻子，甚至于更害到了儿女的身上。所以，这事情此刻细细地想起来，实在是太危险了。"

司马起听他这么地说，摇了摇头，却向他滔滔地辩驳着回答。蒋泽和黎明不是一个愚笨的人，在这时候想起来，当然也有些悔恨的意思，不过他们的论调还是这么地说道：

"总而言之，还是跳舞好，要如交着了桃花运，倒会给你搭着一个处女哩！"

"不过我瞧你们跳的剑秋和唐飞都不是处女了呀！"

"就是你的雪尘，又何尝是处女了？"

贯黎明听司马起这么地说，遂瞅着他脸，俏皮地问他。司马起点了点头，笑道：

"她自己也很坦白告诉我的，不过这种女子的遭遇很可怜，所以我们应该同情她的。因为她在这许多人的包围中，再为着金钱的引诱，依然保持她的清白，这是很不容易的一回事，所以我以为她第一次的失身，绝不是她自甘堕落，这实在是社会的罪恶。"

　　"司马，你天天跟在她的后面吗？老实地说，对于这种女子根本谈不到清白不清白的，只要有钞票，她会不跟你走？"

　　贯黎明听他对雪尘这么的多情，把她人格抬得这么的高，心中有些不以为然，遂歪了歪嘴，冷笑着说。司马起在昨晚因为和雪尘有个深切的谈话，所以他竭力要替雪尘辩个清白，遂忙说道：

　　"你这话也不能一概而论的，明白地说，既然来做了舞女，她不为了钞票，那么她为的什么呢？不过赚钞票也有两种赚法，一种是把她们两只脚跳出来的赚钱，这代价和我们男子拿薪水一样的正当。一种是松了裤带去赚来的，这仿佛我们男子在店里做了舞弊一样的不正当。前者的赚钱，我们不能轻视她的；后者的赚钱，这当然和妓女差不多的。舞女当中，优劣各异，你岂可以把她们都当作出卖肉体的神女一样看待呢？"

　　"你这话虽然不错，不过照你所说这样，清白高尚的舞女恐怕一个已经死了，一个还没有养下来呢！比方拿我和唐飞的感情而说，大家也很可说是情投意合的了。我只碰了她一次的身子，她就要我买一件五千元的灰背大衣，我给她剪两件衣料，一双高跟皮鞋，也要值一千多元的钱，可是她还不满足。从这一点看，我知道只要有钞票，任她一等的红舞女，她会跟你走的。"

　　贯黎明为了要证实他的见解是不错的，这就情不自禁地把他秘密嚷了出来。司马起和蒋泽听了，把手一拍，哈哈地笑起来，说道：

　　"这可是你不打自招的了，原来你们'龙头'和'拖车'已经接在一起的了，那么她到底是不是处女？假使是处女，你花一千元钱也很值得呀！"

"哪里是什么处女？要如是的话，我倒存心把她讨去了。不过据她说，因为她是人家的养女，在她十八岁的时候，她的养母贪了财，接受一个客人一千元钱，把她用酒灌醉失身的。但这些鬼话，我是一只耳朵进，一只耳朵出的。因为在她们说起来，总是很清白，并非自甘堕落的。"

贯黎明在这个情形之下，也只好红了脸，把所有的秘密全都坦白地公开出来。司马起听了这话，他的情感又激动了，遂轻轻地叹了一口气，说道：

"你倒不要这样的轻视她，在上海都会里，满布着荆棘、陷阱，也许事实上真有这么的一回事情呢！她既然把身子交给了你，你应该同情她才是。至于她要你买灰背大衣，这是女子的虚荣心，爱漂亮总是人人都知道的，假使是你正式结婚的妻子吧，她也会向你有这个要求的呀！况且男子的眼睛又是多么的毒，他若见了一个衣服寒酸的姑娘，就会喊她一声'阿桂姐'的。从这一点看来，不但女子是爱好虚荣的，就是男子又何尝不是爱好虚荣的呢？"

"那么她可不是我的妻子呀！是我的妻子，不要说灰背大衣，就是金钢钻戒指，我也背了债去给她办到了。像你这么的多情，老实地说，将来你就会感到无限的痛苦，此刻你百依百顺地答应了她，明天她遇见了一个比你有钱的客人，她就会把你抛到脑后去的，那时候，你真会哭笑不得的了。像我有一个朋友，他有些痴心的，很想在舞女身上找些真爱情，结果，金钱花了，身子也从来没有碰过人家，而且马路上碰见了她们，仿佛陌路人的样子。你想，这种舞女有情义的吗？所以，在舞女身上千万多情不得，大家总要辣手辣脚，我有钞票，她有色相，在钞票和色相交换期内，大家都客来客去，否则，还是像个陌路人的样子。这不是我过甚其辞，实在是经验之谈呢！"

贯黎明听他说的话中不免又包含了无限多情的成分，这就笑了一笑，摇了摇头，向他絮絮地也说出一篇大道理来。司马起听了，又觉很感触，因为社会上的事情太复杂，所以也难以批评。总而言之，是要瞧情形而论的。蒋泽笑道：

"欲除烦恼须学佛，最最太平的是瞧一场电影，既不会伤金钱，又不会生烦恼，不过学会了跳舞之后，好像不跳舞，就有一件什么大事情没干成的样子。这跳舞场为什么要允许他们雨后春笋般地开起来呢？真是害人非浅，我若做了大亨，一定叫他们一家一家地关门。"

"你这几句话省省吧！照你这样爱跳舞的人，将来若做了大亨，也许还会鼓励一班青年人实行跳舞救国哩！"

司马起听了，撇了撇嘴，拿话去俏皮他。黎明听了这两句话，忍不住咯咯地大笑起来了。正在这时，茶房进来，手里拿了一张账单，说道：

"蒋先生，今天房间还连下去吗？已经一点多了，你们难道不想吃午饭了吗？"

"司马，黎明，你们的意思怎么样？"

茶房这一句话才把三个人提醒了，只觉肚子里一阵怪叫，真有些饿起来。蒋泽接过账单，见四十二元五角，遂望了两人一眼，征求他们的意思。黎明不待司马起回答，遂先说道：

"再连一天好了，昨天付过三十元钱，我再付你三十元，明天早晨再算账。"

黎明一面说，一面在袋内摸出三十元钱来交给茶房，茶房点头答应，遂自管地走出去。蒋泽说道：

"那么我们此刻吃饭去了，吃好了饭，再商量到什么地方跳茶舞去好不好？"

"我想先回家里去一次，因为每星期日回家一次，那是免不了的事情。"

司马起和他们一同披上大衣，他向两人低低地回答。黎明走上去拉着他的衣袖，扯了两扯，瞅他一眼，笑道：

"家里没有夫人等着你，你何必一定又要回去呢？"

"假使是夫人等着我，我倒不会怕她的。无奈我的老祖母要记挂，所以我是不得不向她面前去报到一次的。"

司马起这两句话倒引得两人都笑起来了。蒋泽拉开房门，和他们一同步出房外去，向堂口的茶房关照了一声，然后乘电梯到楼下。在金都饭店的门口，黎明又向司马起望了一眼，低低地问道：

"那么等会儿在什么地方再碰面？"

"我瞧还是在维纳斯舞厅里好不好？"

司马起沉吟了一会儿，低声地回答。黎明、蒋泽点头说好，遂和他分手，各自走开去了。司马起跳上一辆人力车，叫他拉到马斯南路的兰园别墅里去。他坐在车上，心中自不免暗暗地想了一会儿，现在的钞票真不值钱，花一次总得两三百元钱，运道也真不好，昨夜偏会遇到了这一票强徒，把我赢来的六百多元钱抢得一些都不剩，现在身边只有一百元钞票，还不够一只坐台子的钱，那可怎么好呢？司马起经过这一阵子的思忖，人力车已到兰园别墅的门口，于是他付了车资，匆匆地跳下。

司马起的祖父生前倒是一个百万家产的地产商，自从他祖父死后，他的父亲便荒唐起来，因此今天卖这一块地皮，后天卖那一块地皮，直到地产被他卖完了，他的父亲也就一病身亡了。兰园别墅是个两楼三幢的西班牙式的小洋房，这是他祖父在着的时候自己的地皮自造房子，到现在也唯有这一座小洋房是他们的家产了。司马起的父亲虽然是个荒唐十分的人，不过他母亲却是个很有思想前进的女子，她是高级师范的毕业生，她的名字叫作狄飞霞。飞霞十七岁那年，由父母之命、媒妁之言，嫁给了司马起的父亲，第二年就养了一个女儿叫司马琴，第三年养的便是司马起，第四年养的司马文，他是司马起的弟弟，第五年养个女儿叫司马英。他们姊弟四个人挨次的小一年，司马琴今年二十岁，那么飞霞的年龄算来也不过三十七岁。飞霞是个受过高等教育的女子，她见丈夫这样的不上进，心头自然万分地痛恨，虽然很想时时规谏丈夫，但上面还有一个年老的祖母，那时候家庭专制，做媳妇的根本不能向丈夫吵闹的，况且飞霞本身一年生养一个孩子，抚育小孩子也已够辛苦的了，所以更加没有工夫去劝谏丈夫了，直到司马起八岁的时候，他父亲一病身亡了。临终的时候，方才觉悟到他荒唐的罪恶，他拉了飞霞的手，含泪向她忏悔，并且叮嘱着说：请她严格地教养这两个儿子和两个女儿，使他们长大起来切不要和他们的父亲一样随俗浮沉才好。飞霞对于这幕印象是非常的深刻，所以把四个孩子管教得非常的严谨，可是司马老太太却是一味地溺爱，飞霞管教孩子的时候，她便庇护了去，说他们可怜是个没有爸爸的孩子，我是只有这四个命根儿的孙儿女，你若吓了他们小魂灵，那你还是杀了我这条老命好吗？飞霞在这样的环境下，她是感到痛苦极了，因此暗暗地伤心，不免独个儿痛哭了一场。后来，司马琴、司马起胆子大了，反正有祖母做保障，益发不听从飞霞的话了，飞霞因为司马文、司马英年龄尚幼，生恐被他们同化，所以和祖母约定各人管教两个孩子，彼此不能过问。司马老太太也答应了，起初他们连吃饭也分开来的，直到司马琴十八岁那年出嫁了，司马起毕业中学后进新光药厂任职的时候，司马老太太究竟年老力衰，时常患病，她们婆媳两人方才慢慢地亲热起来。

　　说起司马琴嫁的丈夫，也是弄假成真的。你道是怎么一回事？原来，司马琴在祖母溺爱之下，她是十分的浪漫，毕业女中之后，就考入新光药厂做女会计员之职，不料被总经理韩士杰所看中了。士杰是个三十五岁的男子，家中原有妻子，不料司马琴在大意之下，竟上了他的圈套，直到木已成舟，司马琴只好嫁给士杰做个姨太太。飞霞对于这头婚姻本来是极端地反对，后来司马琴含泪痛哭，说女儿虽然浪漫害了终身，但一女不事二夫，既已失身于彼，也只好从一而终的了。飞霞听女儿这么说，觉得痴心得可怜，因此也只好由她，不过想着十八岁的女儿竟嫁一个三十五岁的男子做姨太太，她是感到万分的心痛，时常叹息着，觉得女儿造成今日的命运，至少是祖母溺爱的结果。司马琴既嫁了韩士杰，她就把司马起介绍到新光药厂里去任职。张雪尘对司马起说新光药厂的总经理是你的姊夫，就是指点韩士杰而言的。

司马起的家庭约略表过了一会儿，再说他匆匆地回到家里，只见弟弟、妹妹和祖母还在会客室内吃午饭，这就走上去在桌旁坐下，笑道：

"你们吃饭也这样迟吗？我也还没有吃过呢！"

"今天陈妈开饭是迟些，你在什么地方玩？直到这时候回家还没有用过饭吗？"

司马老太太对于这个大孙儿是最心爱的，她一面含笑问，一面回头又叫陈妈盛饭，说大少爷回来了。陈妈听了，慌忙从厨下出来盛饭，交给司马起。司马起握了筷子吃饭，眼珠一转，这就有了一个主意，遂笑道：

"早晨从宿舍里出来，原想先回家的，不料在路上遇到一个朋友，他拉我一同去瞧场电影。星期日早场电影映毕，已经十二点半，他还要请我吃饭，我说怕家中记挂，所以急急地赶回家来了。"

"大哥，是女朋友吗？"

司马起编的谎话大家都很相信，司马英把俏眼斜乜了他一下，却掀着酒窝儿向他很神秘地憨笑。司马文听了，逗了他哥哥一眼，也笑起来。司马起被他们笑得微红了脸，摇了摇头，忙急急地辩解道：

"妹妹，你又胡说白道地取笑我了，我哪儿来什么女朋友呢？"

"既然不是女朋友，你为什么脸红？那是你心虚的表示。"

司马英倒也怪淘气的，噘了噘小嘴儿，秋波逗了他一瞥媚眼，和司马文益发笑起来了。司马老太太拿了羹匙舀汤喝，听他们取笑得好玩，险些把汤喷出来，因为她竭力地咽下去，所以连连地咳嗽不止。司马起是坐在她的旁边，这就伸手在她背上轻轻地敲了一会儿，笑着埋怨她们道：

"都是你们不好，把祖母累得咳嗽了。"

"但你也不好，有一个女朋友也不是犯法的事情，为什么要辩白得这样快速呢？"

司马老太太咳嗽了一会儿，方才笑着说。司马文、司马英瞟了他一眼，忍不住又笑。司马起却不说什么，自管地吃饭，忽然他想到了什么似的问道：

"咦！妈到什么地方去了？"

"上海儿童教养院的院长来电话，请妈过去有事情商量，大概是要妈担任训育主任的职务。"

司马英听他问起了妈，方才正了脸低低地告诉他。司马起听了，微蹙了眉尖，说道：

"妈在文光女中担任初中二的级任，已经是很吃力的了，她如何还能再去担任儿童教养院的训育主任呢？她自己身体也得保重，我瞧妈近来是苍老得多了，因为我和妈见面的时候很少，你们不是也该劝劝她老人家吗？"

"阿起，你不要说这些话了，我哪一天不和她说过这些话？现在我家的家境虽然大不如前，但一口苦饭总有的吃的。可怜你妈说起来真也苦了一世，现在年纪也快近四十了，就安安闲闲地乐得在家里享几年福，但是，我的话就仿佛耳边风，偏不肯听从我，你还跟她说什么呢？"

司马老太太不待他们两人的回答，就絮絮地先说出了这一篇话。在她的意思中，因为儿子早死的缘故，确实也很有爱怜媳妇的成分，不过为了飞霞不肯听从自己的劝阻，她那颗苍老的心灵上似乎也有些怨恨。司马文听了，遂给飞霞代为辩白道：

"可是这也怨不了妈的，妈是个有学问的女子，她如何肯关在屋子里与草木共腐呢？我听她曾经对我这样地说，她若活着一天，总要给国家社会尽一天教育儿童的责任，直到死了之后，当然她是管不了许多的了。我觉得妈的忠心于教育，正和诸葛孔明所谓'鞠躬尽瘁，死而后已'，劳苦一些，不过她精神上是很快乐的。"

司马起听弟弟这么地说，遂也不再说什么了。大家匆匆饭毕，司马老太太自到上房里休息去。这里兄妹三人在书房间闲谈了一会儿，司马起见时已两点了，遂悄悄地溜到上房里来。司马老太太今年六十一岁了，精神不十分的好，此刻又歪在床上躺着，她见司马起走进房里，遂问他道：

"阿起，你睡在厂内宿舍里，每夜可曾常常出来游玩吗？"

"没有出来游玩，每夜八点钟敲过就睡了。"

"这样才是个好孩子，我就放心得多了。你姊姊前天刚到家里来过，听说她已怀了三个月的身孕，所以我心里觉得很是欢喜。"

司马起在她的床边坐下了，一面轻轻地捶敲着她的腿，一面只好抹杀了良心，低低地撒谎着回答。司马老太太觉得大孙儿最孝顺，这当然是因为把他自小儿抚养成人的缘故，所以她是非常的安慰，含了得意的笑容，表示很欢喜的意思。司马起笑道：

"真的吗？那就叫人欢喜。祖母，你是可以四代见面了，假使你活到八九十岁的话，一定可以五代同堂了。"

"你不知道，人老了做人就没有趣味，牙齿都脱落了，要想吃的东西又吃不下，要出去看一场绍兴戏，回来又喊腰酸头晕，我倒不想活到八九十岁有五代同堂的希望。只要瞧你结了婚，养下了儿子，那我就够欢喜的了。"

司马起因为已有了一个存心，所以他向祖母便大拍其马屁起来。司马老太太听他这样凑趣，心里自然十分的欢喜，不过也很感慨，遂抚摸着他的手，低低地说。

"祖母，你近来胃口怎么样？我可以去拿瓶'食母生'来给你吞服，那你就会健康起来了。"

"你姊姊把补品也不知拿来多少种类了，我都放着没有动过，你还花钱去买呢！阿起，你这几个月来脸色很黄瘦，我想你该服些补品才是的，回头给我带些去，每天早晨可以吞服。"

司马起听她说身子不好，遂忙又说给她买开胃的食母生去吞服，不料司马老太太却摇了摇头，反而叫他自己带些补品回去吃。司马起笑道：

"我是药厂里做事的，气味闻闻也有得补了，哪里还用得到真的吞服补药吗？祖母，我想……我想问你拿几百元钱，不知您老人家肯答应我吗？"

司马起说到这里，一瞧手表已经两点一刻了，这就再也忍熬不住地说出了他最后的目的，他满面含了笑容，表示有些不好意思说出口的样子。司马老太太起初还含了微微的笑意，及至听他说出了这些话，方才显出了惊讶的神色，低低地道：

"阿起，并不是我不肯给你钱，但是我有些奇怪，你吃的厂里，住的厂里，至于穿的西服都是我给你做的，那么你还有什么开销呢？就算说星期日瞧瞧影戏，那么四百元一个月的薪水，家里又不问你拿一个钱，难道还不够你的花吗？况且有时候厂里多少还可以拿一些外快的。我问你，你这些钱到底花在什么地方去了？你老实地告诉我，我才给你钱，否则，我可不答应。再说给你妈知道了，你真要挨一顿骂哩！"

司马起听祖母这么地说，他心头别别地一跳，两颊不免涨得绯红起来，但他立刻又镇静了态度，很自然地笑了一笑，说道：

"祖母，你难道还不明白现在生活程度的高吗？比方说，我一个月要理发三次，每次起码十元钱，这不过是极小的一点儿。再说厂里的饭菜实在难以下咽，饭是红米煮的，菜好像是做羹饭，所以有时候我夜饭总在外面吃的，两个朋友吃一次最经济的饭菜，至少要六七十元的钱。你想，四百元的薪水有几次可以吃饭呢？再说牙刷、牙膏、香肥皂、生发油等，一个月也得花二三十元钱，至于袜子、皮鞋，那更不用说了。祖母，假使我要买一双好一些皮鞋的话，四百元的薪水还只有一只皮鞋可以买呢！"

在司马老太太当时的心中想来想去，觉得他没有什么开销的，不料如今被他啰啰唆唆地派了一大套，一时也觉得四百元的薪水实在不够他的花费，遂忍不住笑道：

"好了，好了，你也不要发什么牢骚了，说起来总是现在生活程度太高的缘故，现在拿四百元的薪水，实在还是从前拿四十元薪水好过活。不过应省的地方，总得节省一些，比方说，你一个月理发三次，现在就减为两次，你一个月看电影五次，就减为三次……"

"祖母，你说的不过是一点儿小数目，那是节省不好的了。就说每个月不理发、不瞧电影吧，那么也只省了几十元的钱呀！"

司马起不等她说下去，就急急地向她解释着。司马老太太在这情形之下，她没有再说什么，身子已从床上坐起来。司马起知道她坐起身子一定是拿钞票的意思，心里暗暗的欢喜，遂很快地帮着扶起她的身子。司马老太太抽开梳妆台的抽屉，取出一只小小的八宝箱，打开盖子，司马起偷眼望去，大概有一千元的钞票。司马老太太取了三百元，交到他的手里去，说道：

"这一千元钱还是前天叫你弟弟到银行里去领取的，原预备日常的家用，现在你就拿三百元去，可是千万别被你妈知道。你妈若知道了，不但我要被她埋怨，就是你更要挨她的骂哩！说起来韩士杰真也太刻薄，这两年来西药界谁不发了大财？他给职员们饭菜总应该吃得舒服一些，不料还给人家吃红米饭，那也真太剥削小职员了。阿起，你是自小娇养惯的，吃不下这些饭菜，那也怨不了你的，可怜无怪你近来瘦削得多了，不过时常上馆子吃饭，到底也太花费了。我的意思，叫陈妈烧几样可口的小菜送到厂里来给你吃好吗？"

司马起本来的意思，还要问她再拿两百元钱，后来听她说是作为日常家用的，一时良心上也觉开不出口来了。此刻又听她后面这两句话，觉得祖母爱我之情，真可谓无微不至，心中真有说不出的感动，遂偎着她的身子，亲热地说道：

"祖母，你真的太疼爱我了，不过这是千万不可以这样做的，被韩士杰这刮皮鬼知道了，他心里要不高兴的，说厂里的厂长和主任也没嫌苦哩，一个小职员岂可以这样的阔绰吗？"

"哼！小职员难道就不是人了吗？我做祖母的烧几样小菜给孙儿吃，难道也要他做经理干涉的吗？他敢放一声屁，叫他有什么话只管到我面前来说好了。本来像我们这样至戚，他也不该给你做小职员的呀？上次这件事不请他吃官司，他倒一些不知好歹哩！唉！真气死我的了。"

司马起万万也想不到祖母会突然大怒起来，一时倒着了慌，遂忙把她嘴按住了，含了微笑，安慰她说道：

"祖母，姊姊现在既然连身孕都怀着了，你千万别再提起过去的事情，若传到她的耳朵里，反而伤了她心的。照姊夫对我说的话也不错，说我年纪轻得很，况且进厂也不到一年的工夫，若爬得太高了，别个职员心里要妒忌，说什么皇亲国戚，倚势吃饭。老实地说，这些名词加在我的身上，我也不情愿听的，我有的是技能，做什么事，拿什么薪水，这些我倒不和他计较的。至于吃饭问题，他自己来厂里吃饭，也并不添菜，和我们一同吃饭，那么我如何好意思添菜呢？祖母，你这个意思，还是省省吧！若真的实行了，反叫我不好意思。因为在姊夫心中想，总说我在家中告诉厂里饭菜不好，那么祖母才会叫陈妈送菜来哩！"

"唉！有了几千万的家产还是这么想不明白，他的妻子又不曾放过一个屁，就说你姊姊给他养个儿子吧，三十七岁还只一个才生育的小儿子，瞧他死了后，把那些钞票还带到棺材里去不成？"

司马老太太听他这么的劝解，方才把心中怒气稍平了下来，她微微地叹了一口气，显然在她这几句话中，是代他包含了无限惋惜的成分。司马起笑了一笑，对于祖母这两句话却并不表示什么意见。他一瞧手表已经两点半了，这就有些焦急，身子大有坐立不安的样子，一会儿，忽然故作想起一件什么事情般地哟了一声，说道：

"祖母，三点钟的时候，朋友还约我在大东茶室谈件西药的事情，若成功了后，我倒有一笔佣钱可以拿哩！险些忘了，我此刻就得前面去接洽的。"

"那么你快些去吧！晚饭回家里来吃，我给你烧几样好小菜。"

"时候若晚了，我就回厂里去吃饭了，祖母，你也不用等我的。"

司马起一面说着话，一面把身子早已奔出房门口去了。他三脚两步急急地奔出了大门，谁知在大门口却停下一辆人力车，车上跳下一个身穿元色哔叽旗袍的妇人，外披一件元色细呢的夹大衣，仔细一瞧，原来是母亲回来了。不知怎么的，司马起见了母亲，他心头就会感到有些害怕的意思，因为已经彼此遇见了，要躲避也是躲不过，所以只好含了微笑，迎了上去，叫道：

"妈，你回来了吗？"

狄飞霞见了司马起，遂点了点头，向他脸细细地打量了一会儿，却并没有说什么。司马起被母亲瞧得心头像小鹿般地乱撞，他想立刻就走开，可是他却又不敢走开，眸珠一转，这就又含笑说道：

"妈，我听弟弟告诉，说妈是到上海儿童教养院里去接洽训育主任一职的事情吗？不知可有成功了没有？"

"只要我答应了他们，事情自然是成功的了。"

"不过妈已经担任了文光女中的教职，不是也太辛苦一些了吗？"

狄飞霞点了点头，一面回答，一面已向大门口走了进去。司马起的心中虽然很想立刻回身就走，不过说也奇怪，他的两脚会不由自主地向母亲后面跟了进去，虽然飞霞并不曾把他身子拉进来。

"我倒也不觉得这么的辛苦，阿起，你什么时候回家？此刻又到什么地方去？我瞧你脸全竖着汗毛孔，昨天晚上又在哪儿贪玩落了夜吧！"

大门的里面是个小小的院落，里面四周也植了几株法国梧桐树，西首堆着一座假山，假山四周又布置着花卉盆景，倒也颇为幽静。飞霞听他顾虑着自己的身子，遂在那株梧桐树下站住了，回过身子，逗了他一瞥慈和而又怨恨的目光，低低地问他。司马起母亲的眼睛仿佛是爱克司光般地会照透了自己的行动，他心益发撞得厉害起来，但到底又竭力镇静了态度，低低地回答道：

"我上午回来的，因为三点钟有个朋友约我在大东茶室接洽一件西药的事情，所以此刻我是到大东茶室去的。昨夜和厂中同事瞧了一场电影，所以稍会迟睡了一些。"

"我听你姊夫说，你把厂里的账目算错了好几次，我想你在晚上一定常常游玩，以致白天里办事的精神都没有了。孩子，你的年纪不小了，自己要勉励着自己才好。母亲年纪将老了，不能天天跟在你的身后叮嘱你，你总要向上进的道路走，切勿向堕落的苦海里沉下去。你应该明白你爸荒唐的下场，我这十多年来辛辛苦苦地把你们四人抚养长大，你是老大，你总要给我争一口气。虽然你是由祖母领大的，和我接近的机会原很少，但你更应该为你祖母争一口气，也不枉她老人家疼爱了你一世。阿起，你千万不要使她苍老脆弱的心灵里感到失望才好。"

狄飞霞感到他说话的态度总有些不自然，想到那天士杰偶然跟自己说起阿起工作的情形来，她感到阿起一定也在荒唐了。晚上睡眠不足，白天精神自然不好，那是一定的道理。她为阿起前途感到担忧，遂用了慈祥委婉的口吻向他低低地安慰勉励。但她想到了丈夫因荒唐而丧失了生命的一回事，心中不免又渐渐地悲哀起来，她的眼角旁忍不住已涌现了一颗晶莹莹的眼泪。司马起在听到母亲这一篇话之后，同时又见母亲淌泪的样子，她那颗善感的心灵完全地被激动了，情不自禁挨近到母亲的身旁，用了颤抖的声音，低低地说道：

"妈，我并没有荒唐呀！你老人家快不要伤心了，我听从妈的话，我一定会给妈争一口气的，以后我再也不会把账目算错了。"

"是的，我也知道你是个聪敏的孩子，不过太聪敏了，往往容易会被聪敏所误的，因为上海的都会太罪恶了，你总要把你的理智来克服这罪恶才好，那么我做妈的也就很安慰的了。"

狄飞霞见他说着话，泪水也从颊上淌下来，她明白阿起并非是个不可造就的人才，只要有人会好好儿地感化他、劝告他，他一定会向上进的道路走。因此在她芳心里又激动了母爱之情，她点了点头，破涕微微地笑了。她在胁下抽出一方手帕，亲自拿到阿起颊上去，给他揩拭泪水。

"妈，你近来苍老得多了，我想你总该进一些补品，况且你又担任了儿童教养院里训育主任的职务，事情不是要更繁忙了吗?"

"我知道，明年我会把文光女中的教职辞了的，因为我的志愿，是培养一班孤苦无依的儿童，使他们将来都成功一个良好的国民。"

司马起见母亲给自己拭泪，一时只感到母亲的可怜，遂又向她低低地劝告。狄飞霞含笑点头，表示她的终身已寄托在这一班孤苦儿童的身上去了。司马起感动地叫道：

"妈，你太伟大了。"

"然而你总得学妈的样子，刻苦耐劳，这是锻炼青年身心唯一的好方法。阿起，时候快近三点了，那么你该到大东茶室去了，别失了你朋友的约，因为青年人的做事情，最重视的就是'信用'两个字。"

狄飞霞听他这么地说，心中有些得意的滋味，含了欣慰的笑容，向他低低地劝告，一面推了推他的身子，是叫他可以去的意思。司马起红了脸，向她说声"妈，再见!"他便低了头，急匆匆地跨出了兰园别墅。

司马起在跨出兰园别墅的时候，他只觉得全身有些发烧，好像有一枚尖锐的箭猛可刺穿了他心的样子，感到隐隐地有些作痛。也不知打哪儿来的一股子伤心，他的眼泪会像落雨一般地大颗滚了下来。在马路上一个人淌着眼泪，那究竟太不好意思了一些，司马起于是伸手拿帕擦干了眼泪，他心中不免暗自地想：我此刻该上哪儿去好呢? 因为我口里说的话和事实上所干的行动，不但太对不住了母亲，而且也太对不住自己的良心呀! 司马起在这么感觉之下，他站在人行道上自不免呆呆地出了一会子神。

天下的事情，说凑巧起来，真有这么凑巧的一回事。司马起站在人行道上正在发怔的时候，忽然见对面那条广福里内走出一个年轻的姑娘，她穿了一件雪花呢的秋季时式大衣，因为她旗袍下摆是露在外面，所以瞧得清楚那是一件织锦缎的料子。脚下是一双半高跟的赭黄色镶乳白色的皮鞋，因了那双丝袜绝薄的缘故，更令人感到她的亭亭玉立、婀娜可人。她走出弄口之后，向四周望了望，似乎喊人力车的样子，不过这时候马路上人力车一辆也没有，在她回眸四望之间，不免也瞧到了对面站在人行道上的司马起。两人四目相接，由不得都微微地一笑，那姑娘见司马起站住着不走，心中以为他是等自己走上去招呼的意思，也许因为自己芳心里对他也存有了一份好感的缘故，所以她情不自禁地终于笑盈盈走到司马起的身旁来了。

第四回

谁能逃得过黄金与美人的诱惑

孔子曰："唯上智与下愚不移。"这句话真是再对也不能的了。上智者，他有彻底的思想，他有准确的见解，环境虽然五花八门地在变化无定，不过他的思想与见解绝不会随了环境而转变的；然下愚者，他的思想是迟钝的，他的见解是独腹的，所以他也绝不会受外界种种的诱惑和同化。唯有具着一些小聪敏的人，往往容易转变化的思想和见解，这是为着什么缘故呢？喏，那就是利能使智昏，欲能使神迷。假使一个人能不受黄金与美人的迷恋，这不是上智便就是下愚的了。

这里所说的司马起，就是具有一些小聪敏的那一种典型人物。说他愚笨吧，他倒是一些也不愚笨，说他聪敏吧，可是也不算什么聪敏。总而言之，他在哪一个环境里，就做哪一种工作，绝对没有一些决断的能力。比方说，他明知跳舞是件堕落初步工作的事情，至少的坏处，使你没有成就，使你没有积蓄，不过他一到了舞厅之后，见了千娇百媚的姑娘，他把跳舞的害处早又抛诸于脑后去了。社会上这种青年最多，可说俯拾皆是，大都明知故犯，这是什么原因？当然一班世人是都逃不过黄金与美人的诱惑。

司马起站在人行道上出神的本意，因为他受了母亲这一番忠告和劝慰，心头在感动之余，又觉万分的羞惭，所以他倒有悔悟的意思，预备下午不再到维纳斯舞厅里和他们两人碰面去了。谁知做梦也想不到会发现对面广福里内走出一个年轻的姑娘来，而这姑娘正是赌台里遇见的这位欧阳小姐。社会上的事情，就是遇到了一面之熟的姑娘，那也算不了什么稀奇，不过这里所稀奇的，那位欧阳小姐会笑盈盈地走到司马起身旁来招呼，这在司马起的心头当然感到了无限的惊喜。因为事情已经到现在这一个环境里了，对于母亲忠告和劝慰的这一个环境，照时间上说，自然已经是过去了。那么换句话说，司马起悔悟的时间也过去了。随后来的环境，他少不得又是随了环境来一个变化。诸位瞧到这里且不要笑他，也许社会上的青年十分之十是这样的吧！

"欧阳小姐，你就是住在广福里内的吗？"

"不，这是我表姊的家里，你怎么知道我姓欧阳的？"

司马起见她笑盈盈地已经到了身旁，这就先向她低声儿地发问。她摇了摇头，一面含笑着回答，一面又显出惊讶的神色，秋波在他俊美的脸蛋上脉脉地瞟。司马起听了，笑道：

"昨夜我听那个摇缸的姑娘不是曾经叫你过'欧阳珠'三个字吗？'欧阳'两字那是没有第二个的，所以我就知道你复姓欧阳，不过这'珠'字我却不能肯定是什么珠字了。"

"不错，我的珠是珍珠的珠，那姑娘是我的邻居蔡晴梅，平日和我时常闹着玩的。你先生贵姓？府上也在这儿附近吗？"

欧阳珠听他这么地告诉，芳心里暗想：原来他很注意我的。为什么要注意我？换句话说，他当然和我有表示好感的意思，一时真有说不出的喜悦和羞涩，红晕了两颊，乌圆眸珠一转，也不禁掀着酒窝儿赧赧然地笑起来。司马起见她的服饰虽然是相当的摩登富丽，不过她的脸上却绝对不施一些脂粉的。此刻在她颊上浮现了一圆圈天然的红晕之后，这当然比涂上了脂粉更调匀更娇艳一些，兼之掀了那个浅浅媚人的笑窝儿，他觉得唐飞、剑秋固然及不来她的美丽，就是雪尘和她相较，恐怕也要输她三分的了。司马起在这样打量和思忖之下，他简直有些神魂飘荡起来。欧阳珠见他并不回答，却呆若木鸡地盯住了自己，这就羞涩得把脸也垂下来了。司马起方才理会到自己的态度，使人家姑娘心中感到有些难堪，遂忙着含笑回答道：

"说来有趣，你是复姓，我也是复姓，叫作司马起，这'起'字是起来的起，我舍间离这儿十余步路，就在广福里斜对面的兰园别墅里。欧阳小姐有空不妨请过来玩玩。"

司马起指了指前面的屋子，他后面这一句话原也不过是口头上的应酬而已。欧阳珠回眸望去，似乎在街树的枝叶儿婆娑中尚可以瞧清楚那是座小小洋房的式样，从这一点猜想，可见他的家境是很不错的了，于是回眸又瞟了他一眼，微微地笑道：

"好的，过几天一定来拜望你，司马先生现在上哪儿去呀？"

"也不到什么地方去，今天星期日，随便走走，欧阳小姐呢？"

"我三点钟接班的，司马先生，昨夜你押得真巧，押三下赔三下，这也不容易的。"

司马起听她这句接班的话，心中自然很明白她是上赌台里去的，于是两人一路走着，一路谈话。司马起笑着回答道：

"其实我到这个地方去还只有昨夜第一次，欧阳小姐三点钟起，一直要到晚上了吗？"

司马起说到这里，本来要把昨夜被强徒抢去了赢来的钱的事情告诉她，后来仔细地一想，这不啻是报告自己的荒唐给她知道，所以他顿了一顿，把要说的话题又转变到这一个事儿上去了。欧阳珠点了点头，说道：

"是的，要到晚上十一时为止，像昨天星期六晚上还是通宵营业的，不过玩的人到底不多。"

"那么欧阳小姐倒也很辛苦的了。"

"但是为了生活，那也没有什么办法的。司马先生，此刻有兴趣一同去玩玩吗？"

欧阳珠微微地叹了一口气，她这两句话至少包含了一些扼腕的成分，在她说完了这两句话的时候，已经发现前面有两辆人力车，于是她回眸瞟了司马起一眼，笑盈盈地问。司马起明白她的意思，假使我不和她一同去的话，她便要坐上人力车走了，这当然是为了时间问题的缘故。在司马起心中觉得今日无意中会和她在马路上相遇，已经感到无限的惊喜，何况她对我又表示很亲热的样子，若一旦地就分手了，这机会错过是多么的可惜，因为和她一同去了，至少可以多增加一份感情。这时，司马起的心中完全是被欧阳珠的色所吸住了，他跟她去的目的，倒还不是为了赌钱，在这一个环境和这一个时间内，他如何还想得到刚才母亲这一番金玉良言的忠告呢？

"好吧！我原没有什么事情，就和你一同去玩玩。"

欧阳珠听他答应了，心中也无限的欢喜，遂向他横眸一笑，伸手招了招人力车，因为在她的芳心里，所以叫司马起一同去的意思，确实也是为了有些爱上他的成分，无非不舍得和他立刻分开的缘故，倒不是为了叫他去赌钱自己可以抽头的意思。所以这时两人的理智完全被情感所蒙蔽着，绝对没有想到其他一切的问题。

两人坐车到了俱乐部的门口，见那些进进出出的赌客真不少，也有脸带笑意的，也有满头大汗的，表情各个不同，但司马起这时并不注意这些赌客的神情，他的两眼是只管望着欧阳珠的脸庞，红粉细白，好像吹弹得破的样子。

"司马先生，我先去脱了大衣，你到四十四号台子去等着我好了。"

两人跳下人力车，还是欧阳珠很快地付去了车钱，司马起也来不及和她客气，一同走进了俱乐部的大门。欧阳珠秋波斜也了他一眼，向他低低地叮嘱。司马起觉得"等着我"这三个字有些令人感到甜蜜的滋味，遂含笑点了点头，他先走到四十四号的台子旁去了。

有了昨夜这一回经验之后，司马起并不像昨晚那么的胆怯和慌张，他拖开椅子坐下，拿了红蓝铅笔并记录簿子，俨然是个老赌客的神气。那个捧摇缸的姑娘，司马起认识她就是欧阳珠告诉的蔡晴梅，这姑娘年纪虽小，那张嘴是挺灵活的，眼睛也是挺锐利的，她瞥见了司马起的时候，遂向旁边管赔吃的笑着叫道：

"这位先生是我们的'老牌头'，吃头钿再爽气也没有的了，不向他开口，他自己也会给我们的，你快拿大炮台香烟过去呀！"

"哦！老牌头，今天望你多赢些吧！"

旁边管赔吃的今天是个男子，他听晴梅这样叮嘱，遂送过来五支大炮台烟卷，他脸上含了说不出所以然的笑，这笑容叫人看了至少有些感触的成分。司马起虽然不吸烟，但既然送了过来，藏着送给蒋泽、黎明吸也是好的，于是点了点头，伸手接过了，一面取出祖母给自己的三百元钱放在面前，表示就要押的意思。

"喂，拿几支烟来吸好吗？"

"你押过了没有？"

站在司马起旁边有个穿短衣服的男子，他向那个管赔吃的男子讨取香烟吸，那个管赔吃的把刚才一副笑容收起了，现出一副尴尬的面孔，斜睨了他一眼，大有轻视的样子。穿短衣服的男子把手中只剩了一张十元钱的钞票向他一扬，有些急促地说道：

"怎么没有押过？一百元钱只剩了十只洋哩！"

"谁知道你一百元两百元，反正你说一千元也可以的呀！"

"你那是什么话？刚才我赔一记，你吃我两元钱的头钿倒忘记了吗？问你讨几支香烟，你神气些什么？"

"喂！你不要说吃什么头钿的话好吗？两只洋瞧得见的，漂亮些还了你好吗？"

"小张，你和他吵什么？就给他两人烟卷是了。"

蔡晴梅见两人争吵起来，遂向他叫了一声，是不要多事的意思。小张听了，遂伸手向他掷过一支烟卷过去，那副表情真有些像人家晚爷的面孔。穿短衣服的男子拿过烟卷一瞧，原来是支市面上最劣等的香烟，这就退回过去，冷笑道：

"大前门香烟拿一支算得了什么？这种香烟我是不要吸的。"

"你大炮台香烟拿五支好吗？好了好了，不要啰唆了，两支洋还了你吧！"

小张也冷笑了一声，把这些话去俏皮他，然后把两个单元的筹码掷到他的面前去。那穿短衣服的男子气得脸也青了，遂拿了两元筹码，骂声"他妈的，狗眼瞧人低，势利鬼！"他便愤愤地走了。这几句话，除了司马起在他旁边听见外，小张是没有听见，否则，这一场相骂又是免不了了，不过小张也不是个好人，待他走远了后，也笑骂着道：

"屈死，瘪三，拿了十只洋做做样子，专门骗香烟吸的。"

司马起听了这话，想到他对待自己的情形相较，自然有些感慨系之。因为晴梅又在高声地喊着"开啦开啦！"于是拿了一百元钞票放在大字上，不多一会儿，只听晴梅高声地连叫道：

"四五六，十五点大呀！这位西装先生又押着了。"

就在这个当儿，欧阳珠笑盈盈地来了。小张知道她是来接自己班的，遂对她说道：

"你等一会儿，让我赔舒齐了这一记大的。"

"司马先生，你押过了没有？"

欧阳珠点了点头，她把秋波先瞟到司马起的脸上去，那种笑的表情是令人魂销的。小张听她们招呼，方知两人认识的，遂代为答道：

"原来这位就是司马先生吗？他刚押一百元大的，就押着了，真是财神爷跟在他的背后。"

小张一面说，一面把赌客们押着的都赔齐了，赔到司马起的时候，望了他一眼，笑道：

"第一记，我们不吃头钿，给你发发利市。"

"拿十元钱去吧！"

司马起在欧阳珠的面前，似乎要更显到阔绰一些，遂接过两百元钱，飞过去一张十元票子。小张拿了钞票，交到晴梅的手里，原来头钿是归摇缸的人管理，笑道：

"这位司马先生果然漂亮，真是名不虚传。"

"可不是？谢谢司马先生，望你多押着几次。"

晴梅一面把钞票放入铅皮箱里去，一面飞过来一个媚眼，向司马起连声地奉承。小张在让给欧阳珠座位之后，又向司马起含笑问道：

"司马先生，要吃些点心吗？"

"不，此刻饱得很。"

"那么喝瓶绿宝橘汁吧！喂，开瓶绿宝橘汁。"

欧阳珠见他摇了摇头回答，遂笑盈盈地插着嘴说。她不待司马起的答应，就扬了粉脸，向坐在当中位置上那个管理点心的女子说。不多一会儿，橘汁拿上，司马起就吸了两口，不料这橘汁原是他们里面自制的，并非真正的鲜橘水。司马起是个吃得好的朋友，他觉得橘汁内至少掺和糖精的成分，所以厚味得把黏痰都会咽上来，于是取出一张五元钞票，和橘汁瓶一同交付侍女拿去。大家见他这一个派头，自不免刮目相看了。司马起拿手帕抿了抿嘴，欧阳珠瞟了他一眼，低声问道：

"怎么？味儿不好吗？"

司马起点了一下头，含笑并不作答，他见记录簿子上已开了五次的大，因为这次是四五六的大，也许翻转来会变成一二三小的。他想定主意，不管三七二十一地就拿两百元放在小字上，又拿九十元放在六点上面。欧阳珠笑道：

"司马先生，你虽然是初跑赌场的，可是押的门槛倒着实精哩！"

"天老爷保佑，望他开个六点，这次可不得了。"

蔡晴梅见了，第一个先起劲十分高声地嚷起来。司马起听欧阳珠这么地说，望着她掀着笑窝儿的粉脸，也忍不住微微地笑。就在这个时候，晴梅叫道：

"三只二呀！小字上虽然没有，点子上是押着了。"

司马起在听到三只二的时候，他心中一跳的程度，至少有些把他撞得疼痛起来，及至听到后面这两句话的时候，方才把他那颗失望而紧张的心又回复到喜悦而松宽起来，方才明白押点子是不管宝子的，只要点数相同，就算押中。欧阳珠一数六点上的钞票，是九十元钱，这就赔他一千二百六十元钱，送到他的面前，笑道：

"六点一赔十四，九十元计一千二百六十元，连本一千三百五十元。司马先生，这一记押着是真正的运道，要如开个七点，你赔了小里两百元，不是只赢到一百十元钱了吗?"

司马起当初还是糊里糊涂的，直到她送过来这一厚叠的钞票，方知是赢着了一千多元的钱。一时他有些乐得神志昏迷了，因为欧阳珠并不向自己提起头钿的话，他明白这是因为彼此有过一度的谈话，在似乎有层友谊上关系而说，她当然有些不好意思开口了。司马起既然了解人家的心理，那么他原是个大少爷的脾气，益发不能少给，遂取过二百元钞票，交给欧阳珠。欧阳珠含笑道声谢，她把钞票掷到晴梅的面前去，晴梅和众人的脸上无不含了喜悦的笑容，向司马起连声地道谢。

司马起跑赌场一共还只有第二次，在这二次中就赌赢了很多的钱，虽然第一次赢来的钱有六分之一是出了头，有六百多元是给强徒代赢的，结果，等于输了钱一样，不过这情形到底意外的，至于赌台里的钱究竟很容易赢的。司马起心中既然存了这个意思，他便赖着屁股不肯走了，这是常人的心理，大都希望赢了一千有一万的，简直要想赌台旁发了财的神气。欧阳珠是个中经验丰富的人，她虽有劝他可以走的意思，不过却不好意思开口，于是拿了一盒五支装老美女的雪茄，交给司马起，向他眨眨眼睛，嫣然地笑。司马起一面藏在袋内，一面把钞票取了三百元，放到小字上去。欧阳珠见他并不理会自己的意思，一时也只好由他。这次开的是三五六十四点，司马起没有押中，大家静悄悄地却没有开口说话，只有欧阳珠心中代他可惜，说道：

"五记大，一记宝子，因为这宝子是三只两，热门回头一定又是大的。"

司马起吃去了三百元，因为赢得多，倒也毫不介意地笑了一笑，他这回拿五百元钞票放到大字上去，晴梅高声地像祈祷口吻一样地笑道：

"但愿天爷帮忙，连一记大吧！"

"连大不连小，司马先生押得有苗头，这回保险押中了。"

在司马起旁边站着一个男子，他胸前别了一个徽章，是稽查的字样。他又在低低地鼓吹着，当然，他也很想司马起押中了能赏他几元钱的意思。司马起也不知道他如何会知道我姓司马，可见自己是很受场子内一班人的注意了。正在暗想，但摇缸开出的却是个双三两，八点，五百元钱又成泡影了。晴梅懊丧地叫道：

"断命骰子，偏来个'摇路'了，真是倒霉。"

司马起对于这五百元钱吃了去，心头才开始像小鹿般地乱撞起来，全身一阵子热燥，两颊有些发红，伸手数一数面前的钞票，只剩了四百五十元钱了，无论哪个人的心理，都希望由小化大。比方说，我出门本来坐包车的，坐包车的时候倒感觉很舒服，后来发了大财，于是便坐汽车了，坐汽车当然比坐包车适意，不过他的希望，最好还要比坐汽车更舒服一些的车子才好。假使有一日倒霉蚀了本，汽车坐不起，再坐包车的时候，无论谁会感到没有像当初坐包车那般的舒服。这是为什么缘故？就是门户只能放大，不能缩小，与其是放大后再缩小，倒还不如不放大时候来得爽快。赌钱也是这个样子，你没有赢过这许多的钱倒也罢了，赢过了再输去，心头也会感到很不舒服的。虽然照司马起现在情形而说，他三百元本钱，事实上实在还赢一百五十元钱，那也用不到心跳难受，假使会站起走的话，这当然是个最好的主意。不过有这主意的人，老实地说，他就不会跑到赌场里去的，那么普通一班人的心理，是一定要想去赢回来的。在当初司马起押一百元的时候认为已经不算少，但经过五百元一次押过之后，他又觉得一百元钱押下去，就是赢了也没有稀奇，因此司马起把面前那四百五十元钞票又放到大字上去。他听晴梅说摇路的一句话，暗想：也许这回真的又开大了。

欧阳珠见他面前已没有了钞票，假使这次再吃了去的话，他不是反赢为输的了吗？一颗芳心不免替他暗暗地焦急，秋波掠到他脸上的时候，见他两颊是红得厉害，这就可见他心中是那一份儿的忧煎，遂皱了两条柳眉，低低地道：

"司马先生，你押得太多呀！"

"啊哟，断命瘟骰子，偏又连小了，一二四七点。"

欧阳珠话还没有说完，晴梅叫了一声啊哟，她说到一二四，七点的时候，简直是有气没力的样子，接着向司马起噘着小嘴儿说道：

"司马先生，你蛮好放在小字上的，那么我们也有头钿吃了。"

司马起听了，却没有作答，望着她苦笑了一下，他额角头上的汗点已像蒸汽水一般冒上来。欧阳珠见了，芳心里代为难过了一阵子，遂把秋波含情脉脉地望了他一眼，低低地问道：

"司马先生，你一共输了多少钱？"

"没有多少，输赢总有的。"

司马起被她一问，这才从木然中恢复过原有的知觉，笑了一笑，摇着头，显出毫不介意的样子回答。他摸出手帕来，拭去了额角上的汗点，忽然想到自己袋内还有昨夜剩下来的一百元钱，于是他又取出了，放到小字上去，同时他的身子已经站了起来。欧阳珠明白他只剩了一百元钱了，因为他已站起身子，表示这次一吃马上就走的意思，遂向晴梅笑道：

"你这妮子，还不开得好些吗？人家要生气走哩！司马先生，你别忙，坐下来，这次一定会押中的。"

欧阳珠说到这里，回眸向司马起又逗了一瞥多情的目光，低低地安慰他。司马起含笑没有作答，晴梅把两手一拍，又笑又骂道：

"这双手一些不生魂灵的，开啦，二三六，十一点……唉！开不出了。"

晴梅把摇缸拿开一瞧，喊到十一点的时候，不免深深地叹了一口气。司马起在死了这个心头之后，遂向欧阳珠点了点头，说道：

"欧阳小姐，我们再见。"

"司马先生，你慢着，我给你开张车票。"

欧阳珠心头自然十分抱歉，因为这次是自己叫他一同来的，听他要走了，于是忙又喊住了他，向他低低地说。司马起想到自己身边真的连一张五元票子都摸不出了，便又站住了，待她开好车票，接了回身就走。听晴梅还向他叫道：

"司马先生，明天来翻本吧！"

欧阳珠眼瞧他垂头丧气匆匆地走远了，她芳心里感到一阵子莫名的惆怅，情不自禁微微地叹了一口气。约莫经过十分钟后，欧阳珠忽然见司马起又匆匆地走来了，他手里拿了叠钞票，大约是五百元钱，在桌旁这回却站住了。晴梅见了笑道：

"司马先生，你来翻本了吗？这次保险你会赢的。"

司马起笑着没有作答。欧阳珠是个细心的姑娘，她芳心里当然感到十分的惊奇，凝眸含颦不免暗自想道：在这十分钟的时间内，他是绝没有回到家里去过，因为来回的时间绝没有这么快的呀！那么他手里五百元钱又是打从什么地方来的呢？真令人有些奇怪的。就在这奇怪之间，她的明眸忽然瞥见到司马起拿着钞票的两手指上已没有了那一枚亮晶晶的钻戒了，这才有了一个恍然大悟。欧阳珠既明白了他钞票的由来，她芳心中是感到一阵难受，觉得那是我害了他的了，几次想劝他不要再押了，但又怕被同事们瞧见了笑话，因此她蹙了翠眉，望着司马起的脸，大有怨恨的样子。

司马起这时一心想翻本，对于欧阳珠的表情却没有心思去注意了。他站在桌角旁，见一连开了三次的大，因为在别个赌客的记录簿子上查看，上面曾经来过五次大、两次小。现在只开了三次大，觉得至少还可以连一次的大，于是把五百元钞票又放到大字上去。欧阳珠见了，代为他有些寒心，遂向他低低地道：

"司马先生，分两次押吧！"

她这句话是说得极轻微的，因为赌台上人劝赌客少押钱，这情形是每个赌台上所没有的。她怕给旁人听见了，会疑心自己和他有什么爱情作用，不过她的话既然是在喉咙底里，司马起自然是没有听清楚，他只见到欧阳珠小嘴儿张了一下，似乎在和自己说话的样子，于是说道：

"统统给我押到大字上去。"

欧阳珠听他还向自己叮嘱了一句，一颗芳心真有说不出的怨恨，不过自己总不好意思当着大众的面前将他五百元钱拿还给他两百元钱的，因此也只好把他五百元钱放到大字上去，心中却在暗暗地祈祷，但愿开一个大吧！

"假使跑赌场朋友都可以赢钱的话，那么这许多赌场就立刻要关门大吉的了。"我曾经听一个老赌客向我这么地说，从可知跑赌场的没有一个不输钱，这是很显明的铁证。有了这一个铁证，那么不用说得，司马起这五百元的钞票又是化为乌有的，即使给他押中了，他还是不肯就走的。大多数的赌客，是非把袋内钞票输得一元都不剩，而且还要把身上可以化钱的东西去典押的也输完了，那么方才死心贴地地跨出了赌场的大门，以上这些话，并非是凭空构造，完全是事实之谈，所以跑赌场的人等于跳黄浦自杀。

司马起在这五百元钞票吃了去后，他心头一阵子疼痛，两眼昏花，人几乎要跌倒下去了。这回他连"再见"两字也没对欧阳珠说，人就向外面急急地奔出去了。晴梅叹息着道：

"抽头这么爽气的客人偏偏不给他赢钱，你想倒霉不倒霉？"

欧阳口里虽没有回答什么话，不过她心里是非常的疼痛，觉得自己是连累一个青年步入堕落的道路了。她紧锁了两条蛾眉，微微地叹了一口气。

司马起走出了赌场的门口，他心头仿佛空洞洞的，好像失魂落魄的样子，呆住了好一会儿之后，他方才叹了一口气，自言自语地说道：

"唉！我简直是自寻死路，输了四百元钱也就罢了，还把那枚钻戒去押五百元钱，这……这……不是在昏头了吗？现在那可怎么好呢？"

司马起自己问着自己，他又怔怔地发了一会子愕，忽然他撩上手腕来，瞧了一下手表上的时针，已经是四点一刻了，因了他这一瞧手表，他的念头便转到手表上去了。暗想：这是浪琴的牌子，如今照市价起码也值三千多元的钱，我何不再去押五百元钱翻本呢？想到这里，他便匆匆地又走到典当的门口去了。在走到典当门口的时候，忽然瞧见一个四十左右的男子，拉着一个十六七岁的少年在痛打，过路的人都围拢来瞧热闹，问什么事情，只见那个四十左右的男子怒气冲冲地一面骂一面向众人告诉着说道：

"诸位，我是个小本经济商人，开了一个小小的印刷所，原和我这小畜生父子两人自己工作的，不料这小畜生近来跑了赌场，入了下流，我叫他去买铅字的钱，他全都送进赌场里去，还把他身上那件夹袍子去典当了。你们想想，叫我是多么地痛恨呀！"

他一面说，一面扭住了他儿子的身子，又狠命地痛打。那少年一面哭，一面连声地求饶。路人们把他劝住了，说这孩子年纪轻轻不入正路，竟走这一条堕落的道路，无怪你父亲要气得把你痛打了。现在事已如此，望你以后千万改过，不要再走这条路了才好。

司马起瞧了这幕情景，同时听了路人们这一番的言语，他心头是感到一个极深的刺激，他想到了母亲刚才一番苦口婆心的话，他痛苦得几乎要哭出声音来，含了一眶子羞惭的眼泪，把押当手表的念头终于打消了。他懒懒地走了两步路，忽然想到袋内尚有一张车票，于是他又走进赌场给车马处盖了印子坐车出了这一个黑暗的区域。

"先生，你要到什么地方去？"

"哦！给我开到霞飞路亚尔培路口三百十二号去。"

车子驶出铁门的外面，车夫回过头来，向他低声地问。司马起在经过一会子沉吟之后，方才向他回答着。车夫没有说什么话，向法租界那边开去了。车到亚尔培路口停下，司马起好容易在袋角内摸出两张单钞票，赏给了车夫，匆匆地跳下。他在人行道上走了三十余步路，找到了三百十二号的门牌，只见两扇高大的黑漆铁门，上面有门灯一盏，上书"韩公馆"三个字。司马起伸手按了一下电铃，不多一会儿，只见那大门上开了一个小圆洞门，有个仆人伸头张望了一下，瞧见了司马起，遂含笑叫道：

"原来是舅少爷。"

"奶奶在家里吗?"

司马起跨进铁门的时候，向他低声儿地问了一句，门役点了点头，司马起遂一直向客厅里面走进去了。这韩公馆当然是他姊夫的家里，里面是座三楼五幢的洋房，洋房的四周是个不小的花园，东屋是韩士杰妻子李静芬住的，她是个三十二岁的女子，没有生育过一男半女，平日为人是很阴险的。西屋是司马琴住的，中屋是士杰的父母住的，士杰还有个弟弟叫士英，他今年二十一岁，还在大学里念书，平日宿在校中，星期日回来是住在韩老爷和韩老太太那边屋子里。韩老爷今年已七十二岁了，韩老太太也有六十八岁，他的名下原也有一百万家产，因为年纪衰老，把这一百万家产分给士杰、士英两个儿子。那时，士英年纪尚小，仍由父母保管，不料这六七年来，士杰的五十万家产已变成两千多万了。士英没有做生意，除了地产涨些价，此外还是只有五十万，不过韩士英的思想和他的哥哥是相反的，士杰一天到晚在金钱眼子里打算盘，士英却并不希望百万千万的家产，他的志愿是求学问上的深造，预备将来成个有名的伟人，所以兄弟两人，一个求名，一个求利，各走一路。

韩士杰把司马琴娶做姨太太，原也经过韩老爷夫妇的许可，所以司马琴才可以一同住到公馆里来。韩老爷许可的原因，是为了李静芬和士杰结婚十年，尚未生育一男半女，为了韩家宗嗣问题，这是一个很充足的理由。现在司马琴果然有了喜，士杰固然很宠爱，就是老太爷和老太太也非常欢喜，对于司马琴这就益发爱怜。司马琴给人做小，虽然颇为委屈，但得祖父母这样的疼爱，所以也总算安慰了许多，只是气坏了一个李静芬，她心头更妒忌得了不得。表面上和司马琴妹妹、妹妹叫得亲热，实际上却是笑里藏刀。

司马起一进客厅里，只见姊姊房中的丫鬟小梅拿了一瓶已凋谢的花枝走出来，她见了司马起，笑盈盈地先叫道：

"舅少爷，你来得正好，二奶奶刚才还念着你哩！"

司马起听了，含笑点了点头，遂匆匆地穿过几重房间，走进姊姊的卧房，里面的地板上是铺着寸许厚的地毯，所以虽然皮鞋脚走进房中，也是一丝声息都没有的。只见姊姊歪在床上躺着，因为她是向着床里面的，所以没有瞧到自己的进来。司马起生恐她睡熟着，一时不敢惊吵她，后来见姊姊身子动了一下，方知是醒着，遂低低地叫道：

"姊姊，你这样不盖一些被褥地躺着，防冻冷了身子呢！"

"咦！是起弟吗？我刚还念着你，你到我这里是好久不来了，前天我到家里去，祖母告诉我，说你每星期日回家一次，这可是真的吗？"

司马琴回身一见起弟已站在房中了，芳心里十分的欢喜，她一面坐起床来，一面把两手在脑后上拢拢睡散的云发，笑盈盈地问他。司马起点了点头，见她又穿了那双绣花鞋子，遂忙说道：

"姊姊，你起来干吗？身子懒懒地就只管躺着吧！"

"我因为一个人寂寞，所以躺一会儿，弟弟来了，我还躺着干吗？此刻已四点半了，你饿了没有？小梅也不知到什么地方去了，我冲牛乳饼干你吃。"

司马琴秋波瞟了他一眼，一面说，一面亲自到玻璃橱内去取罐头牛乳和香蕉夹心饼干。司马起在沙发上坐下了，说道：

"我没有饿，你不用忙的，小梅换花瓶去，我在客厅里见到她的。

姊姊，姊夫不在家里吗?"

"他是没有一天好好儿住在家中的，真不知他在忙些什么事情。"

司马琴说着，似乎有些感叹的样子，一面冲了一杯牛乳，装了一盘饼干，拿到沙发旁克罗米的矮茶几上去。司马起望着她的腹部，却愣住了一会子。司马琴有些理会他的意思，粉脸有些发红，瞅了他一眼笑问道:

"为什么发呆? 你想心事吗?"

"祖母告诉我，说姊姊有三个月身孕了是不是?"

"也不知是病，还是有喜，我自己也不清楚。"

司马琴笑了一笑，在隔了茶几那张沙发上坐下了，有些赧赧然的样子。司马起知道姊姊是害羞的意思，瞧着婚后姊姊的神情和举动，仿佛是换了一个人的模样，因为姑娘时代的姊姊，确实很放浪很泼辣，不像现在那么的幽静温文，遂笑道:

"那当然是有喜了，如何会有病的?"

司马琴瞟了他一眼又喜又羞的目光，却没有作答，偶然把视线接触到司马起左手无名指上，已没有了那枚钻戒，这就咦了一声，问他说道:

"弟弟，你那一枚钻戒到什么地方去了? 干吗不戴在手上? 哦! 莫非是……"

司马琴说到这里，却又故意停了一停，望着他出神。司马起想不到姊姊就会发现了自己的秘密，因为是心虚的缘故，他的两颊顿时飞上了一朵红云，却不知所答。司马琴误会他的脸红是为了怕羞的原因，这就扑哧地一笑，说道:

"我明白了，你一定送给爱人了吧!"

"不，我没有送给人家。"

司马起听姊姊有这个猜测，一时倒出乎意料之外，遂摇了摇头，很快地辩白。司马琴见弟弟神色有异，且说话支支吾吾的样子，心头方才感到有些惊异，遂微蹙了翠眉，秋波逗了他一瞥猜疑的目光，低声地又问道：

"弟弟，你快告诉我，这到底是怎么的一回事？"

司马起暗想：我若告诉在跑赌场输了钱的话，那姊姊一定更要不高兴的，事到如此，也只好圆一个谎了，于是沉吟了一会儿，方才叹了一口气，低声道：

"姊姊，事实是这样的，前星期日我有个朋友开了一个房间，约我玩骨牌，我因情面难却，只好应酬了一次，万不料竟输了一千多元的钱，当时我说不曾多带现钞，第二天只好把约指去典当了还给他，因为我怕失了面子。唉！那真是想不到的一回事情。"

司马起说完了这几句话，又叹了一口气，垂了脸，大有羞惭的样子。司马琴凝眸含颦地自不免想了一会子。他这话虽然不知是否是事实，不过他既有这些赌友，当然连带嫖也在其中的了，一颗芳心，好生难受，遂把身子凑近了一些，明眸望着他的脸，轻声地道：

"你姊夫屡次对我说你办事的精神不好，我还时常和他吵闹，说年轻的人做错了一两次事情总也有的，难道你自己就没有错了事情的吗？为了你，我前几天又和他吵过嘴。如今听你这么地说，那就无怪你姊夫怨你办事没精神了。赌和嫖是连在一起的，既然开了房间会赌钱，这玩女人的一回事当然也不用谈的了……"

司马琴说到这里，顿了一顿，叹了一口气，接着又道：

"弟弟，我和你是祖母抚养长大的，为了祖母的溺爱过甚，使我们和母亲反显得并且不亲热了。今日你姊姊嫁人做了小，我觉得已经很对不住母亲，因为母亲并不希望我嫁给一个有钱人家做妾，倒希望我能嫁一个贫穷人家有志气、有抱负的青年做妻子，所以母亲为我是曾经痛哭过的。你姊姊不是一个愚笨的人，当然很明白母亲是多么疼爱我，不过事到这个地步，还有什么办法？我未始不知道我今日的结果乃是祖母溺爱放任过分的缘故，所以我今日虽住了高楼大厦，却是时常会独个儿淌眼泪的。弟弟，你瞧，我的环境不是成个这么的情形了吗?"

司马琴说着，把手指了指从天花板上宕下来的一只金丝笼里的芙蓉鸟，她眼角旁已涌上了一颗晶莹莹的泪水。司马起抬头望了望，想到了"金屋藏娇"这四个字，因为姊姊在学校里的时候也不是一个普通的姑娘，往日的思想和抱负，只落得眼前的凄清，他心头也滋长了悲哀的滋味。不过心中很有些奇怪，姊姊为了我怎么又说到她自己的头上去了?这时候司马琴继续地又悄悄说道:

"弟弟，姊姊已经丢送了一生的前程，姊姊根本没有什么希望了，不过姊姊到底是个女子，虽然使母亲感到失望，但嫁了人的女儿，还有能力来侍奉她老人家了吗? 你是母亲的大儿子，小的时候虽然使母亲难受失望，不过母亲会原谅我们的。如今到了这个年龄，你若和姊姊一样再给予母亲一重刺激，这在母亲固然是痛到心头，就是我做姊姊的也觉没有脸颜生存于人世了。"

司马琴说完了这两句话，不禁泪湿衣襟。司马起觉得今日姊姊的思想行动已非昔日的姊姊了，他被姊姊也感动得泪下如雨。姊弟俩泣了一会儿，司马琴拿手帕给他拭泪，温和地又道:

"因为我和你是从小在一块儿的，不知怎么的，虽然都是同胞手足，不过我就觉得你比文弟、英妹来得亲热。你被人家说一句好，我心里觉得欢喜，我听人这说你不好，我心里是多么的难受。虽然朋友之间逢场作戏，玩玩骨牌也不为过，然而你应该量力而玩，岂能不管前后地就坐下打牌玩了吗?"

司马起听姊姊这几句话，觉得姊姊的爱我，有甚于母亲，他几乎感动得哭泣起来，泪眼模糊地望着姊姊也沾了雨水海棠那么的粉脸，忏悔道:

"姊姊，是的，我太荒唐了，我觉得实在太对不住自己的良心了。"

"不过……一个年轻的人荒唐也是在所难免的，只要有自新的决心，我做姊姊的相信你还是一个很好的青年。"

司马琴向他柔和地安慰，接着站起身子，走到梳妆台旁，拉开抽屉，取出十张一百元的大票子，回身又走到司马起身旁，低低地道：

"弟弟，这一千元钱，你快把钻戒去赎出了吧！前几天你在厂中办事，同事们见你没戴着钻戒，这不是很难为情吗？现在若来不及去赎取，我这一枚钻戒你拿了去戴几天，待赎出了后还我好了。"

司马琴把钞票塞到他手里后，又把自己那枚钻戒脱下，交到他的手里去。司马起见姊姊这么疼爱自己，一时也说不出一句感激的话，正在呆呆地出神，忽然听得一阵脚步声响进来。司马琴慌忙和他装一个手势，擦干了眼泪，司马起也连忙把钞票藏入袋内，戴上钻戒。就在这当儿，小梅捧了一瓶新鲜的花枝匆匆地进来，口里还笑着叫道：

"二奶奶，你瞧这几枝花朵多美丽呀！"

韩公馆的仆人，喊静芬大奶奶，喊司马琴二奶奶，这是韩老爷的意思。因为司马琴的母家也是有名望的人家，并非低三下四，若叫了姨奶奶，太失了人家的面子。李静芬见祖父这样疼爱庇护着她，心中益发妒恨，不过自己的爸爸原是个成衣匠出身，现在虽开了几家西服店，但偏是个小胆子的人，不爱多事。静芬虽然回家哭诉了几次，要她爸爸向韩家提出抗议，不料反被她爸爸埋怨了一顿，原来他爸爸银根紧急的时候，时常向士杰调用款子，所以他见了这位有财的女婿是害怕的。李静芬在这个情形之下，也只有暗中怨恨而已。

司马琴听她这样说，遂逗给她一个娇嗔，笑怨着道：

"换一瓶花要这许多时候？瞧瞧你身上的水渍吧，一定又在和小兰闹着玩了。"

小梅低头一瞧衣襟，真的湿了一大块，心中暗想：二奶奶真是一个鬼灵精似的，她竟一口猜中我和小兰闹着玩了，遂把花瓶放在梳妆台上，故作恨恨地道：

"断命小兰真淘气，我不和她吵，她偏用水来泼我身子的。"

"你是好人？就不爱玩的？"

司马琴听果然被自己猜中了，这就白了她一眼，忍不住好笑起来。司马起知道小兰是静芬房中的丫头，今年十五岁，比小梅还小一年，因此望着小梅的脸，也微微地笑。小梅有些难为情，这就绯红了两颊，垂了脸，非常不好意思的样子。司马琴见茶几上的牛乳早已冷了，遂向小梅说道：

"小梅，你到厨下去关照一声，烧一盘菜心肉丝炒糕来。"

"姊姊，你别忙，我真的很饱。"

"此刻已五点了，原也吃点心时候了，二奶奶自己也要吃，舅少爷别客气吧！"

小梅这回才抬起红晕的粉脸，明眸向司马起瞟了一眼，一面说，一面含笑奔出房外去了。司马起笑了一笑，说道：

"小梅这孩子倒好玩，人也聪敏得很。"

"就是太淘气，和小兰碰在一起，顽皮的事情可多哩！不过她待我倒很忠心，所以我也很疼爱她，况且模样儿也还生得讨人欢喜。"

司马琴听了，也笑着回答。司马起点了点头，忽然想到此刻已经五点，想来维纳斯茶室已经散了，蒋泽、黎明两人也只好给他们空等了一场了。一会儿，他又站起身子，走到司马琴的身旁，微红了两颊，放低了喉音，悄悄地说道：

"姊姊，我这个事情，你千万不要向姊夫告诉。"

"我比你更要爱面子哩！"

司马琴听他这么叮嘱，遂把秋波逗了他一瞥哀怨的目光，这表情至少有些嗔恨的意思。司马起两颊益发绯红起来，支吾了一会儿，又低低地说道：

"那么在妈那儿也别给我告诉。"

"可是我问你，你还爱赌钱吗？要如你不改，我一定要告诉妈的。"

"好姊姊，我以后再也不赌钱了。你就别向妈告诉，饶了我吧！"

"谁和你涎脸？"

司马琴见他贼秃嘻嘻地向自己连连地鞠躬，这就恨恨地白他一眼，却抿着嘴忍不住又嫣然地笑了。不料就在这时候，听得一阵皮鞋脚声响，房外走进一个西服少年。司马琴回眸去望，原来是二弟司马文，这就笑盈盈迎上去，叫道：

　　"文弟，你也来了，我真高兴哩！"

第五回

天堂里也有过着地狱生活的一群人

在两点钟的时候，司马文见哥哥悄悄地溜出书房间里去，于是把手表也瞧了一下，司马英瞧他这一个举动和表情上瞧来，显然也有出去的意思，遂把秋波斜乜了一眼，掀着酒窝儿，嫣然地一笑，低声儿地问道：

"二哥，你下午和女朋友也有约会吗？怎么老是瞧着手表做什么？"

"约会原有一个，只不过并非什么女朋友，妹妹又向我瞎取笑了。"

司马文想不到被妹妹说到心眼儿里去，这就微红了脸，却又镇静了态度，表示很认真的样子，微笑着回答。司马英噘了噘小嘴儿，逗给他一个娇嗔，笑道：

"呸，罢呀！何必瞒骗我？祖母也说过了，有一个女朋友也不是什么犯法的事情，干吗喜欢遮遮掩掩的？"

"假使我真的有女朋友，那原可以告诉你，但你冤枉了我，我又不可以去拉一个随便什么人来做代表的。妹妹若不相信，你可以和我一同去的呀！"

司马文这两句话可说是口硬骨头酥，他因为猜得到妹妹的心理，她是绝不会跟自己一块儿去的，所以故意这么地向她逗了一句回答。果然，司马英摇了摇头，笑道：

"你有女朋友也好，没有女朋友也好，和我原没有什么关系。我若

72

跟了你去，不是叫你们心中讨厌吗？那我可不会这样不识趣的，况且家里人也不能都走完，回头妈回来了可要找不到人了呢！"

"家里没有了人，这倒是真话。妹妹，妈回来问你，你给我说瞧朋友去是了。"

司马文点了点头，一面披上了西服夹大衣，一面把身子已向书房门口走了。司马英自管坐到写字台旁的转椅上去，取了一本英语翻阅，听他这么地叮嘱，遂一撩眼皮，扑哧一笑，说道：

"你放心去吧！妈回来问我，我说二哥瞧爱人去了。"

"妹妹，你胡说，我可不依你。"

司马文在门口回过身子，向她啐了一口。司马英伏在玻璃台板上，却忍不住哧哧地笑起来了。司马文一面笑，一面便急匆匆地走出了兰园别墅，坐上一辆人力车，到吕班路的顾家宅花园门口跳下，付去了车资。一瞧手表，还只有两点二十分，暗想：和她约定的时间是两点半，那么我总比她先到十分钟，像上次她约我瞧电影，我迟来了五分钟，她便埋怨我架子大，今天我可以埋怨她架子大了。司马文心中这么地想，他心里是有些甜蜜蜜的感觉，独个儿的脸上还会含了喜悦的微笑。

等人本来是件最性急的事情，何况是等一个心爱的女朋友，这当然更叫人性急一些。在司马文的心里，最好他一跳下人力车，她就笑盈盈地迎在门口了。或者是我等不了三分钟的时间，她就亭亭玉立地走来了。不过天下的事情，理想往往容易和事实会相反的。司马文站在花园的门口，不但等到了两点半的时候，还没有见到她的到来，而且直等到三点钟，依旧不见她的倩影。一个人在花园门口呆站了半小时多的时间，也只有等女朋友才有这么好的耐性，否则，无论谁在两点半过三分后，就会走开的。现在司马文直等到三点钟敲过，他觉得再也等不下去了。暗想：这姑娘一定失约了，她约我的时候，我一分钟也迟到不得，我约了她，她竟失了我的约，这真叫人有些生气的。司马文在这么的感觉之下，他在十分生气之余，不免也感到一些失望的悲哀，忍不住深深

73

地叹了一口气。

经过这一声叹气之后，司马文倒又原谅她起来，暗想：也许人家家里发生了什么意外的事情了吧！那我也不能错怨她的。我且先到花园里去闲散一会儿，说不定她和我会在花园里碰面的。想定主意，遂自管踱进花园里面去了。

虽然是九月里的天气，不过花园里景致的艳丽，却不亚于阳春三月。太阳晒在身上，有些热烘烘的感觉。天空是蔚蓝得像一匹青布，偶然随了微风吹过来几朵灰白的浮云，衬着青天，映着白日，更令人感到了一些诗情的意味。司马文眼瞧着人家对对情侣，或携手偕行，或促膝谈心，柔情如水，蜜意如云。他有些眼热，也有些羡慕，因此他走到一个冷僻的环境里，找了一张椅子坐下。前面是一个竹圈子围成的花坞，里面植着各种颜色的菊花，有的像鹤顶吐艳，有的像翠入云霄。瞧了那些花朵，在司马文的脑海里又会浮上她娇小的身材、妩媚的粉脸、倾人的笑窝儿。她的眼睛像天上的小星，又像湖心的水波，她望到我身上来的时候，明眸里总是充满了热的光芒，真是芙蓉其颊杨柳腰，纵然不语亦倾城。

司马文呆呆地想了一会儿，一个人坐着又觉得乏味，遂站起身子，懒洋洋地移着沉重的脚步，在花园四周踱了一个圈子。伸手瞧了瞧手表，不知不觉的，竟已四点钟了。日影已斜，暮云四起，显然黄昏已降临了大地，秋风吹着满园子里的树叶儿发出了婆娑的声响，触送到司马文孤零零一个人的耳朵里，心头会激起了一阵寂寞的凄凉，于是他不再留恋，遂匆匆地走出园门口去了。

在步出花园门口不到十余步路的光景，忽然瞧见有两个西服男子拉住一个八九岁的身穿破旧衣服的孩童，伸手在他头顶上痛打下去，口里还大骂"他妈的，打死你这个小瘪三"，那孩子一面哭，一面讨饶，但两个男子把他打倒在地上去了，还不肯罢休地用脚去踢他。司马文心头有些不忍，这就走上去把他们两人拉开了，问道：

"请两位息怒，到底为了什么事？干吗要把这孩子痛打倒到地上，还不肯放松呀？"

"他妈的，这小瘪三年纪这么小，却抢起我的皮匣子来，等到长大了还不是社会上一个废物吗？"

那男子听司马文后面那一句话至少包含了一些责问的口吻，心头有些不乐意，暗想：要你管些什么闲事？不过口里并非没有说出来，怒气满面地向他告诉，表示他的打人是很理直气壮的意思。司马文这才知道那孩子抢了他们的皮匣子，遂向那孩子要还皮匣子。那孩子一面呜呜咽咽地哭泣，一面说已还给他们了。司马文道：

"既然皮匣子已还你们了，你们就饶了他吧！八九岁的孩子，到底不懂什么，把他打伤了，也很可怜的吧！"

那两个西服男子听他这么地说，虽然还有些不服气，但究竟也动了恻隐之心，遂匆匆地自管走开子。那孩子见他们走远，遂向司马文跪倒在地，叩下头去，淌泪说道：

"谢谢你这位少爷搭救了我，否则，我真要被他们打死了。"

司马文听他说着话，又呜呜咽咽地哭泣起来，因为他向自己跪下叩头，这就有些受窘，不管他身子是怎么的肮脏，遂伸手把他扶起了。就在扶起他身子的时候，瞧到他那张小脸儿，却也生得五官端正，并没有一些污秽的油腻灰尘沾满着脸颊，心中不免有些怜惜的意思，遂向他低低地劝告道：

"好了，你也不要哭了，我对你说，本来你小小的年纪，就不应该抢人家的皮匣子呀！"

"少爷，我也知道别人家的东西是不能抢的，但我也没有办法，因为我这学期失学了，我想下学期能够再读书，所以我才抢人家钱的呀！"

那孩子听他这么地说，遂把小手抬到眼皮上去擦了泪水，絮絮地告诉着。司马文对于他这几句话，心头更感到了无限的惊异，心中不免暗想：我倒要详细地问一问他身世了，否则，使一个儿童堕入了黑暗的地狱，国家固然多了一个废物，而且他的堕落也究竟太可怜了。因为照他的告诉，他实在是个很好很上进的孩子呀！唉！这是他本身的罪恶，抑是社会的罪恶吗？司马文有些悲哀的难受，微微地叹了一口气，继续地问道：

"你也念过书的吗？那么你知道你是姓什么的？叫什么名字？"

"我七岁开学，上学期刚读完二年级，我姓丁名叫福根，家里人都叫我小弟的。"

"那么你今年九岁了是不是？家里还有什么人？爸爸、妈妈都有的吗？"

司马文想不到他已经念完了二年级的书，这就愈加感到他家里也不是一个低三下四的家庭，遂望着他小脸儿，蹙了眉尖，又向他低低地追问。丁小弟听他问起了爸妈，他的眼泪又像雨水一般地滚了下来，哽咽着说道：

"我的爸爸已瞎了眼睛，我的妈妈是去年冬天里死了。"

"哦！怪可怜的孩子，那么你家在什么地方？能伴我去和你爸爸谈几句话吗？"

司马文见他说到这里，已经泣不成声，一时心中一阵悲酸，也由不得眼皮红了起来。暗想：这孩子的家庭太可怜了，若照此下去，一个纯洁的孩子，必定要染成黑暗的前途了。妈妈将要担任上海儿童教养院的训育主任，那么我何不援助他一下，使他长大起来成个良好的国民，这也未始不是社会的幸福。司马文在这么的感觉之下，他要丁小弟领他到他的家里去。丁小弟是个很聪敏的孩子，他见司马文衣服华贵，知道是个有钱人家的少爷，他要到我的家里去，当然对我有一分益处的，遂点了点头，带着司马文走入一条小小的马路上去了。

"小弟，你爸爸叫什么名字？"

"我爸爸叫丁兆良。"

"那么他既瞎了眼睛，你们的生活怎么办？还有谁来给你们负担吗?"

"是的,我还有一个姊姊,她在干贩卖食粮的工作,我们是全仗她赚来的钱过活的。"

"哦!你姊姊叫什么名字?她从前也念过书的吗?"

"我姊姊叫智仙,她是小学毕业的。后来爸爸瞎了眼睛,她没有读中学。"

司马文一面跟着他走,一面向他低低地探问。听到这里,两人已步入一条石子路的小弄里,两旁的房屋都低低的,好像是积木的玩具,显然这是都市里贫民窟的一角。丁小弟在一个板房的门口站住了,他很有礼貌地让司马文先走进屋子里去。司马文知道他是在学校里受过两年教育的缘故,但是自己陌生的到来,终还是他前面领路的好,遂叫他先走进去,自己跟在他的后面,只见里面还住着好多户人家。丁小弟向左边那个房中走,司马文知道这是他的家了,遂一脚跟着跨进,不是说句笑话,这房间大概只有五尺转方那么的大小,除了对面对铺着两张三块板搭成的床铺外,中间只嵌了一张小小的方桌子,连把椅子都没处找的。司马文见两张板铺床,一张上有个五十左右的老者坐着,他静静的,简直有些像老和尚学打坐的样子,知道这便是他瞎了眼睛的爸了。另一张铺子上却躺着一个姑娘,因为她是侧身向里面躺着,所以瞧不清楚她是个怎么样的脸。司马文因为已经听小弟告诉过他家中是有一个姊姊的,那么这个姑娘当然是丁智仙的了。他一面想,一面只跨进了一只脚,后面那只脚还是站在房门的外面,这原因是房内有个姑娘躺着,自己是个年轻的男子,当然不好意思贸然地走进去。而另一个原因,是房内没有一把椅子,那么自己走进去了,也是没有坐的地方。不要说没有坐的地方,简直连站着的地位也没有了。因此,他一只脚在房门里,一只脚在房门外,却是怔怔地愕住了一会子。

"爸爸,有一位少爷到我的家里来,他要跟你谈话哩!"

"什么?找我有什么事情?我这几年来没有到外面去过,谁还认识我呀？"

丁小弟挨身到他父亲的身旁，向他叫了一声爸爸，低低地告诉着。丁兆良听儿子这么地报告，心中惊奇得了不得，他摸着丁小弟的脸，急急地问着。那躺在板铺上的这个丁智仙听了他们父子的话，也奇怪得翻过身子来。司马文在她翻过身子的时候，四目这就接了一个正着，虽然是个乱头粗服的女孩子，但却生得颇为秀丽，自有一股子妩媚的风韵。她突然见到房门口站着一个年轻而又漂亮的西服男子，羞涩渗入了她处女的心房，白嫩的粉脸上浮现了一朵娇艳的红晕，一时也窘得说不出一句话来。司马文觉得这该是自己说话的时候了，遂微微地一笑，说道：

"我是听了你弟弟福根的话，才到你家里来的。"

"哦！你先生贵姓？我弟弟跟你说些什么话呀？"

丁智仙这才也微微地一笑，一面向他招呼，一面撩过一条布被，盖到自己的身上来。司马文见她并不起身，知道她也许是有病的缘故，遂告诉她说道：

"我姓司马，事情是这样的……"

说到这里，遂把花园门口的一回事情向他们告诉了。丁兆良听了，不免十分生气，虽然他两眼是瞧不清什么，不过他知道福根是在他的身旁，这就伸手打了他一下头顶骂道：

"你这该死的孩子，怎么去抢人家的皮匣子？那真是可恶之至，我叫你不许到外面去乱逛，坐在家里读读旧日的书本不好吗？"

他说到这里，伸手再打时，福根却捧着头逃开了。司马文听兆良很有家教，可见他的出身也是个知识分子了，于是连忙说道：

"丁老先生，你倒不要去打他，因为他的抢皮匣子，是情有可原的，只是他年纪小，不懂得罢了。"

"司马先生，我是个瞎了眼睛的人，恕我不能招待你，你请坐吧！"

丁兆良听一个男子声音这么地说，因为女儿已经问过人的姓字，于是站起身子，弯了弯腰，在他是表示招待司马文的意思。丁智仙听父亲这样说，觉得父亲这句"请坐吧"三个字真有些自说自话的，因为自己并没有瞎了眼睛，在这样的情形下，到底是太难为情一些了。几次她想挣扎着站起身子来，但却痛得没法坐起身子，她红了两颊，乌圆眸珠在长睫毛里滴溜地一转，这就有了一个主意，向福根叫道：

"小弟，你问赵家妈妈去借只凳子来，再在热水瓶里倒杯茶吧！"

"不，你们不用客气，小弟，你别去拿凳子。"

司马文摇了摇头，他拦住了福根的身子，低低地说。不过他站在门槛外的那只脚终于跨了进来，身子是倚在门框子的旁边，接着又说道：

"丁老先生，我今天所以到你府上的来意，因为小弟这孩子若这样的浪荡下去，可恶的环境一定会玷污他纯洁的心灵。我觉得这非常的可惜，而且也非常的痛心，现在我有一个主意，不知你老先生心中的意思以为怎样？因为我的母亲已经担任了上海儿童教养院里的训育主任的职务，我想和母亲去恳求一下，把小弟这孩子送进里面去读书工作，因为这完全是慈善机关，里面会负担孩子们的衣、食、住三项重要事情，这样使小弟可以长大了成个良好的国民，否则，我觉得这孩子的前途实在是太危险了。"

丁兆良自站起了身子之后，他没有再坐下去，因为客人是站着，所以他也陪站着的意思。这时听司马文说出了这一篇话，他心中感动得忍不住淌下眼泪来，颤抖地说道：

"司马先生，你这一番意思，真可说是恩同再造的了。我今生不能报答你，来生纵然是变了犬马吧，我也要报答你的大德。我自瞎了眼睛以来，已有五个年头了，在这五年的日子中，全仗我内人和女儿来维持生活，如今我内人惨遭横死，剩下我这个女儿苦死苦活地来养我父子两人。唉！我死不足惜，我常担忧着福根这孩子会流落到瘪三的地步，我是曾经为此而痛哭过的。如今司马先生有这样的好心互助，实在是我福根的重生父母一样。福根，你还不快向司马先生跪下叩头吗？"

丁兆良又感激又沉痛地说到这里，他叫福根叩谢司马文的互助之恩。福根立刻就向他跪了下去，叩头不已。司马文因为丁智仙在前面，心头有些难为情，遂慌忙把他扶起了身子，微红了脸，正色地说道：

"丁老先生，你不用说这些话，我的互助你，也就是互助整个的社会，假使社会上没有一个浪荡的儿童，我相信，十年以后，国家一定会增强十分的力量，所可惜的，我没有能力把社会上孤苦的儿童一个一个都引导他们步入光明的大道罢了。"

司马文说完了这几句话，他心头又感到无限的遗恨，忍不住深长地叹了一口气，摇了摇头，表示扼腕殊甚的意思。丁兆良不免肃然起敬，两手摸着桌沿，低低地道：

"司马先生，你真是一个不平凡的青年，恨我福薄，不能一睹你的尊容，在我脑海里的想象中，你是一个多么富于侠情的青年啊！不过我虽不能瞧到你的脸，请你告诉我的名字，那么也好叫我心里记着永世不忘哩！"

"我的名字是一个文章的文字。丁老先生，我觉得你的神情和所告诉的这几句话，好像是非常的沉痛，我明白你过去的遭遇必定是十分的悲惨，不过我很想多知道一些关于老先生的身世，不知你也肯宣布一二吗？"

司马文一面低低地告诉，一面想到他的眼睛失明，以及内人惨遭横死的一句话，他明白其中必定有可歌可泣的事实，遂用了同情的口吻，向他轻声地探问。丁兆良听他这么地说，不禁长叹了一声，唏嘘良久，那泪珠扑簌簌而下。过了一会儿，方才说道：

"司马先生，你也许会不相信，我在少年的时候也曾经进过学，那时候我的父亲还在人间，我也还只有和内子结了婚。民国以来，科举废去，像我一介书生，根本不知经商的情形，所以只有过着粉笔圈内的生活，三十年来，在教育界里服务。谁都知道做教员是件最清苦的事情，我一家四口，已经是不胜负担，不料五年前的一天晚上，上海竟也会发生了战事，而我们住的地方，正是划入在战区之内的。一个炮弹落在我家的隔壁，也不知是哪一个地方，我家的屋子全都倒坍下来，是烟雾灰沙等的东西扬进了我的眼里，起初尚不知觉，直到九死一生中逃出了虎口后的半年，我的眼睛是失明了……"

丁兆良告诉到这里的时候，他喉咙里仿佛有什么东西哽住着，再也说不下去了。虽然他的眼前是漆黑的一片，不过他好像可以瞧到炮灰震天的一幕、妻离子散的一幕，他那双眼睛是睁得大大的，泪水从他眼角旁一颗一颗地涌上来。司马文听了他这一篇话之后，他的脑海里也浮上了五年前的一幕，因为我们住的是安全区域里面，所以我们除了饱受虚惊之外，我们是一些也没有损失。记得有一天晚上，我们曾经站在屋顶的阳台上，望东北角被火烧红了的天空，听噼啪不绝的枪声，但似乎还有什么人说这好像是瞧放焰火的一句话。至今想来，真是痛失心肝，一时备觉悲酸，眼皮也有些润湿起来，遂叹了一口气说道：

"原来老先生是因此而双目失明的，这几年来你们生活的苦痛，真非三言两语所能形容其万一了。唉！同样是住在上海的一角，其遭遇之哀乐，有甚于天堂与地狱之差别，言之安不令人痛心？老先生，你的境遇太可怜了，我相信你有管乐之才，但今日只落得这一份儿的凄清，时耶命耶？唉！然而如老先生这等悲惨遭遇的人也绝不在少数，回忆遍地哀鸿，嗷嗷待哺，实令人同声一哭。"

司马文一口气说完了这几句话，他被情感激动得太厉害的缘故，眼角旁竟也忍不住涌上一颗晶莹莹的泪水。丁兆良虽然是瞧不到他的表情，不过在他的想象中，也可知司马先生的心中是那一份的愤激了，他伸手拭了拭泪水，说道：

"但今日的环境，岂能效新亭泣乎？司马先生，我老了，我落伍了，而且我又失明了。我觉得你辈青年是创造光明前途的时候，也许在那时候我虽不能瞧见有一番新的气象，但我的耳朵没有聋，我总可以听到大众们热烈的欢腾的声音吧！"

"是的，老先生，你这话不错，现在不是哭的时候，我们静静地忍耐着埋头苦干吧！"

司马文听了这几句话，他全身的热血在沸滚，点了点头，把泪水收束了，坚毅地回答，接着他又低低地问道：

"老先生，那么你老夫人又如何惨遭横死的？也能告诉我一些知道吗？"

"她死的时候，我并不十分详细。智仙，你是亲眼目睹的，你就告诉给司马先生听吧！"

丁兆良扬着脸，向他的女儿吩咐着。女子的心总比男子脆弱一些，何况智仙是母女之情呢？她听提起母亲的惨死，她芳心里是沉痛极了，悲伤极了，还没有开口告诉，她的眼泪先像雨点一般地抛下来了。司马文这时的视线，已由丁兆良的脸上移掉到丁智仙的脸上来，见了她满颊含泪的情景，真仿佛海棠着雨，令人感到楚楚可怜。他猜想这一幕事实更悲惨了吧！他脸上笼罩了浓霜的愁云，紧锁了眉毛，呆呆地望着智仙的脸，不禁怔怔地出了一会子神。

丁智仙明白司马文是等待自己告诉母亲惨死这一回事的意思，于是她把身子稍为靠一些起来，也并不拭去眼泪，就这么一面流泪，一面哽咽着诉说道：

"为了要生活，那是没有办法的事情，虽然我和妈是并没有干过这些的事情，但我们也只好抛头露面地去干这贩卖食粮的工作。去年冬的季节，曾经一度禁止得最厉害的，假使被查出从南海贩米而到上海来做买卖，便要实行枪决的手段。这个骇人的消息，我们并非没有知道，不过为了要活命，只好冒险向这条死路里走。因为不干这个买卖也要饿死，干了这个买卖，虽然是危险得很，不过到底还有九死一生的希望。我们是存了侥幸的心，然而侥幸地逃过了这死亡的关口，能有多少次？在一个雨雪纷飞的下午，我们是被拦住了，但拦住了人们并非只有我们母女两个，可以说是一大群，男女老少都有，在雨雪纷飞的飘淋下，大家的脸无不死灰的颜色，鸠形鹄面，简直不相信我们还是大地上的一个人类了。他们既把我们拦住了，当然是要实行他们的规律，因为在他们心中认为，我们这一班人太可恶了，简直是一些死都不怕的，既然大家不怕死，那么就得叫你们尝尝这死的滋味。唉！我们真的不怕死吗？我们真的喜欢在雨雪纷飞中受这活地狱的痛苦吗？我和母亲既然明白死神已降临到我们的头上，虽然千辛万苦地生，倒不如脱离一切痛苦地死比较干净，然而我们死了之后，家中还有一个双目失明的父亲，年幼孤苦的弟弟又将怎么的办呢？我以为我们饮弹而死倒并不惨，只是父亲和弟弟活活地饿死，这是人世间一幕多么悲惨伤心的事情呀！为了这样，我大胆向他们叙述我家的境况，要求他们放我母亲一死，以救家中一老一幼的生命，希望他们以重人道。总算得到他们的慈悲许可，特别容情，叫我们母女两人中随便哪一个走出去。事情虽然是这么地决定了，但我们母女俩却开始起了争执，这争执并非都希望出去，却为了都要留在里面的缘故。我的意思，父亲和弟弟是都少不了母亲的，在这一个环境里，纵然留我一个弱女子在人间，我也是没有生存的能力呀！然而母亲的意思，说她年老多病，朝不保夕，纵然是逃出了性命，也是枉然。我的年纪轻啦！希望我能够在活地狱中挣扎，上奉父亲，下育幼弟，但我们在这一幕生离死别的环境下，谁能忍心就此离开了谁而走了啊？不过我们尽管抱头痛哭，而一方面已经是预备实行他们的规律了。就在这个当儿，母亲冷不防给我身子推开了铁丝网的外面，我耳朵旁只听到一阵摇动机关枪的声音，我心中只觉得像刀割一般的剧痛，我的身子终于昏跌倒在雨雪纷飞的地上了。"

丁智仙边哭边说，说到后面，她已抑制不住心头沉痛的悲伤，她管不得许多的，终于掩着脸抽抽噎噎地哭泣起来。司马文觉得世界上事情的悲惨，莫过于这一幕的情景了，他觉得有一股子辛酸触入到鼻管里，他的泪水也痛痛快快地滚湿了衣襟。大家都静悄悄地沉吟着，丁智仙见司马文也沾满了泪水，心中有些过意不去，遂把手背在眼皮上来回地擦了一下，说道：

"我觉得像我们这样的人活在社会上，简直不像是一个人，简直没有做人的资格。"

"不，丁小姐，你别说这些话，我觉得同是大地上的人类，我们需要受到一样的待遇，我们要平等自由，我们唯有自己努力！"

司马文听智仙这几句话沉痛得不能再沉痛的了，他心头有个强烈的反感，遂很快地说了一个"不"字，表示十二分激昂的意思。智仙听他呼自己为小姐，虽说一个没嫁人的姑娘，总是受人这么的称呼，不过像我这么身份的女子，对于"小姐"两字，到底太有些难为情的了，这就微红了粉脸，秋波逗了他一瞥感激而又多情的目光，忍不住点了点头。忽然，她又触到了伤处，觉得有些疼痛，蹙起了柳眉，身子又躺了下来。司马文见了这个情景，心中有些奇怪，忍不住开口问道：

"丁小姐，你怎么啦？你莫非身上有着病吗？"

"并不是有着病，我所以说我们这样的穷人简直没有做人的资格，在人家瞧起来，也无非是把我们当作一只狗罢了。"

"丁小姐，你这是什么话？我不懂，你告诉我一个详细吧！"

"昨天晚上，我厂中开了夜工，为了多挣一些钱，所以我当然并不回家了。是十二点半子夜的时候，我十分疲倦地从厂里回家，因为精神不好，且时在黑夜，所以穿马路的时候，却被一辆三轮客车撞倒在地上了，假使我不是个人，是一只狗吧，那么车上的人总也该说一句'不知撞伤了没有？'谁知我听车上人说，'不要紧，又不是汽车撞的，大概不会撞死，谁叫她自己走路不小心？'唉！司马先生，你听听，我们穷人还能算是一个人了吗？"

司马文听了这几句话，不禁连喊可杀，但他如何知道昨夜坐三轮车的人正是他自己哥哥司马起送雪尘一同吃点心去的呢？他只感到社会是太罪恶了，遂又低声地问道：

"丁小姐，那么你的身子是不是受伤了吗？"

"昨夜挣扎着回家，倒还不觉得什么，可是今天早晨醒来，就觉右腿上有些疼痛，竟不能走路了，所以害得我不能上工厂去工作。唉！穷人的命运想不到有如是的恶劣啊！"

丁智仙一面告诉，一面深深地叹了一口气，她心头感到无限的愤怒。司马文暗想：她若因此而成了残疾，那么他们的生活又将如何是好了呢？觉得这是一个很重要的问题。我既然已到了这里，我如何能不尽一些人类互助的义务？于是正经地说道：

"照你说来，你腿上骨节一定是跌伤了，假使不医治得快速，恐怕有做残疾的危险。一个姑娘把好好腿跌坏了，成了残疾，这固然是终身的遗恨，而且你们父女的生活不是又要发生问题了吗？所以我的意思，你此刻还是快些上医院里去医治吧！"

"也许不会成残疾，我已敷上了黄子麦粉蛋白调和的一味药，大概过几天会痊愈的。"

丁智仙听他很关心地说，虽然是非常的感激，不过芳心里暗想：你这人也好生糊涂的，像我们这样的环境，还能到医院里去医治吗？但她表面上又摇了摇头，秋波逗了他一瞥柔和的目光，低低地回答。司马文似乎明白她心中的意思，遂继续地又道：

"我虽不知道你是跌得怎样了，不过你走不了路，可见那是伤得很厉害的，这些土方子到底不中什么用，所以终究到医院里给医生检验过了比较放心，至于医药的费用，你放心，我可以尽个互助的义务。小弟，你去喊两辆人力车来吧！"

司马文说到后面，又向福根低低地吩咐。福根答应一声，他便匆匆地奔到门外去了。这时，丁兆良和智仙两人心头的感激，真是难以形容。智仙暗想：他这么的热心关怀，显然是多么的多情，这叫我拿什么来报答他好呢？她说不出一句话，眼泪却从眼角旁淌了下来。司马文也许知道她是感激自己的意思，意欲向她安慰几句，但一时里又说不出哪一句话来才好，这就低了头，望着自己皮鞋脚尖默默地出了一会子神。丁兆良方才低低地说道：

"司马先生，你这样高情厚谊，我也说不出什么感激的话来表示谢谢你才好，我只有虔诚地祈祷你永远健康。"

司马文抬起头来，方欲回答，忽然福根匆匆地已把人力车叫来了，于是他把身子退到房门外去，推了推福根的身子，说道：

"你把姊姊去扶出来吧！老先生，你在家放心等着，回头我会把丁小姐送回来的。"

司马文扬着脸，又向丁兆良这么的安慰，他不待兆良的回答，他已自管地先退到门口来等着了。待福根把智仙扶到门外，司马文和车夫讲好了车资，他见智仙坐上了人力车，然后方才自己坐上，向慈航医院里拉去了。

车到医院门口，司马文付去了车资，在家门口的时候，原有福根扶着智仙，现在福根既没有一同来，这个职务自然是只好司马文来代替的了。智仙在十分感动之余，也觉得十分羞涩，一个很漂亮的西服少年扶了一个身穿布袄裤的姑娘来医院就医，这当然很会引起旁人的注意，所以谁都会向他们望了一眼。智仙在这个情形之下，益发感到无限的难为情，红晕了两颊，却羞得不敢抬起头来。

司马文先把她扶到候症室内坐下，前去挂了号。丁智仙因为他为自己既花了金钱，又费了许多时间，心中真感激得了不得，遂望着他说道：

"司马先生，我真感激你！"

司马文见她明眸里充满了热情的光芒，虽然从家里到医院，她对自己说的是只有这短短的一句话，不过在这一句话中是包含了多少的情意啊！司马文向她摇了摇头，却并没有给予她的回答。

丁智仙给医生检验过了腿伤之后，医生请司马文进里面来，他见司马文就是伴丁智仙来的人，心中有些奇怪，彼此在通了姓名之后，方知他们是邻居关系。这当然是司马文圆的谎，遂又向他问道：

"唐医生，你瞧她的腿没有跌坏吧！"

"虽然骨节没有跌折，但也很厉害，所以非把她用夹板不可，最好是需要住院医治。因为若不好好儿地医治，恐怕有成跛足的可能。"

　　唐医生这话听到丁智仙的耳里，固然是大吃了一惊，就是司马文听了，也不免蹙了眉尖感到非常的忧愁，搓了一搓手，低低地问道：

　　"那么住院医治是否可以保愈的？医愈了之后，大概需要多少费用？唐医生，因为丁小姐的家境是很可怜，我也无非尽人类互助的责任。你们业医的素抱救世之心，所以一切医费还希格外从廉才好，不知唐医生的意思怎么样？"

　　"丁小姐这伤大约需住半个月的日子方可以出院，连手术费、药费、住院费，照三等病房计算也要二千元钱。现在司马先生既然这么说，大家都是一片热心为社会造福，所以我可以做个主意打一个对折，这在本院章程上可说已是破例的了。"

　　司马文听了，点了点头，不免沉吟了一会儿。丁智仙听至少也要一千元钱，这叫我到什么地方去筹借这一笔款子？不要说一千元，就是一百元吧，一时里也不容易去借呀！穷人原没有进医院的资格，即使成了跛子，那也是我生成的苦命，于是先说道：

　　"司马先生，我瞧还是回家去休养吧！也许不会成跛子的。"

　　"不，你别那么说，有希望可以医愈得好，我们总得想个办法，因为万一若成了跛子的话，这对于你的一生是更没有希望了。"

　　司马文觉得使一个年轻的秀丽的姑娘成了跛子，这到底太令人悲惨了，我已经管了这个闲事，我总得有始有终地把事情管完成了才是。所以他摇了摇头，望了智仙一眼，低低地说，接着回过身子，向唐医生说道：

　　"承你唐医生的热心帮助，给我们打一个对折，使人十分感激。现在准定这样，我明天早晨来付足你一千元钱，不过请唐医生悉心医治，若能早日出院，那当然更好。因为丁小姐家里还有一个双目失明的爸爸和一个年幼的弱弟，是都需要她回去照顾的。"

"司马先生，我觉得你热心极了，假使能够使丁小姐早日出院的话，我一定向院长请商，可以找还你们几百元钱的。"

唐医生对于司马文这一番侠义的举动，他心中也有些感动，遂情不自禁地对他说出了这几句的话。司马文听了，遂含笑和他紧紧地握了一阵手，表示感激他的意思。这里丁智仙由看护女伴到三等病房第四十二号病床躺下，司马文临走的时候，又到智仙床边来望她一会儿，并且对她低低地说道：

"丁小姐，我今天回家和妈去说一声，你的弟弟大概明后天就可以进儿童教养院里去的。至于你这个双目失明的爸爸，我此刻倒又想出一个主意来，也许可以把他送到残废养老院里去住的。因为由上海儿童教养院里备一封介绍信，养老院里是一定肯接受的。在目前这几天中，我也一定会给他安摆舒齐，所以你住在院里休养，尽管可以放心，不用忧愁，此刻我还要到你家中和你爸爸去告诉一声。"

司马文说到这里，他便欲回身匆匆地走了。谁料智仙猛可地把他手紧紧地拉住了，同时她又呜呜咽咽地哭了起来。丁智仙这一个冷不防的举动，倒是出乎司马文的意料之外，不免望着她粉脸愕住了一会子。

"司马先生，你可说是救活了我家三条性命，叫我怎么地来报答你？"

丁智仙在呜咽声中，方才向他低低地说出了这几句话。司马文被她拉住了手，觉得是很有力量的，可知她芳心里对我表示那份儿感激了。在司马文所以这样热心地帮助人家，倒确实并非是有爱上智仙的作用，因为在他早已有了一个很美丽、很摩登的女朋友了。那么他的帮助智仙，可说是受了他母亲狄飞霞的同化，所以才有这么博爱的精神。如今被智仙这么紧紧地拉住着，而且又见她海棠着雨般的粉脸，虽然没有什么服饰和化妆的点缀，然而也有一股子妩媚的风韵，一时倒也动了爱怜之意了，遂把身子走近了一些，拿出一方手帕，交到她的手里，安慰她说道：

"丁小姐，你不用说那些报答的话，我觉得我的帮助你们，间接的就是帮助社会和国家一样，因为你们的遭遇实在太悲惨了，在我能力所及得到的稍微尽一些义务，这也是我们青年人应该的事情，所以你千万不用放在心上的。"

丁智仙听他这么地说，遂把拉着他的纤手慢慢地放下了。她觉得自己这举动未免太失了一个姑娘的身份，因此红了脸，大有羞惭的样子。司马文见她又娇羞万状的意态，一时也猜不透她心中存的是什么意思，这就望着她又怔怔地发了一会子愕。良久，方才向她说了一声明儿再见，他匆匆地走出三等病房去了。

丁智仙在他走后的两分钟，方才发觉他的那方蓝白相间的手帕还留在床沿边，于是伸手取过，在颊上拭了拭泪水，不料手帕中却也有一股子细细的香味。说也可怜，在智仙一个女孩儿，她却从没有用过这样精细的手帕，所以在她闻到一阵细香之后，一颗芳心由不得微微地荡漾一下，心中暗想：司马先生对待我处处的举动都是那么的多情，比方说，他把手帕给我拭泪，这些都是以表示他有爱上我的意思。不过我到底是个穷人家的姑娘，再说和他完全是初次认识，听他刚才这两句话，在他好像完全是有一种人类博爱的精神，不过我不管他是否是有爱上我的作用，抑是他有互助的精神，在我总是非常感激他，应该有所报答他，那么在我心头也方才感到安慰。

丁智仙躺在医院里暗自地思忖着，但司马文走在马路上也暗暗地细想。我现在还是求学时期，一切的费用都全仗母亲供给我的，那么我这一千元的医药费到什么地方去拿好呢？问母亲要吧，这句话有些说不出口，因为我家的境况也不是像从前那么的富裕，所以这倒是一个问题。偶然撩上手来瞧了一下表，已是五点少五分了。在他眼帘下，这就发现了两件东西，一件是钻戒，一件是摩凡陀的手表。这两样东西，我们兄弟姊妹都有的，原是爸爸生前在我们幼年时就备好的了。手表是件实用的东西，钻戒到底是件装饰品，虽然我是失却了一枚钻戒，不过我究竟救了人家一个姑娘的终身，牺牲小我而成全大我，这到底是件痛快的事情，司马文在这样感觉之下，他便决定了他最后的主意。不料待他从智仙家里告诉了兆良后出来的时候，忽然他又想到了一个主意，便跳上人力车，叫他拉到韩公馆里来了。

第六回

大概我们前世欠了她们的债

司马文坐车到韩公馆里去的意思，他是想问大姊去借一千元钱的，因为他想我们兄弟姊妹四个人大家都有一枚钻戒，我一个人若卖去了，这到底很不好意思，而且被外界不明真相的知道了，还以为我是因荒唐过度而卖去的。像大姊现在这么的环境，问她借一千元钱，在她好像是拔去一根汗毛那样的不在乎，我想她一定是会答应我的吧！不料当他一脚跨进姊姊的房里，哥哥也会在里面，这就怔了一怔。那时，司马琴却含笑迎上去叫道：

"文弟，你也来了，我真高兴呀！"

"哥哥什么时候来的？倒是真巧得很！"

"起弟也才来了不多一会儿，你瞧他身上大衣还没有脱哩！现在你们把大衣都脱去了，今天就在姊姊这儿吃了晚饭回去吧！"

司马琴听文弟这么地问，因为在她是要瞒着文弟对于起弟赌钱的一回事，所以故意说了一句才来了不多一会儿的话，一面叫他们都脱去了大衣，一面把他们大衣亲自挂到玻镜大橱内去。司马起知道姊姊心中的意思，所以十分的感激，他镇静了态度，望了文弟一眼，含笑问道：

"文弟，你怎么此刻也会到姊姊家里来？莫非在什么地方顺便弯进来的吗？"

"是的，我在顾家宅花园里游玩了一会儿，便到这里来了。"

"是不是和一个女朋友在一块儿游玩吗?"

司马琴听他们兄弟两人这样地问答着,遂把大衣挂好,回过身子,秋波斜乜了司马文一眼,神秘地笑起来。司马文微红了两颊,摇了摇头,笑道:

"我是没有什么女朋友的,无非一个人散一会儿步罢了。"

"今天大概不会有什么女朋友在一块儿玩的,假使文弟有女朋友在一块儿玩的话,我猜他此刻就绝不会到这儿来的了。"

司马起点了点头,他好像料事如神般的样子,也微微地笑。司马琴哼了一声,鼓着红红的粉腮子,逗给他一个娇嗔,笑道:

"这可是你们不打自招的了,原来你们到姊姊家里来都不是特地望姊姊的。我心里原奇怪着,怎么你们两人都会不约而同地来了呢?"

司马琴这两句话原是说给司马起听的,司马起想到自己问她拿钱的一回事,心里当然十分的不好意思,这就也红了两颊,只好憨然地傻笑。不料听到司马文的耳里,因为自己今日到来,确实另有原因的,所以也觉得不好意思,脸不期然地和司马起会同样地红起来,但他表面上是竭力镇静了态度,笑道:

"要么哥哥自己约不着女朋友,所以到姊姊家里来玩了,我是绝不会这个样子的。你说这些话,无怪姊姊心里要生气的了。"

姊弟三人说笑了一会儿,只见小梅端了一盘菜心肉丝炒糕走进来,她把炒糕放在桌上,安摆了三双银筷子,笑着说道:

"二舅少爷也在了吗?快坐下来大家吃炒年糕了,别冷了就没有味儿了。"

司马琴听了,先走到桌旁坐下,握了筷子,向两人招手,司马起、司马文于是也到桌旁坐下,三个人大家吃了一些。司马琴问妈这两天学校里功课很忙吧,因前天自己到家中去,妈是没有在家里。司马文告诉她,妈是要担任上海儿童教养院训育主任的职务了,所以妈不久之后恐怕是格外要繁忙了。三人吃毕点心,小梅拧上手巾,泡了三杯代代花茶，然后把盘筷拿着，收拾了桌子，拿到厨房里去了。

不多一会儿，司马文见司马起走到房外大概是小解去了，于是拉了姊姊的手，悄悄地走到窗口旁边，望着姊姊的粉脸，笑了一笑，说道：

"姊姊，说起来很不好意思，我今天来原想和姊姊商量一件事情的。"

"是件什么事情？你只管说出来吧！"

司马琴瞧文弟这一个神情，她虽然没有听文弟说出究竟商量一件什么事，不过她心里也已有几分知道了。暗想：这一对宝货，真可说难兄难弟、无独有偶的了，遂微蹙了蛾眉，秋波凝望着他那副笑脸，偏又故意低低地问他。

"我跟姊姊商量，是想问姊姊借一千元钱，不知姊姊肯答应我吗？"

"哦，那么我先问你，你借了这一千元钱做什么用途去呢？"

司马琴在哦了一声之后，她忍不住已扑哧的一声笑起来了。暗想：果然不出我之所料，遂挨近他的怀前，明眸脉脉地凝望着他俊美的脸庞，低低地问。原来，司马琴虽然是他们的姊姊，不过身子却要矮他们一个头，因为司马起兄弟俩的个子都长得非常的高大。当时司马文被姊姊这么一笑，两颊益发浮上了一朵红云，遂向她告诉道：

"姊姊，我这一千元钱借了去，完全是救济一个人去的，因为她被一辆三轮车撞伤了腿部，住院医治，还是医院当局特别容情，所以打个对折只要一千元钱的医药费。说起她家庭又真是可怜得很，还有一个双目失明的爸爸、一个孤苦的弱弟，假使她因此成了残疾的话，如何还能再工作呢？"

"文弟，你说的究竟是他还是她？她究竟是你的什么人？你快明白地告诉了我，假使真的是为了救济人家的话，不要说一千元钱，就是一万元钱，我也可以设法去办给你的。"

司马琴听他这么地说，一时把笑容收起了，暗想：这话不知是真实的事情，也不知是掉的枪花，于是微蹙了眉尖，握住他的手，向他急急地追问。

"姊姊，我阿文向来不会对人家有说谎骗钱的行动，何况你是我自己的姊姊，假使我骗了你的话，那我绝没有好结果的。"

"你这孩子就真……谁要你向我念什么誓的？你没有好结果，我做姊姊的心里难道就欢喜了不成？"

司马琴见他正了脸色，竟念起誓来，这就把秋波逗了他一瞥怨恨的目光，显然有些娇嗔的意思。司马文见姊姊这个意思，倒笑了起来，说道：

"姊姊，我只要没有说谎话，那我当然不会没有好结果的，你又何必生气？"

"那么你快告诉我，这个人和你到底是什么关系？你干吗这样热心地救济他？"

司马琴听他这么地说，芳心里这才有些相信了他，遂又认真地问。司马文于是把自己在花园门口遇见丁福根后的一回事向她告诉了一遍，接着又道：

"姊姊，我这些话，你相信我吗？"

"你既已念过了誓，我还会不相信你吗？不过我的猜想，你也许是爱上那个丁智仙姑娘了吧！是不是？"

"不，姊姊，我绝对没有这个存心，假使我因爱她而救她的话，那么我这个人的人格就不足取的了。"

司马文这两句话听到司马琴的耳里，心中不免肃然起敬，点了点头，拉了他手到梳妆台旁，拿给他一千元钞票。司马文藏人袋内之后，又向她低低说道：

"姊姊，这一千元钱我将来会还给你的，只是你别给我向无论哪个人提起，因为生恐人家要引起误会的。"

司马琴本来是一百二十分相信他的，因了他叮嘱这两句话，她心中开始又疑惑起来，暗想：常言道，真金不怕火，怕火不真金。你既然是真的去救济人，何必又怕人家引起误会呢？可见你这些话也有些靠不住了。两个弟弟一个入了赌迷，一个恐怕是入了女人的迷吧！她心头有些愁闷，正欲向他好好儿劝告几句的时候，司马起却走进来了。司马琴因为两个弟弟都向自己叮嘱不要告诉别人，可怜她给了他们的钱，还要给他们瞒住着，司马琴也真可说是个好姊姊的了。当时司马琴见了起弟，遂不再提这一千元钱的事，向司马起问道：

"你到什么地方去的？"

"我出去小解，遇到士英哥，大家谈了一会儿。"

"士英哥下午出去瞧电影的，此刻回来了吗？起弟，干什么？你预备走了吗？"

司马琴说着话，见司马起拉开衣橱的门，这分明是取大衣的意思，遂忍不住向他急急地问。司马起笑道：

"走了，我还有别的事情，刚吃过点心，晚饭也吃不下的了。"

"那么我也回家去了，怕祖母和妈要记挂的。"

司马文走到橱旁去取大衣穿，低低地说。司马琴暗想：这一对宝货钱拿到了手，便却急急地要走了，遂逗了他们一瞥哀怨的目光，说道：

"我瞧你们也不知还要到什么好地方去，这样来不及的做什么？你姊夫也快要回来了，那么回头大家也好谈一会儿，快要开饭了呢！"

"我是真的回厂里去的。"

"我也真的回家里去的。"

司马起一听姊夫就要回来了，他益发不肯吃了晚饭走了，因为他见了士杰便会头痛，这原因当然是为了士杰要向他老气横秋教训的缘故，所以他披上大衣之后，身子已向房门口走了。司马文也怕应酬，所以跟了哥哥一同走了出去。司马琴瞧了这两个人的情形，显然出去之后还有许多的花样，一时又怨又恨，遂跟到房门口来，把他们叫住了，说道：

"起弟，文弟，你们都回来，我跟你们要说几句话。"

司马起兄弟俩听姊姊这么地说，因此只好回过身子来，望着姊姊蹙了眉尖的粉脸出了一会子神。司马琴说道：

"起弟现在是有职业的人，而文弟是正在求学的时期，所以你们两人都有很重要的责任，起弟的责任是应该为事业而奋斗，文弟的责任是应该为学业而努力，你们总应该为你们前途的光明而向上进的道路上走才好，切勿步入苦海里去自寻烦恼。我做姊姊的不能跟随在你们的背后时时劝告，你们千万要自己留意的呀！"

司马文、司马起听了这一顿教训，都连连地点头称是，遂匆匆地走出了韩公馆的大门。在司马文心中倒并没有感觉什么，因为他没有做错了什么事情，只有司马起的心里，当然很有些羞惭的意味，秋风从暮霭的天空中吹掠到他的脸上，也会感到一阵说不出所以然的凄凉。

"哥哥，你不回家了吗？那么我们下星期再见了。"

在韩公馆的大门口，司马文望了司马起一眼，低声地说。司马起点了点头，兄弟两人各自跳上一辆人力车，分头拉着走去了。车夫在拉到十字路口的时候，回头过来，向司马起问拉到什么路，司马起因为临走的时候又听到过姊姊的一番金玉良言，所以他决心回厂内去了，遂对车夫说道：

"你拉到新闸路去吧！"

车夫答应一声，遂拔脚飞奔。从霞飞路到新闸路，必定要经过爱多亚路、虞洽卿路这两条马路，这两条马路过去便是新世界饭店。在这一个地段内算上海都会中最热闹的枢纽，因为四周便是舞厅林立，戏院歌场密密层层，一到下午五时敲过，天天像出会一样的拥挤，尤其在星期日，简直挨肩擦背，使你走不快路的。这原因是戏院散戏，舞厅、茶室也散，因此红男绿女赛过像八月里钱塘江潮水一样涌出。再说句笑话，又像七月三十日丰都城里逃出来一样的拥挤，不过丰都城内逃出来的当然是没有像这一班红男绿女摩登漂亮的。

司马起坐了人力车经过新世界饭店门口的当儿，时候已六点敲过，马路上的行人稍许稀疏了一些。因为这班红男绿女吃点心的吃点心，跳茶舞的跳茶舞，大家又关进到丰都城一班的灯红酒绿的逍遥宫里去了。

"司马，司马，好好，你在维纳斯失了我们的约，此刻又到什么地方去呀？"

司马起猛可听了这一阵叫声，回头去瞧，想不到正是蒋泽、黎明这两位好朋友，于是连忙叫车夫停车，付去了车资，走到人行道上来。在走近他们的身旁时候，方才瞧到两人的身旁还有两个摩登的女子，原来正是唐飞和剑秋两个人，遂忍不住笑道：

"对不起得很，因为我家中有些事情，所以便被留住了，反正你们有唐小姐、张小姐陪伴在身旁，也更不会寂寞了呀！"

"呸！你这个小滑头，再油嘴我可捶你。我们和他们是在爱罗门咖啡室内才碰见的，你此刻又到哪儿去的呀？"

唐飞听他后面又拉扯到她们的身上来，这就啐了他一口，扬着手向他做个要打的姿势，一面笑着告诉，一面又低低地问他。司马起让开了一些身子，咯咯地笑着，说道：

"就是你真的伴着我们这位贯老板，那也没有关系，难道你们两人还没有这个交情吗？"

"好了，好了，马路上别闹着玩，给人家瞧见了像什么意思？司马，正经的，此刻大家到仙乐斯跳茶舞去。"

唐飞被司马起说急了，两颊飞上了一朵桃花，伸手要去捶打司马起。贯黎明生恐唐飞疑心自己把个中秘密告诉了司马起，遂拉住了唐飞的身子，向他们劝解。蒋泽和剑秋却笑起来，遂说道：

"时候已六点一刻了，要去快些走的了。"

"那么唐小姐、张小姐也都去吗？"

"我告诉你，她们两人今天第一日仙乐斯茶舞登场候教，我们少不得去捧捧她们的，你知道了没有？"

贯黎明听司马起这么地问，遂向他低低地说。司马起这才明白了，遂向马路上一招手，来了五辆人力车，大家纷纷跳上，便到仙乐斯舞厅里去。车到门口，司马起欲取钞票，却由黎明先付了车资，五人步进舞宫。唐飞和剑秋向他们一点头，便自管先进女盥洗室里去。这里三人由侍者招待入座，拿了三瓶啤酒并两瓶绿宝鲜橘汁。仙乐斯的乐队由洛平领导伴奏，他的作风，和康脱来拉斯相反，以幽静温和胜人，所以他们奏出的音乐，没有一支是兴奋热狂的。在这儿跳舞的人大都是中装"亚尔曼"，舞女也都是徐娘风韵，舞艺不求其精，只求迷汤功夫胜人为上乘，所以对对舞侣舞时都紧紧相抱，两颊相偎，其肉麻之情形，固使这班"亚尔曼"神魂飞荡，钞票一五一十地跳出皮匣子来了。

"蒋泽！唐飞、剑秋在这儿茶舞，雪尘倒不做吗？"

"雪尘夜里也有得忙了，还会做茶舞吗？在茶舞时间大概应酬熟客出来坐坐的。司马，你倒不妨打个电话到她家里去，瞧她肯不肯出来陪伴你？"

司马起因为在仙乐斯里没有熟舞女，所以心中不免又想到了雪尘。蒋泽握了杯子，喝了一口啤酒，一面回答，一面向他含笑低低地怂恿。司马起听了，心中倒是一动，但他忽然又有一个感觉，遂摇了摇头，说道：

"此刻打电话去，她一定已不在家里的，何必多此一举？"

正说话时，唐飞和张剑秋都姗姗地走来了。蒋泽和黎明各移开一张椅子，给她们坐下。司马起瞟了她们一眼，笑道：

"你们瞧，老蒋、老贯已给你们早已备好两瓶鲜橘汁，这是多么孝敬你们呀！"

"司马先生，今天你未免太冷静，你的雪尘姊姊可没有在这儿呀！"

唐飞、剑秋听了，都逗给他一个娇嗔，忍不住微微地笑，接着，剑秋也向他这么地取笑。黎明拍了拍司马的肩胛，笑道：

"我们这位司马早已念过他的亲姊姊了，他的姊姊至少要打两个喷嚏的。"

众人听了，都忍不住笑出声音来。大家坐了一会儿，蒋泽望了司马起一眼，说道：

"司马，你姊姊不在，你难道就不跳舞了吗？在这儿开个新户头好了。"

"我当然会跳的，你们也只管自便，不要因我不跳舞，害得你们也呆坐着。"

司马起听他这么说，遂点了点头，忽然他想到这一个意思，遂又含笑向他们叮嘱着。蒋泽、黎明于是站起身子，拉了剑秋、唐飞的手，向司马起一点头，遂自管地到舞池里去了。这里司马起一个人握了杯子喝啤酒，忽然他瞥见外面走进来一男一女两个人，男的身穿西服，年约四十左右，人中上留了一小撮短须，女的身穿云霞绉的旗袍，正是雪尘。不知怎么的，司马起见了这个情景，他心头便有些酸溜溜的不受用。雪尘眼尖，早已瞧见了司马起，遂老远的先向他盈盈地一笑，不料司马起却别转身子去，装作不瞧见。不多一会儿，音乐停止，蒋泽等四人携手归座，黎明拍着司马起的肩胛，笑道：

"司马，你瞧见了没有？你的雪尘姊姊跟着一个老甲鱼也在这里呢！"

"真的吗？我却没有瞧见。"

司马起听他说"老甲鱼"三字，害得唐飞、剑秋都掩口而笑，也不知是什么缘故，他的脸会发红起来，遂摇了摇头，故作不理会的样子。黎明以为他真的没有瞧见，还把手向左边一指，说道：

"你瞧，我可没有骗你，这不是你的姊姊吗？两人坐得多亲热的。"

"你这种朋友算什么意思？难道喜欢人家感情破裂吗？"

黎明这两句话，乃是故意逗他醋意闹玩笑的，不料听到唐飞的耳里，心中有些不快乐，遂撇了撇殷红的嘴，秋波恨恨地逗给他一个白眼。黎明方知自己失言，因为在唐飞、剑秋的面前说这些话，当然会使她们触心的，这就忙含笑解释道：

"我知道他们感情很好，所以才跟他说着玩的。做舞女的跟客人出来游玩，那也是件极普通的事情，假使每个舞客都要吃醋的话，这也太会自寻烦恼的了。司马，你不会吃醋的是吗？"

"明天唐小姐跟了别个人在游玩，你一定是要跟她吃醋的了。"

司马起听黎明这么地问了一句，害得大家又都笑了起来，于是也笑了一笑，拿话反去取笑他。唐飞听了，却又送过来一个妩媚的白眼，蒋泽、剑秋也又笑了。这时，司马起把心中的不自然消失了大半，因为他想到黎明这几句话，真是不错。舞客和舞女吃醋，这不但是自寻烦恼，而且也太屈的了。我和雪尘原没有特殊的关系，况且我原很同情她的身世和遭遇，那么我如何反而去跟她妒忌了呢？唉！那我真的太没有见识的了。司马起想到这里，却不由自主地微微地叹了一口气，不料就在这个当儿，雪尘却笑盈盈地走了过来，按着唐飞的肩胛，秋波瞟了司马起一眼，笑道：

"你们什么时候约好的？为什么不早些打一个电话来约我？"

"你不要冤枉了我们吧！谁和他们约好的？都是碰得巧，在路上遇见的。怎么样？要不在这儿坐一会儿吗？"

唐飞拉了她的手，一面让座，一面微笑着回答。司马起见雪尘虽然和唐飞说着话，不过眼睛却望到自己的脸上来，心中似乎有些明白她是怨我上午失约的意思，遂望着她粉脸唬唬地傻笑。雪尘在旁边拉过一把椅子坐下了，蒋泽望了她一眼，笑道：

"张小姐也拿瓶鲜橘汁吸好吗？"

"不，我那边有茶泡着，哦！我记起了，今天是你们两人在这儿第一次登场吧！这就无怪贯先生、蒋先生都来捧场了。"

张雪尘摇了摇头，低低地回答。忽然，她眸珠一转，记起了一件什么事般地瞟了他们一眼，又微笑着问。黎明道：

"张小姐若也在这儿做茶舞的话，你的司马弟弟第一个先要捧捧你，刚才已向我记挂着你，不知你也曾打过喷嚏吗？"

"哼！会曾记挂我吗？我也不配他的记挂呀！"

雪尘觉得这是一个说话的好机会，这就噘了噘嘴，冷笑了一声，秋波逗给他一个妩媚的娇嗔。司马起知道她是很生自己的气，意欲向她解释几句，但碍着众人在旁边，又觉得不好意思开口，所以只管傻笑着。蒋泽、黎明等忍不住都笑了，说道：

“张小姐，这个你也太委屈你的弟弟了，他是真的问过你，说雪尘在不在这儿做茶舞的？”

雪尘听了，却不作答。唐飞、剑秋心中暗想：这妮子倒刁恶得厉害，她自己跟了人家来游玩，司马先生不跟她吃醋，谁知她倒反而跟司马先生生气哩！于是瞟了她一眼，忍不住都微微地笑。这时奏出一支悠扬华尔兹的乐曲来，雪尘笑道：

“蒋先生，贯先生，你们不要客气，请自便吧！”

“那么你和司马也去舞一次好不好？”

蒋泽一面说着话，一面和黎明站起身子，已和剑秋、唐飞一同到舞池里去了。雪尘见司马起并不站起身子，知道他没有和我跳舞的意思，遂向他娇嗔似的说道：

“你不要走，我回头跟你好好儿地算账！”

雪尘一面说着，一面站起身子，便自管走回到她的客人座桌旁去了。司马起暗自好笑，心里想着，你和我算什么账呢？不多一会儿，蒋泽等归座，问雪尘哪里去了，司马起努了努嘴，表示她已过去了的意思。黎明笑道：

“干吗？她对你心里不快乐吗？”

“谁知道？她的脾气倒比我大得多。”

“你是弟弟，她是姊姊，什么事情你总得让她三分才是的。”

剑秋听司马起这么地说，遂瞟了他一眼，向他低笑着取笑。大家听了，都又笑起来。过了一会儿，侍者过来，向唐飞、剑秋说有客人请你们转台子，于是两人站起身子，和蒋泽、黎明说声“对不起，你们坐一会儿”，她们便跟着侍者过去了。蒋泽笑道：

"那真是天晓得的事情，在爱罗门里偏偏会遇到她们两个人，这一百元钞票又是硬伤的。"

"那你为什么要跟她们来呢？你自己遇着了女人，糊里糊涂昏迷了，此刻还要放什么马后炮？"

司马起这几句话是明于责人，而暗于责己的。因为他忘记自己遇到了欧阳珠后，却会到赌场里去送掉一千元钱呢！黎明听了，笑道：

"我们刮皮些就买五十元舞票吧！省五十元开两个新户头跳跳好吗？"

"这两句话只有我说得出口，因为我和剑秋到底没有什么大交情。比不了你们，五十元舞如何拿得出去？唐飞不要说你有意触她的霉头吗？"

蒋泽听他这么说，遂笑嘻嘻地俏皮他。司马起到底是个大少爷的脾气，伸手拍了拍黎明的肩胛，笑道：

"你们这些坍台的话少说两句吧！在舞女身上刮皮这是省不好的了。我这个脾气就是这个样子，没有钞票，情愿不踏进舞厅的大门。"

"你是小开，当然派头奇大，肯不肯借两百元给我呢？"

黎明听他这么说，心里有些不自在，遂回眸瞟了他一眼，伸开手心去摊了摊，带了俏皮的口吻，低低地说。司马起听了，说了一声"笑话"，遂在袋内取出十张一百元的钞票，数了两张，放在桌上，笑道：

"你们的台子我来请客好不好？仆欧，买二百元票子。"

司马起一面说，一面向后面的仆欧一招手，叫他买舞票。这倒出乎黎明和蒋泽的意料之外，遂都笑起来，说道：

"那是没有这个道理的，买了爆竹给别人家放，你也太漂亮了。正经的，我们袋内的'血'已不够，算你借给我们的，过两天一定奉还。"

"自家朋友，何必还说借不借的话？"

"那么茶账也一块儿付了吧！"

黎明也取出六十元钞票交给仆欧，付去了茶账。不多一会儿，仆欧送上两百元舞票，找头做了小账，仆欧道谢退下。蒋泽拿了一本一百元的舞票，在桌子上甩了甩，笑道：

"这真是灰钿，大概我们前世欠了她们的债，所以今世非还给她们不可的了。"

"你这话真不错，像唐飞就欠了老贯的风流债。"

司马起咯咯地一笑，遂站起身子，到舞池里找舞女跳舞去了。蒋泽、黎明见司马起跳的是一个徐娘风韵的女子，生得细皮白肉，娇小玲珑，风流的意态，溢于眉目之间。她把一条手臂挽在司马起的脖子上，粉脸一会儿给他贴左边，一会儿又给他贴右边，把个司马起迷得混淘淘，几乎要跌倒在舞池里的了。

"司马，你的艳福不浅，叫她坐只台子，保险今天晚上跟你跑。"

司马起舞毕归座的时候，黎明笑嘻嘻地吃他的豆腐。司马起笑了一笑，坐下身子，握杯子喝了一口啤酒，说道：

"你不要寻什么开心，我要喊她娘哩！"

"你不要嫌她年纪老，越老越骚，滋味比小姑娘好。"

蒋泽也笑着吊他的胃口，司马起呸了他一声，也不禁微红了两颊笑起来。今天唐飞和剑秋很有些苗头，大约转了五六只台子，直到七点二十分的时候，她们方才回到蒋泽等的座桌上来。唐飞和黎明有特殊的交情，所以也不说什么客气话。剑秋对蒋泽笑道：

"对不起，累你们空坐了许多时候。"

"没有关系，张小姐今天是够忙的了。"

"还不是全亏你们捧场的吗？"

剑秋到底是个老资格，秋波斜乜了他一眼，笑盈盈地说。蒋泽听了有些窝心，觉得这一百元钞票还算值得。这时，音乐又起，他们四个人便到舞池里去。司马起也买了三十元舞票，去跳那个徐娘风韵的舞女了。

"你要走了吗？先生贵姓？"

"我姓司马。"

那徐娘风韵的舞女见他只跳了自己两支舞，却买给自己三十元舞票，那真是一个阔少爷的派头，觉得不能不放出一些手腕来，拉到自己的怀里，也是一个活财神，所以眉毛一扬，向他笑眯眯地问着。司马起觉得和她跳舞，会引起性感作用的，他有些心爱，但也有些害怕，不过人家既问了自己，当然不得不回答人家。她听了遂叫声司马先生，接着又笑道：

"你有空请过来玩，我舍间就在这儿白克路心明里八号，你问一声陈丽华，他们就会告诉你的。"

司马起听她会这么地说，这倒出乎意料之外的，遂含笑点了点头，却没有作答。陈丽华见他好大的架子，遂益发要拉拢他，把他抱得紧紧的，似乎把脸、身子最好一块儿都和司马起合并起来的样子。司马起在这个情势之下，真有些不能自持起来了。幸而这时音乐已停，陈丽华把他手紧捏了一下，飞给他一个媚眼，笑道：

"司马先生，有空一定要请过来玩的。"

"好的，改天我来拜望你。"

司马起向她回答了一句，别转身子就匆匆走了。他回到座桌旁的时候，心头还会在别别地乱跳，两颊热辣辣地发烧。暗想：从跳舞到现在，这样风骚的女子实在还只有破题儿第一遭的，心里这样地想，蒋泽和黎明也走回来了。司马起因为不见唐飞和剑秋一同来，遂奇怪地问道：

"她们两人到什么地方去了？"

"她们说有客人请她们吃晚饭，所以不和我们一同走了。其实倒成全了我们，老实地说，现在外面吃一顿饭起码要一二百元钱，这些钱又是丢到黄浦里去的。她们抿了抿嘴，真不会来见我们的情，回头倒还要给她们说句白吃灰孙子呢！"

蒋泽一面告诉，一面笑着说。司马起和黎明听了，忍不住又都好笑起来。这时，茶舞客人都陆续地散去，黎明道：

"我们也走了，大家到外面五味斋去吃顿经济夜饭吧！"

"想起来真是作孽，自己省吃省用地情愿越经济越好，给她们吃了，倒要越考究的人家去吃越好，孝顺爷娘恐怕也没有这样孝顺呢！"

"这就是瘟生呀！"

司马起听蒋泽感慨系之地说，遂拍了他一下肩胛，这就大笑起来。三个人正欲回身走出舞厅的时候，忽然见雪尘笑着走过来，问道：

"你们预备上哪儿吃晚饭去？我也去，今天我请请你们。"

"咦！张小姐，你那个留胡须的客人呢？"

司马起听雪尘这么地说，倒不禁为之愕然。蒋泽和黎明也很奇怪，于是异口同声地问她。雪尘笑了一笑，说道：

"他请我到康乐饭店吃夜饭，被我拒绝了，我说有些头痛。"

蒋泽和黎明相互地望了一眼，微微地含了一丝会心的笑意。四个人出了舞厅的大门，蒋泽、黎明说尚有别的事情，遂向司马起、雪尘点了点头，匆匆地走了。司马起叫他们回来，他们也不理睬地走远了，司马起知道他们很识趣，遂望着雪尘笑了笑，说道：

"张小姐，那么你预备到什么酒家去吃饭？我此刻真的有些饿了。"

"你饿了吗？我就叫你今夜饿一顿，不许你吃夜饭！"

张雪尘听他这么地说，遂绷住了粉脸，秋波恨恨地逗给他一个妩媚的白眼。司马起听她刚才还请自己吃饭，此刻忽而又说这些话了，一时不免弄得丈二和尚摸不着头脑了，望着她薄怒娇嗔的粉脸，倒是怔怔地愕住了一会子。

第七回

莫辜负了她一番金玉良言

司马起在经过一阵子愕住了后，他便故意把舌伸了一伸，嚇地笑道：

"你现在就这么的凶了，将来还了得？我是只有天天跪在你面前叩头的了。"

雪尘听他这几句话明明是占自己的便宜，遂一面走，一面把手指在他手背上拧了下去，嗔道：

"轻薄，我瞧你那张贫嘴益发油腔滑调了。记得去年秋天里和我第一次认识的时候，就老实得多。"

"可见我全被你带坏的。"

"你这话简直是放……"

司马起被她拧痛了，遂忙挣脱了她的手，在挣脱了手之后，他又向雪尘笑嘻嘻地逗了一句。这句话把雪尘说急了，红了脸，意欲骂他一声放屁，不过在骂到"放"字的时候，那个"屁"字到底没有骂出来，接着微微地叹了一口气，秋波逗了他一瞥怨恨的目光，又道：

"你说，我哪一处引坏了你？你每次叫我坐台子，我总劝你不要太浪费，因为你现在只做了一个小职员，岂能这么的花费呢？"

"不过不叫你坐台子，我就跳不着你的舞，你太红了。"

司马起听她这么说，遂把身子又挨近了她一些，低低地回答。雪尘

106

听了他这一句话，芳心倒是跳动了一下，低了头，沉吟了一会儿，说道：

"照你这么地说，是不是我害你了？"

"我和你说句玩话的，你认什么真？"

司马起见她颦锁翠眉，似乎很难受的样子，于是去拉她的手，忙向她含笑解释。雪尘没有回答她，低了头，默默地走了一会子路。司马起见她心里有些不快乐的样子，遂装出顽皮的表情，笑道：

"好姊姊，你别生气了，我要问你一句话，你为什么今夜要不许我吃饭呢？"

"哼！问你自己呀！就说你不愿意到我舍间来玩，你也不应该给我上这个大当的呀！我为了你，今天早晨八点钟就起身，和妹妹亲自到菜市里去买菜。妹妹本来下午还有个同学的约会，她被我硬生生地给人家失了约，谁知你却口是心非，竟给我上了这个当，我们等你到两点三刻敲过，才饿得受不了吃饭的。你自己想一想，我如何不要罚你也饿一顿呢？"

雪尘这才抬头逗了他一个娇嗔，很生气似的说出了这一番话。司马起听了，这才恍然明白，心中不免有些感动，遂把她手握了一阵，笑道：

"这件事实在太对不住你，因为我今天一觉醒来已下午一点多了。我心中原记得你约我到府上吃饭的一回事，但时候已到了下午，恐怕你们已吃过了午饭，若到你家之后，再累你们叫菜烧饭，这不是太不好意思了吗？所以我就不来了。"

"你会睡到下午一点钟吗？我问你，你昨夜在旅馆内可曾胡闹过？"

雪尘会问出这一句话来，那倒是出乎司马起的意料之外的。因为自己被她说到心眼儿里去，两颊由不得飞上了一阵红云，连忙辩白道：

"没有胡闹过，因为蒋泽、黎明兴趣好，所以我们又玩了四圈的骨牌。"

"这还不是胡闹吗？依你说，怎么样才算是胡闹？你这话倒又稀奇起来，你们三个人如何能抹骨牌的呀？"

雪尘见他神色有异，心中早已猜到了几分，因为他心虚的缘故，把"胡闹"两字当然认为是另外一件事情了。但她想到他们只有三个人，于是秋波斜乜了他一眼，又低低地问。司马起情急智生地一撩眼皮，笑道：

"为了三缺一，所以他们叫一个向导女子来做搭子的。"

"嗯！这就无怪的了。"

"无怪哪么？"

"何必要我说明了？你倒有脸见人？"

司马起见她嗯了一声，俏皮地说着，因为在她这句话中多少带有些神秘的意思，遂故意装出一本正经的样子，向她问了一句。雪尘这回却冷笑了一声，望了他的脸庞，简直有些生气的模样。司马起想不到她有这一副态度来对待自己，一时只觉无限的感动，但也有些羞惭的成分，绯红了两颊，却不作声了。

"你该知道，这可不是我引坏你的了。"

雪尘见他语塞，显出这样羞惭的神情，一颗芳心哪里还会有不明白的道理吗？过了一会儿，遂这么地问了他一句。司马起没有作答，还是垂了头，两眼望着脚尖在地上一步一步地移动。雪尘微微地叹了一口气，把他手拉了拉，说道：

"并不是我要破坏你们朋友的感情，我觉得你这两个荒唐朋友还是少接近的好。贤者谓益者三友，损者三友；又谓近朱者赤，近墨者黑，可见环境是最害怕的。昨夜你送我回家的时候，我们好像已谈过许多上进的话，难道你一转背就会都遗忘了吗？司马先生，你感到奇怪吧！像我不过是个做舞女的人，为什么反而却向你说这些的话呢？说起来我自己也很奇怪，因为我对你的期望很大，觉得你这样的荒唐下去，前途一定会遭到黑暗的蒙蔽。所以昨夜我叫你到我家里来，要把妹妹介绍给你，也是为了叫你以后别跑舞厅的意思。司马先生，你听了这话，你一定会说我太矛盾，一个做舞女的人劝舞客不要跑舞厅，那么舞女来舞厅跳什么舞呢？不过这儿我要向你声明的，我们希望跑舞厅的不是你们这班正在上进的青年人，我们希望这班做投机的、做囤户的、无形杀害贫民的商人，因为他们这班屈死也只有在女人身上肯花冤枉钱。以我而说，四周包围的都是最近发着囤积财的奴才，所以我叫他们花些钱，良心绝不会对不住他们的，不过你要明白，我没有出卖过自己的灵魂，这在昨夜我已向你说得很详细的。司马先生，你是个很聪敏的人，当然不会怨恨我唐突了你吧！"

"张小姐，我说不出什么感激的话来感谢你才好，我觉得你是伟大极了。"

司马起听了她这一篇絮絮的话，心中有些隐隐地作痛。他觉得自己这人到底是太平凡了，抬起头来，望着雪尘清秀的粉脸，他的眼角旁已涌上了晶莹莹的一颗了。雪尘见他淌泪，倒又微微地笑了。这时，已到金门饭店的门口，遂拉着他一同走了进去。侍者招待入座，雪尘点了四菜一汤，说不喝酒，饭菜一同上来好了。侍者答应，便自退下。这里雪尘把一方手帕递了过去，是叫他揩拭眼皮的意思。司马起在这个情景之下，倒真的像她弟弟一样有些赧赧然起来了。雪尘笑道：

"人之初，性本善。你这个人就合着这两句话，不过随着环境变起来也快，可惜我不能天天跟在你的身后，否则，你也许会走到上进那一条路上的。我觉得你这个人真像我家里那个孩子刚学走路差不多，一不小心，就会跌跤的。"

"张小姐，你这句话太占我的便宜了。"

司马起把手帕拭过了眼皮后交还了她，他两颊不免热辣辣地发烧。雪尘见他简直有些女孩儿家的神情，这就哧哧地笑起来了。过了一会儿，雪尘又说道：

"司马先生，正经地说，你下星期日到我家里来吃饭，我妹妹的学识比我好，你和她交了朋友，至少的限度，她不会累你向堕落的道路走。"

"你的意思，我当然非常感激，不过你也太一厢情愿了，照我的猜测，你妹妹一定另有知心着意的朋友，因为你不是曾经说她今天下午原有同学的约会吗？你硬生生地把她留在家里，在她心中一定是十分的怨恨，纵然你把我介绍给了她，她也未必会对我好感的。你应该明白，你是你，你的妹妹是妹妹，你固然是把我当作自己弟弟一样的爱护，可是你妹妹恐怕不见得会像你一样把我当作哥哥般地爱护吧！所以，你这个意思是盲目的，是落伍的，我以为两性的所以会互相爱怜，这也绝不是一件偶然的事情。张小姐，你若真的不见弃的话，我就决心听从你的话认你做一个姊姊好吗？"

雪尘听他说出这一篇话来，在他的意思中，至少是包含了一些爱自己的成分，一时芳心也不禁为之怦然跳动，红晕了娇靥，这就沉吟了一会子，暗自想道：天下的事情，真莫过于男女之间的神秘，在我所见到的舞客而说，比司马起有钱的固多，比司马起俊美的也不在少数，不过我却偏偏会爱上了司马起，觉得司马起有令我感到同情和爱怜的地方。虽然我因自己已有了一个无爹的孩子而不忍再去爱上了他，才想出把妹妹做自己替身的一个办法，不过我和妹妹不是一个人，司马起这话就不错，我爱他，妹妹未必和我同样的也会爱上他。因为早晨妹妹虽没有违拗我的意思，但从她表情上看来，显然她是很不情愿的。那么我纵然给他们强迫介绍了，在他们之间也不会有美满的结果。想不到司马起倒很了解两性之间的性情，虽然他很有诚意地爱上我，不过我实在没有勇气去接受他的爱我。于是秋波向他逗了一瞥无限情意的媚眼，低低地说道：

"你这话说得很有趣，我不是早已把你当作自己弟弟一样的爱护了吗？假使你认为我够得上资格做你姊姊的话，那么你就叫我一声姊姊是了。"

"我的亲姊姊今年也是二十岁，说来和你同庚。今天下午我曾经到她那里去过，她也向我劝告了许多的话。此刻我又听你向我说了这许多金玉良言，我觉得你真不啻是我第二个的亲姊姊一样，怎么会没有这个资格呢？姊姊，我觉得你真不愧是我前途的一盏明灯。"

司马起听她说到后面这一句话，似乎有些难为情的样子，抿着嘴嫣然地笑起来，一时心头除了感动之外，又感到她是令人太可爱了，遂用了恳诚的目光，向她粉脸脉脉地凝望着回答。雪尘听了，自然颇为喜悦，秋波斜乜了他一眼，笑了一笑，忽然她又讶怪道：

"原来你姊姊还只有二十岁吗？可是我见你的姊夫是个四十左右的年纪了呀！这究竟是怎么的一回事？难道你姊姊竟是个崇拜金钱的女子吗？"

"你也认识我姊夫的吗？"

司马起听她这么地问，且不答她，望了她一眼，惊奇地反问她。雪尘微微地一笑，说道：

"那也算不了什么稀奇，你难道不知道我四周包围的正是他们一班扬眉得意、发囤积财的人们吗？"

"唉！说起姊姊的嫁他，一面固然是姊姊自己太失了检点，一面当然也是社会的罪恶，她刚才还向我淌过眼泪，指了指金丝笼子里的芙蓉鸟，来譬喻她的环境。我觉得姊姊的遭遇也真太可怜了。"

司马起说到这里，叹了一口气，遂把姊姊嫁他的经过向雪尘详细地告诉了一遍。雪尘方知他姊姊是个侧室的地位，她心头激起同情的悲哀，叹道：

"身为女子的，我觉得太不是人做的了。唉！韩士杰这奴才，他千方百计地追求我，要娶我。男子的心真所谓贪得无厌，见一个爱一个，但他们哪里有什么真爱情，也无非是几个臭铜钿作祟罢了。"

"哦！原来姊夫也追求过你的，真是个该死的东西！"

司马起听了这话，他心头有些愤怒，情不自禁恨恨地骂出了这两句话。正在这时，侍者把饭菜端上，于是两人也就握筷吃饭了。过了一会儿，雪尘又低低地说道：

"午饭的时候，因为烧了几样菜，等到一切舒齐，已在两点左右了。我本来想打电话到金都饭店来找你，但昨夜你又不曾告诉我开几号房间，而且又怕你们用的化名，所以也不打来了。那么你一点钟以后，又在什么地方玩呢？"

"一点钟后我是回家里去的，后来又到姊姊家中玩一会儿，坐车回厂经过新世界饭店门口，就遇到了蒋、贯两人和唐飞、剑秋在一处走路，他们叫我下车，大家就到仙乐斯去坐一会儿，不料却遇到你们也在那儿玩，事情也真巧得有趣。"

司马起不敢把赌钱的一回事告诉她，就在当中跳过去了。雪尘点了点头，也不知为什么缘故，她觉得自己是应该向他辩白几句的，遂说道：

"那留短胡须的是金星银行的行长，五点半的时候，开汽车到我家来，请我玩茶舞去，我觉得在这环境下，是只好向他们敷衍着应酬的。"

"这当然是免不了的事情。"

司马起见她说完了话后，好像有些感慨的样子，遂频频地点了一下头，表示十分同情。雪尘在那碗芙蓉鸽蛋汤内夹了一个鸽蛋，送到司马起的饭碗内，说道：

"你为什么不吃？这鸽蛋不爱吃的吗？"

"我爱吃的，姊姊，你自己也吃。"

司马起对于雪尘这一个举动，他心里有些荡漾中的甜蜜，遂含了微笑，明眸含了热情的光芒，亲热地叫了一声姊姊，低低地说。雪尘被他叫声姊姊，她芳心里也有些甜蜜的滋味，粉颊上浮了一层玫瑰的色彩，不禁赧赧然地笑了。司马起吃了一碗饭，却不吃了。雪尘微蹙了眉尖，秋波逗了他一瞥猜疑的目光，低声地问道：

"干吗胃口这么不好？我女人家的饭量也有两碗哩！"

"因为我在姊姊家中吃过点心，所以饱得很的。"

"吃过点心人家也有三碗可以吃呢！你这么轻的年纪，只吃一碗饭，我觉得你身子是太弱了，其所以弱的原因，当然是因为荒淫过度的缘故。弟弟，路柳墙花总千万不要去折，你的年纪轻，若染上了恶疾之后，真是铸成了终身遗恨，那时候再悔恨，恐怕是来不及的了。"

雪尘想到昨晚他的荒唐，可见已不止一次的了，遂用了慈和的口吻，正经地向他劝告。司马起听了这些话，他羞得两颊涨红了，额角上汗点冒了上来，低了头，却是默不作声。雪尘知道他是羞惭的意思，于是也不再向他唠叨了。一会儿饭毕，雪尘叫侍者开上账单，司马起要付账，雪尘不依，娇嗔似的瞅了他一眼，说道：

"你假使承认我是你的姊姊，那么你别和我客气。"

"不过做弟弟的请姊姊吃饭，也在情理之中的。"

"这次我原说请你吃饭，你再要客气，我可恼了。"

司马起见她鼓着小嘴儿，真有些不高兴的样子，因此笑了一笑，也只得由她。侍者给他们披上了大衣，两人一同跨出了金门饭店的大门。在人行道上踱了一会儿步，司马起瞧了瞧手表，已经九点半了，遂说道：

"我送你上迷高美去吧！"

"那么你该回厂里去了。"

"也好，我就回厂里睡了。"

"你这句话我有些不相信，今夜我不上迷高美去，和你一同到扬子去坐一会儿。"

司马起听她这么地说，一时倒出乎意料之外的，遂望着她粉脸，愣住了一会儿，说道：

"今天是星期日，你晚上至少有十只台子，我可不能使你这么的损失。"

"因为你曾经说和我跳舞不容易，所以我今夜陪你跳一个痛快。"

113

雪尘微昂了娇靥，秋波脉脉含情地凝望着他俊美的脸庞，笑盈盈地回答。司马起心头太感动了，把她纤手紧握了一阵，一时却说不出一句话来。良久，方说得一句话：

　　"姊姊，你太疼爱我了。"

　　雪尘没有回答他，拉了他的手，坐了一辆三轮客车到扬子舞厅里去。扬子舞厅是姚莉伴唱，她的歌喉，发音清晰，珠圆玉润，所以生意很好。雪尘、司马起到了扬子，几乎已没有了座桌，好容易叫侍者摆了一个座桌。上海的都会，真是太富裕的了，侍者问两人喝什么，司马起说啤酒，雪尘却拦阻了他，说道：

　　"为什么要喝啤酒？拿两杯清茶好了。"

　　侍者答应下去，司马起望着雪尘却憨憨地傻笑。雪尘见他笑的意态，至少包含了一些神秘的样子，遂故作娇嗔的神气，问道：

　　"有什么好笑的？吃晚饭的时候尚且不喝酒，现在凭什么却要喝酒呢？"

　　"我心里这么地想，在我的身旁最好有个凶一些人管束我，那么我才会觉得头脑清新了一些，所以我是很需要有个像姊姊那么的女子永远和我在一起，不要分离，但是姊姊肯不肯答应给我做永久的伴侣呢？"

　　司马起被雪尘真挚的爱情完全感动了，他不管雪尘已经是个有孩子的母亲了，他觉得除了雪尘使自己可爱外，没有人再能比雪尘那么的多情了，所以他情不自禁地终于向雪尘说出了这几句求婚式的话来。雪尘听了，芳心是别别地跳得厉害，粉颊红得像两朵玫瑰的花瓣了。良久，方才微微地笑道：

　　"我以为你只要肯听从我的话，那么我们两人就等于永远在一块儿一样，假使你把我的话当作耳边风，那么我即使永远跟在你的身旁，也是无济于事的呀！弟弟，你说，我这几句话可说得中听吗？"

　　司马起听她这么说，他心头是感到失望的悲哀，低了头，却默默地出了一会子神，暗自想道：雪尘心中也不知存的是什么意思，既然这么爱我，为什么却又不肯答应我的爱她呢？那不是太令人感到奇怪了吗？雪尘见他凄然的样子，心头也觉十分的难受，暗想：我是个有了孩子的姑娘，我怎么还能再爱上你？你是个有祖母、有母亲的家庭，她们如何会答应你来和我结婚呢？所以我们是万万也没有结合的希望。她有些无限的感触，忍不住轻轻地叹了一口气。

"弟弟，你为什么不高兴？咦！你竟淌眼泪了。"

"不，姊姊，我没有不高兴，我觉得你待我的好，其情是太伟大了，所以我觉得感动，而且我也觉得难受。"

两人默然了一会儿，雪尘伸手去扳他的肩胛，在司马起抬头的时候，她发现在他颊上沾了几点晶莹莹的泪水，芳心中不免感到无限的惊异，遂蹙了眉尖，向他低声儿地问。司马起摇了摇头，很快地擦去了泪痕，话声带有些颤抖的成分。

"傻孩子，你为什么要难受？我现在很希望你能实行这两件事，那么我们将来也许有永远相聚在一块儿的日子。"

"姊姊，你说吧！是哪两件事情？"

雪尘为了不使他感到失望而颓丧了精神起见，她乌圆的眸珠一转，这就有了一个主意，又笑盈盈地向他说出了这两句话。司马起在十分绝望之余，他不免又欢喜起来，遂握紧了她的纤手，满面又掀起了希望的微笑。雪尘沉吟了一会儿，低低地道：

"第一件，你不能再和他们开房间叫向导女子地胡闹荒唐；第二件，你不能再到舞厅里来跳舞。"

"第一件我倒可以依，只是第二件叫我依不得，因为我不上舞厅，我如何还有和你见面的机会了呢？"

司马起听她这么说，皱了眉毛，有些难以实行的意思。雪尘知道他确实很爱自己的意思，遂抿嘴笑了一笑，说道：

"你别忙呀！我还没有说完了话哩！每星期日上午，你只管到我家来吃饭，下午我可以伴你去跳茶室茶舞，这样不是使你也有过瘾的时候了吗?”

“好的，姊姊，我真是太感激你了，那么我准定听从你的话。从此以后，我要好好儿挣扎着起来做一个人，也不枉你热诚地疼爱了我一场。”

雪尘听他这么说，心里一欢喜，遂拉着他手站起身子，和他到舞池里跳舞去了。在舞池里，雪尘、司马起见有一对舞侣跳舞的姿势真是恶形恶状，肉麻得动人。雪尘忽然想到了一件什么似的，遂瞟了司马起一眼，低低地笑道：

“无论哪一个舞客，总是爱迷汤的，你瞧那一对舞人，这个男子被她迷得混淘淘的。这种欢乐的表情，真好像要跌倒下去的样子呢!”

“可不是？太亲热了，也令人作呕的。我的脾气却和常人不同，迷汤功夫太好了的舞女，我见了她也会害怕的。”

司马起点了点头，忍不住微微地笑。雪尘却噘了噘嘴，呸了他一声，秋波逗给他一个妩媚的娇嗔，说道：

“罢呀！你这些话少说几句吧！在仙乐斯里我亲眼见到你被一个舞女抱紧了脖子，偎紧了两颊，我看你好像要失魂落魄的样子，你还能说是个不爱迷汤的人吗？哼！老实地说，天下没有一个不贪色的男子。”

“那是因为我没法拒绝的缘故，你不见我一共只有跳了她两次舞吗?”

司马起想不到自己和陈丽华跳舞的情形她是很注目的，此刻她这么地说，显然她对我有醋意的成分，这就红了脸，笑着向她解释。雪尘不作答，却白了他一眼，一会儿，方冷笑道：

“你是正经人，所以你见了她有些害怕吧!”

“凭良心说一句话，我真的有些害怕，因为她对我太凶恶了。”

“人家是看中你小白脸呀!”

雪尘撇了撇小嘴儿，又向他俏皮地说。司马起没有回答什么，这回他尽管哧哧地笑。过了一会儿，司马起凑在她的耳边，低低地问道：

"姊姊，我冒昧问你一句，你从跳舞到现在，也给舞客贴过面孔？灌过舞客的迷汤吗？"

"我的脾气就是一是一二是二的，叫我灌人家迷汤，那可不成。至于给舞客贴面孔，那是更不用说起了。我试问你，你们跳舞来的，还是贴面孔来的？假使要贴面孔，何不回家里同妻子去亲热亲热呢？"

雪尘听他这么问，遂微微地推开了他身子，粉脸上有些薄怒娇嗔的神情，秋波恨恨地逗给他一个妩媚的白眼。司马起笑道：

"那么比方说我没有妻子的，那可怎么的办呢？"

"马上就去结婚呀！对你母亲去说，我是要娶亲的了。"

雪尘听他问得刁恶，心里又恨又爱，白了他一眼，却忍不住抿着嘴儿又要笑出来了。司马起也笑得弯了腰，说道：

"不过我没有对象，你叫我跟哪个人去结婚呢？"

"刚才仙乐斯里那个舞女不是很好吗？反正她对你是多么亲热的！"

"结婚了后，我就喊她一声妈妈！"

雪尘听他这么说，啐了他一口，这就情不自禁地也哧哧地笑起来了。就在这个当儿，音乐停止，两人遂携手归座。司马起把身子靠近了一些雪尘，向她低低地又道：

"姊姊，我想跟你贴面孔跳一次舞，不知你肯答应我吗？"

"好的，你把脸凑上来呀！"

雪尘白了他一眼，雪白的牙齿微咬着殷红的嘴唇皮子，悄声儿回答。司马起明白她的意思，笑了一笑，却并没有实行把头凑过去。雪尘笑道：

"为什么不把脸凑过来，你不爱和我贴面孔吗？"

"我可没有这么的傻，凑过脸来挨你的打。"

雪尘见他怪聪敏的，这就扑哧地一笑，却又逗给他一个怨恨的娇嗔。司马起抚摸着她的手，只管涎皮嬉脸地笑着。雪尘低头见她手指上那枚钻戒好像换得大了一些，芳心这就有些猜疑的感觉，遂凝眸含矑地望着他问道：

“这枚钻戒不是你的，你和谁换了一枚？”

“这枚……是我姊姊的，我自己一枚给别人家借去了。”

司马起见她心细如发地会注意到自己的钻戒上面去，这就微红了两颊，支吾了一会儿，方才低低地告诉了她。雪尘见他这支吾的表情，心中有些疑窦丛生起来，遂又问道：

“你的一枚借给谁了？别的东西可以借，这约指如何可以借给人家呢？”

“因为他要吃喜酒去，这……人……是我的表哥，过两天就会还我的。”

司马起见她似有不信之意，遂忙又急急地圆了一个谎，向她认真地诉说。雪尘摇了摇头，微微地噘了一下小嘴儿，笑道：

“你这话怕有些靠不住，我想你一定和什么爱人换一枚的了。”

“谁是我的爱人呢？好姊姊，你不要多心了好吗？”

“我为什么要多心？你有了爱人，我做姊姊的只有代你感到喜欢哩！”

司马起见她虽然强颜含笑地说着，不过她脸上的表情大有酸溜溜的意思，这就把那枚钻戒脱了下来，要套到雪尘手指上去，笑道：

“你不信，那么我给你换一枚戴可好？”

“既然是你姊姊的钻戒，你怎么能自作主意地换给我？我觉得你这个人做事益发糊涂了。我不要，反正不干我什么事情的。”

雪尘却把手指屈起来，表示不接受他那枚钻戒的意思。司马起只好又自己戴上了，笑了一笑，说道：

“那么明儿我把自己那枚去戴了来给你瞧好吗？这样你总信得过我的了。”

“好的，假使你把自己那枚戴来了，我一定可以和你换一枚戴的。”

雪尘点了点头回答，在她心中的意思，当然是要试试他究竟可曾把钻戒换给了人家了。司马起听她这么说，心头有些甜蜜的感觉，遂故意逗她一句说道：

"不过我自己的一枚小，和你一枚大的换过来，你不是有些不合算吗？"

"哦！我明白了，你原来是存了便宜吃亏的心吗？"

司马起说这两句话的时候，原没有想到这许多，如今被雪尘这么一说，方知自己是失言了，这就红了脸，忙赔了笑说道：

"姊姊，你别生气，我原跟你说句玩话的，我知道你的心，你为了爱我，你什么都肯牺牲了，我除了感激你之外，我简直不知该如何地来报答你才好哩！"

"谁爱你？你以为我爱你吗？"

雪尘听他这么说，倒忍不住又要笑出声音来，不过她还竭力绷住了粉脸，秋波含了娇嗔的目光，向他十分怨恨地问出了这两句话。司马起见她这嗔意的表情，是只有增加她脸部妩媚的风韵，遂厚了脸皮笑道：

"我当然相信你是爱我的。"

"呸！我会爱你？那我不会去爱我的儿子。"

"妈，妈。"

司马起听她这么地说，索性把身子倒向她的怀内去，连喊了两声妈。雪尘这就急了，推着他的身子，带了央求的口吻笑道：

"好兄弟，别闹了，我们跳舞去吧！"

司马起这才站起身子，和她一同又到舞池里去了。两人跳了一会儿舞，司马起把脸偎了上去，笑道：

"姊姊，你就给我甜一甜吧！"

"你再涎脸，我丢你在舞池里一个人走了。"

雪尘嘴里虽然这么地娇嗔着，不过事实上她到底把粉颊被他贴住了，因为她一颗芳心里究竟也压制不住热情的爆发，她觉得自己在司马起的面前，一切的勇气都消失了。司马起感到雪尘的两颊光滑滑的，偎在颊上，真仿佛是个剥出的鸡蛋，从可知皮肤的细腻，真是无以复加的了。他心里想着，和雪尘认识到现在差不多也有一年了，在这一年中，她固然没有和自己贴过面孔跳舞，至于其他的舞客，据我所瞧见的，确实也从没有给人家贴过面孔。今日她居然答应了我，可见她的芳心里真已赤裸裸地爱上我了。司马起想到这里，他觉得自己是天之骄子一样的快乐了，因为是欢喜过了分，他竟和人家撞了一下，在这一撞之下，雪尘的颊就离开了他。司马起望着她笑道：

"姊姊，我真感激你！"

雪尘的粉脸红晕得像朵娇艳的玫瑰，她白了他一眼，伸手在他手背上拧了一把，大有赧赧然的意态。司马起心里荡漾了一下，忍不住微微地笑了。

在音乐狂奏声中的光阴是备觉过得快的，司马起见到手表已十点半了，遂吩咐侍者付去了茶账，向雪尘道：

"姊姊，我们回去了好吗？因为昨夜太晚了，我在半途上曾经遇到了强徒，抢去了我六百多元的钱，真是冤枉得很。"

"什么？在送我回家之后吗？"

雪尘听他这么地告诉，芳心里倒是别别地一跳，遂微蹙了眉尖，向他急急地问。司马起点了点头，侍者把大衣拿上，两人遂披上了。雪尘叹了一口气，秋波逗了他一瞥抱歉的目光，低低地说道：

"那可是我害你的了，真叫我心里过意不去。"

"姊姊，你别说那么的话，叫我听了不好意思，早知你心里要难受，我也不告诉给你听了。"

"并不是那么说，现在赚钱也很不容易，六百多元的钱，这是多么的可惜。"

司马起说着话，拉了她手已走出舞厅的大门。雪尘摇了摇头，表示十分肉痛。司马起笑道：

"譬如生一场病，瞧六次大夫，起码也得六百多元的钱。"

"你总是爱说这些孩子话，好好儿地又说什么生病不生病？"

"姊姊，你也会爱迷信的，说生病，难道就真会生病不成？再说我的财已破过了，当然再也不会生什么病了。"

司马起见她秋波恨恨地逗给自己一个娇嗔，在这娇嗔的意思中，至少是包含了一些疼爱的成分，遂望了她一眼，笑嘻嘻地回答。雪尘没有说什么，她低了头，在皮包内拣了三叠钞票，交到司马起的手里，笑道：

"我赔还你一半。"

"这是什么话？姊姊，你这举动倒反叫我感到难为情了。你想，你辛辛苦苦把跳舞所得的钱，我怎好意思拿你？"

雪尘这举动倒是出乎司马起的意料之外，在经过愕住了一会儿之后，方才摇了摇头，向她正经地说出了这几句话。雪尘从这几句话中猜想，可见他是个有志气的青年，遂依然把钞票塞过来，笑了一笑，说道：

"我存心地赔还你一半，你只管拿下是了。"

"不，姊姊，我和你开玩笑的，其实我没有被强徒抢去过六百元的钱呀！"

司马起到底不是一个见钱眼开的人，况且他生成就是这副大少爷的脾气，如何肯接受她这三百元钱？于是眸珠一转，遂情急智生地说出了这几句话。雪尘听他忽而又这么说，当然明白他是一味拒绝的意思，一时敬爱之中，不免也有些怨恨，秋波逗给他一个娇嗔，鼓着小嘴儿说道：

"我这钱是不清洁赚来的是不是？"

"那你又多心了，我若存了这个意思，我绝不会好死的。"

"唉！你为什么一会儿说生病，一会儿又说死，叫我心中真恨。"

雪尘听他说了一个死，一时又悔自己不该拿这话去引逗他，她叹了一口气，心头有些悲酸的意味，眼角旁已涌上了一颗晶莹莹的泪水。司马起见了，心里也很悔恨，遂偎过身子，赔了笑脸，低低地说道：

"我真该死，好好儿又引起你的伤心了。好姊姊，我错了，你别生气吧！"

"我最不爱听的是你说死，为什么你一定要说死？"

"哦！那么我该活，我们俩永远活在一块儿，那总好了。"

司马起见她含了眼泪，又怨又恨的神情，遂拿手帕给她拭泪，一面说，一面忍不住已笑出声音来了。雪尘见他这么多情的举动，又听他这么说，遂也破涕嫣然地笑了，说道：

"那么算我借给你用的，你昨夜把钱被强徒抢光了，多少在身边也该备些的。"

"姊姊，你瞧，这不是钞票吗？我以后短少钱用，我准定再向姊姊拿是了。姊姊，我觉得说不出什么感激的话来对你说才好，我心里记着你是了。"

司马起到此，方知她是误会自己身边已没有了钱，所以一定要把这三百元钱放在我身边，是给我做零用钱的意思。他再也想不到雪尘对自己竟真的会当作弟弟一样的爱护，心中感动得了不得，遂把袋内剩下的七百多元的钞票拿给她瞧，一面又诚恳地说。雪尘见他执意不拿，遂也只好由他。这时，两人已走到一家三轮车公司，照司马起的意思，又要送雪尘回家。雪尘不肯，说昨夜已出了乱子，今夜无论如何也不要你送了。司马起没法，只好和她握了握手，说声再会作别。

司马起回到厂内之后，方才想到金都饭店的房间今夜还连开着，为了不给蒋泽、黎明埋怨，放他们生起见，遂在厂内摇个电话去。不多一会儿，那边是黎明的声音，问道：

"喂！你找谁？"

"你是黎明吗？我是司马，今夜不来了，因为我此刻已在厂里了。"

"呸！你说这些鬼话谁相信你？和雪尘在什么旅馆开房间？快快地从实地告诉吧！"

"你不要胡说白道吧！你不相信，你可以打电话到电话公司去问，就可以知道我这个电话是从什么地方打来的了。黎明，再见，再见。"

司马起一面说，一面不和他多缠绕，遂放下听筒，自管到卧室内去安睡了。这晚，司马起躺在床上，觉得可想的事情太多了，一会儿想欧阳珠，她虽然很有爱上我的意思，不过她到底害我输了一千元钱；一会儿又想雪尘，她虽是个已有孩子的姑娘，不过待我的情义，真可说天无其高，海无其深，她完全是一片至诚地爱上了我，我知道她在当初还不敢爱上我，所以才会有把她妹妹介绍给我的意思。因为她自以为是个已失身的姑娘，生恐污了我的清白，不过我昨晚会糊涂着失去了童贞，我觉得自己又是多么的可耻，因了自己的可耻，这就更衬托雪尘的伟大。唉！她虽然是个被人失身的姑娘，但她到底还是个纯洁清白的女子，我一定不管一切地要爱上她，和她做个永远的伴侣。司马起想了一会儿之后，方才闭了眼睛沉沉地熟睡去了。

第二天下午五点钟敲过，司马起落了办公室，他想这一枚钻戒总得去赎取出来不可的，况且雪尘的意思，她情愿把她一枚大的钻戒换我这枚小的呢！我若不去赎取，她心中一定愈加疑心我是换给爱人的了。司马起想到这里，遂披上大衣，匆匆坐车到这个迷人的区域里去了。因为司马起这枚钻戒是典押在赌场里的典当内，他要去赎取，少不得又要跨进这万恶的门。说起来也许会不相信，司马起既跨进了赌场的大门之后，听了姑娘们尖锐的喊着"开啦，开啦！"的声音，他的神志又会昏迷起来了。心中暗想：昨天虽然输了一千元，其实赢也赢过一千元的，都是自己贪心不足，所以反赢为输了，只要主意拿定，赢了后就立刻走了，那不是一千元钱可以翻本了吗？我何不把赎取钻戒的钱暂时去当作一个赌本钿，反正迟早总可以赎出来的。

司马起从厂里到这儿，心中是想得好好儿，把钻戒赎出后再也不要赌钱了，但到了赌场之后，他的念头又两样了，这是为什么缘故呢？当然大多数的人们是逃不了金钱的诱惑而忘记了一切危险的。司马起既然存了这个主意，他便匆匆地走到四十四号的赌台旁来，在他没有见到欧阳珠的脸倒也罢了，一见了欧阳珠的娇容之后，他的神魂更糊涂起来，觉得欧阳珠的美丽，实在可以胜过了雪尘，何况她还是一个处女哩！"处女"两字在他心头里更刻画了一条甜人的痕迹，他很快地步到赌台的旁边。欧阳珠突然见司马起又在人缝中出现了，她芳心里又喜欢又忧愁地把秋波逗了他一瞥无限情意的目光，低低地叫道：

"司马先生，我今天下午四点钟光景到府上来找过你，不料你却没在家里。"

第八回

哪知道他们竟是兄弟俩

　　司马文坐车匆匆地回家，天色已经慢慢地入夜了，他伸手在电铃上撤了一下，不多一会儿，陈妈前来开门，司马文随口问了一声"妈可曾回家了？"陈妈点点头，司马文遂三脚两步地走进母亲房中去了，里面已亮了电灯，狄飞霞和司马英坐在写字台旁静悄悄地改批着文光女中初二学生的作文卷子。初二学生一共有九十六个，飞霞一个人因为常有别的事情打扰她，所以再也忙不过来，幸亏她手下有着一个很幽静、很聪敏的助手能够分任其劳，这助手便是她的爱女司马英。司马英虽然是个十七岁的姑娘，一方面固然天资聪敏，一方面当然也是飞霞教导之力，所以在明年暑期已经可以培德女中毕业，她在星期日里偶然和母亲一同去瞧瞧电影外，一个人是很少有机会到外面玩去的。飞霞也觉自己养了四个儿女，唯有最小的女儿是自己心灵上的安慰者。

　　"阿文，你这一下午在什么地方玩？"

　　狄飞霞听了皮鞋脚步声响进房中来，遂回眸向房门外望了一眼，见了司马文，遂低低地问着他。司马文走到写字台旁，笑了一笑，回答道：

　　"一个朋友约我公园里谈话，不料竟失了我的约，后来我到大姊家里去坐一会儿，齐巧哥哥也在姊姊那里，我们吃了点心都走的。"

　　"阿起也在阿琴家里吗？他可曾和你谈起大东茶室接洽西药的事情

吗？不知成功了没有？"

狄飞霞听阿起也在，遂很关心地探问他这一回接洽西药的事情。司马文当然是莫名其妙的，遂摇了摇头，说：

"并不曾听他谈起这件事。"

这时，司马英放下笔杆，因为工作久了，似乎感到有些吃力，遂伸了纤手，按在小嘴儿上打了一个呵欠，秋波向司马文逗了一瞥神秘的媚眼，掀着酒窝儿却是嫣然地笑起来。司马文见她这笑的意态，至少是包含了一些作用的，遂笑问她道：

"妹妹，你笑什么？"

"二哥，你这话问得有趣了，难道我笑一定要有什么事情的吗？"

司马英听他这样问，遂抿了嘴益发笑起来。司马文见她娇憨得可爱，倒不免向她愕住了一会子。狄飞霞似乎也感到太沉闷，应该说个笑话，大家解个闷，遂笑道：

"我倒知道你妹妹的意思，她笑你心里一定是很失望的吧！为什么大家约定了的，她偏偏又失约了呢？"

司马文是个很聪敏的人，虽然他不知道她说的是他还是她，不过凭她"失望"两个字上猜想，妈当然是指点她字而言的，这就感到妈也怪会说几句俏皮话的，两颊顿时笼上了一层红晕，向司马英瞅了一眼，用了埋怨的口吻，笑道：

"妹妹是个最淘气的人，妈，你可不要听她的胡说白道。"

"咦！我现在可曾向妈说过什么话啦？二哥这话也不是太欺人了吗？我不依，我不依，妈，你说句公正话，是谁的错？"

司马英听文哥埋怨自己，虽然她想笑出声音来，不过她竭力忍熬住了，兀是显出一面孔生气的样子，扭捏着腰肢，大有撒娇的神情。狄飞霞瞧儿子、女儿这一副表情，她没有说什么话，却抿了嘴只管笑。司马英既撒过娇后，把小嘴儿噘了噘，逗给他一个白眼，笑道：

"为人不做亏心事，夜半敲门不吃惊，凭妈这两句话，也算不了有取笑你的地方呀！即使你的朋友失了你的约，你心里失望不失望呢？干吗又怨我胡说白道？况且我也没有向妈说过你什么话。妈问二哥上哪儿去了，我说他瞧朋友去了，并没有给你说明白是瞧爱人去的呀！我帮了你的忙，你还要埋怨我，我下次再也不给你保守秘密了。"

司马英这几句话说得真是可人，害得狄飞霞眼泪水也笑出来。司马文这就急了，伸手要去呵她的痒。司马英摇着两手，又连连地告饶。狄飞霞拿手帕擦了擦眼皮，望了司马文一眼，笑道：

"你这孩子，就说你真的有女朋友的约会，在这二十世纪的青年，那也是件极普通的事情，我倒希望你约她到我家来玩玩，那么大家也好认识认识。"

"可是我并没有女朋友，全是妹妹寻找的开心，妈真会上她的当。"

司马文知道妈说这两句话的意思，当然也有深刻的作用，虽然很想有机会把她真的约到家中来玩玩，但到底被"羞涩"两字压制了心头的勇气，他摇了摇头，还是一味地撇清着。飞霞见儿子不肯承认有女朋友，暗想：大概还是初交吧！于是也不再说他。只有司马英把小嘴儿一噘，秋波斜乜了他一眼，大有心照不宣的意思。司马文见了这个娇憨可爱的妹妹，想着了心头的她，因此望着她只有微微地笑起来。过了一会儿，司马文又低低地问道：

"妈，上海儿童教养院院长对你谈些什么话？是不是请你担任训育主任的职务吗？"

"是的，我已预备明天进院工作，不过这学期就每天去几个小时，下学期院长要我住宿到院中去，所以文光女中的教职我是只好辞去的了。"

狄飞霞握笔继续改卷子，听他这么问，遂抬头望了他一眼，低低地回答。司马文点了头，在百灵桌旁拉过一把沙发椅子，也坐到写字台边，说道：

"妈，今天我管了一件闲事情，要恳求妈帮一个忙。"

"是什么事情？你瞧妈有能力可以帮人家忙的，妈总可以尽一些义务。"

狄飞霞听他这么说，遂把笔杆又放下了，望着他的脸大有猜疑的意思。司马英也觉得他这话有些奇怪，遂凝眸含矑地望着他怔怔地出神。司马文这才告诉道：

"我在公园门口遇到一个姓丁的小孩子，他在抢人家的皮匣子，而遭人家的毒打。经我询问之下，方知他的抢人家钱袋，是别具苦心的，他不但是个很好的小孩子，而且他的家庭又真是悲惨极了，所以我觉得是应该援助他们一下，使社会国家多养成一个有用的国民。"

"二哥，你还是快些详细地告诉吧！他家庭又遭到了怎么一回悲惨的事情呢？"

司马英觉得这件事情一定非常可歌可泣的，她表示十二分的同情，遂微蹙了眉尖，向他急急地追问下去。司马文遂把丁家自从战区里逃出后的经过向她们母女俩诉说了一遍，狄飞霞听到丁智仙母亲惨遭横死的时候，她不免深深地叹了一口气，说道：

"这真是悲惨极了，阿文，你有这么热心仗义为社会造福的心肠，我心里十分的欢喜。这件事是我能力所及得到的，所以我总可以成全你帮助人家的志愿。明天下午你放晚学的时候，把丁福根伴到上海儿童教养院里来，我在那边等着你们，待我瞧了孩子后，和院长一商量，大概是没有什么问题的。"

"妈，我很感激你竭力成全我帮助人家的志愿，不过在这里我还有一个问题要恳求妈妈再帮一个忙。就是福根的爸是个双目失明的废人，所以我的意思，最好由儿童教养院备一封介绍信，给他带到安老院里去寄身，这样他就不至于有饿死的惨剧发生了，不知妈心中的意思怎么样？"

司马文听妈答应了这一头事情，心里又安慰又喜欢，遂含了满面的笑容，继续地向她又有这一个要求。狄飞霞沉吟了一会儿，望了他一眼，问道：

"你不是说他还有一个已成年的女儿吗？我想这件事情因为不是我能力所及得到的，还是慢慢地再说。"

"妈这话不错，但是他女儿因为在路上被三轮车撞伤了腿部，现在睡医院里医治，明天福根若一走进儿童教养院，那么丁兆良这个双目失明的可怜人不是没有谁去照顾他了吗？我想妈不妨和院长商量一下，反正成不成乃是另一个问题。"

"也好，你明天四时伴福根来院的时候，我就给你一个回音吧！"

狄飞霞听他这么说，一时又动了慈悲之心，觉得我若不管这件事，丁兆良必定有饿死的可能，心头如何能忍？遂点了点头，向他低低地说。司马文听妈肯和院长商量，事情至少十有七八可以成功的，因为院长正需要妈给她帮忙的时候，对于妈这一些要求，无论如何总会给妈面子的，所以心中十分快乐，当下便连声地答应。司马英随口问道：

"二哥，你不是说丁智仙告诉你对于她妈惨遭横死的事情吗？怎么你又说她睡在医院里了呢？"

"当时她原躺在家里的床上，因为我听她说伤得不能走路，所以为了他们生活的问题，我就给她送到医院去求医，不料医生检验后，回答要住院医治，因为伤得很厉害，不然，就有成跛子的危险。我在这样的情形下，也只好帮忙帮到底的了。"

原来，司马文对于这件事在当初是并没有告诉，现在被妹妹这么一问，因此也只得从实告诉出来了。狄飞霞听了，忙道：

"那么这一笔医药费怎么办？现在的医药住院费用可不便宜的呀！"

"我已向大姊借来一千元钱，因为医生答应我保医痊愈只要一千元钱，我想，一千元钱可以救治人家一个姑娘不成残废，这到底是件好事情，况且大姊这么说，只要是慈善的事情，一万、两万的数目她总可以设法答应我的，那么这一千元区区之数，在大姊心中当然是满不在乎的了。"

司马文在司马琴面前本来是嘱她给自己保守秘密，但经过妹妹和妈的诘问之下，他自己倒先宣布出来了。司马英笑了一笑，说道：

"二哥真是个多情人，我想你也许是爱上这位丁家姑娘的了。对不？"

"不，妹妹，你不要误会我的意思，我若为了爱上她而帮助她的话，这我的人格未免太低了，况且我和她萍水相逢，一无情感，此举也无非聊尽人类互助义务罢了。"

司马文听妹妹和姊姊同一的口吻，遂微红了两颊，向她正经地辩解着。狄飞霞笑了一笑，正欲回答一句什么，陈妈匆匆走来请三人到老太太房中用晚饭去了。

第二天早晨八点钟敲过，司马文就匆匆地到慈航医院里来，先在账房间付了一千元钱，拿了收据，藏入袋内，心中暗想：既然已到医院，总该到病房里去瞧望她一次的，于是回身又到三等病房，走近四十二号的病床。只见丁智仙侧卧着呆呆地出神，她见了司马文，似乎很欢喜的样子，乌圆眸珠一转，微微地一笑，叫道：

"司马先生，你早！"

"丁小姐，你的腿部已给医生动过手术了吗？"

司马文点了点头，一面表示招呼的意思，一面又向她低低地探问。丁智仙也点了点头，她那秋波脉脉含情地逗了他一瞥感激的目光，说道：

"昨天五点钟的时候，医生就来给我动手术，现在用板儿夹着。司马先生，为了我们一家，累你东奔西跑地忙碌不算，还叫你花去这许多金钱，那真不知叫我如何地报答你才好呢！"

"丁小姐，你别说那些报答的话，昨天我先到你家里，把你住院这事情告诉了你的爸，并且拿出二十元钱，叫你弟弟买些东西，暂时给他们吃一顿，然后回到我自己的家。妈听了我的告诉，她就一口地答应我，叫我四点敲过后伴你弟弟到儿童教养院里去。至于昨天我对你说的安老院的事情，妈要和院长商量之后方才给我一个回话的，我想大概也可以成功的，只要他们两人有了安身之所，你就可以安心地在院中养伤了。"

司马文听她又说报答的话，遂摇了摇头，一面把经过的事情向她低低地告诉，在他后面这几句话中，当然还包含了一些安慰她的意思。丁智仙心里这一感动，真是难以形容，也不知为什么缘故，她的眼角旁会涌上一颗晶莹莹的泪水来。司马文见她落泪，心中倒误会了她的意思，遂又安慰她说道：

"丁小姐，你不要伤心，你的爸和弟弟虽然和你暂时地分离了，不过只要你将来有好的日子，仍旧可以把他们去接回来的，你说是不是？"

"司马先生，我并不是这个意思，穷人能够走这一条路，真可说是步入天堂一样的幸福了，我如何还会伤心吗？只是我想到你这一份的热心好义，我心中是实在太感激的了。"

司马文听她这么说，方才明白她是为了感激我的意思，一时情不自禁地把袋内一方手帕取出，交到她的手里，低低地笑道：

"你不要孩子气了。"

司马文既说出了口，他倒又感觉十分的难为情，红了脸，再没有说下第二句的话了。丁智仙把枕底下那方司马文遗下的手帕抽出，秋波羞涩地瞟了他一眼，低低地说道：

"你昨天那方手帕忘记拿去了，还留在我这里。"

"怪不得，我昨夜摸不着了手帕，还以为在什么地方落掉了，我如今有着一方，这一方就留着给你揩拭吧！"

司马文笑了一笑，在这两句话中多少包含了一些感情作用的。丁智仙听了，她那芳心里在十分羞涩之余，也感到十分的喜悦和甜蜜，红晕了娇靥，向他频频地点了一下头，是表示感谢他的意思。司马文说这些话的时候原没有顾虑到这许多，如今见她粉脸上一层一层的娇红起来，方才猛可地理会到自己对她这话未免太显亲热了一些，因此微红了两颊，也有些赧赧然的样子。丁智仙虽然也很想问一问关于他的身世，不过究竟有些说不出口，两人相对凝望了一会儿，司马文忽然见到壁上的时钟已八点三刻了，于是和她点了点头，说道：

"丁小姐，我此刻上学校里去了，回头也许再来向你告诉一声关于你爸的事情。"

"司马先生，那么我不送你了。"

司马文虽然感到她这两句话未免是多余的事情，不过也可知是她多情的意思，遂向她回眸一笑，匆匆地走出病房外去了。智仙待他走后，心中暗想：他还在学校里读书，这我在昨天就意料之中的，但是一个求学时代的学生，他的经济当然不能独立，那么他这一千元钱不知是打从哪儿来的，若说问他母亲去拿来的，可见他母亲也是太疼爱他的了。正在想时，看护小姐给她量热度来了。

司马文是正在正明中学读书，他明年暑期也可以毕业的。正明中学的对面是个青风女子中学，每天放学的时候，两个学校里出来的男女学生慢慢地也会由陌生而变成认识起来。司马文到顾家宅花园去等那个女朋友，就是青风女中读书的那个女学生。这天十二点放学的时候，司马文一脚跨出校门，只见她等候在一株街树的下面，向自己招手。司马文遂走到她的身旁，望了她一眼，故意逗着她笑道：

"雪鸿，你昨天失了我的约，我知道你一定另有约会的了，不过既然另有好朋友的约会，你也不该给我上个大当而答应我的呀？"

"我知道你要埋怨我，所以我今天是非向你解释一下不可的。不料我还没有开口，你就用这些混账的话来冤枉我，我若存心给你上当的话，那么我回头立刻就被马路上汽车辗死的。"

雪鸿听他这么说，一颗芳心自然有说不出的怨恨，遂逗给他一个哀怨的娇嗔，向他说出这几句咒语来。司马文这才着急起来了，连忙握住她的手，一面和她向前走路，一面望着她盈盈欲泣的面容，笑道：

"何苦来？我和你说一句玩话，你就认了真，那么你昨天家里当然有什么要紧的事情发生了，是不是？"

"家里倒没有发生什么要紧的事情，只是我自己在昨天却生了整日的病，直到晚上热度才退。你想，我躺在床上的时候，心中也许比你更要急哩！"

雪鸿见他向自己赔不是，方才略为转过一些笑脸来，一面告诉，一面把秋波逗了他一瞥娇羞的目光，大有赧赧然的意思。司马文听了这话，心头倒又有些怜惜的意思，遂把她纤手紧握了一阵，说道：

"既然你昨天生了病，那么才好了一些，也不该今天就出来读书呀！我瞧你下午还是向学校里告一声假，回家去休息休息的好。"

"下午要考英文，上午人有些软软的，此刻倒好了许多。阿文，你昨天一个人后来在什么地方玩一会儿呢？"

雪鸿听他很多情地劝告自己，心中十分的感激，遂把秋波瞟了他一眼，又笑盈盈地问。司马文摇了摇头，这时已走到一家小吃部的食品公司，遂说道：

"没有再上什么地方去玩，在公园里蹀一会儿步，就回家的。雪鸿，我们到里面去吃一些饭，不要回家去吃了好不好？"

"也好，不过你家里会等着你吗？"

雪鸿点了点头，一面和他步进里面去，一面回眸望了他一眼，又低低地问了一句。司马文由侍者招待入座之后，方才摇了一下头，说道：

"不会等我的，即使等一会儿也随他们去了。那么你的家里呢？"

"我和你说的一样，只好随他们去等一会儿的了。"

雪鸿秋波斜乜了他一眼，忍不住微微地笑了。司马文感到她的可爱，这就也笑起来。侍者泡上了两壶香茗，把菜单送到桌子上。司马文问她说道：

"你点什么菜？我写。"

"我也吃不下什么，还是经济些拿两客炸蛋鸡饭好吗？"

"你说经济些，我倒听得进的，那么就来两客炸蛋鸡饭好了。"

侍者答应下去，雪鸿瞟了他一眼，却又嫣然地笑。司马文觉得她这一笑，笑得十分的好看，似乎其中包含了一些神秘的成分，遂笑问道：

"你笑什么？是不是说我太寒酸一些？"

"谁有这个意思？想不到你这人是怪会多心的，况且今天原是我请你的客，我怕付不出钱，所以我先赞成经济一些，这是我太寒酸了。哦！莫非你是故意说给我听的吗？那我真老实得太可怜的了。"

雪鸿说到这里，忽然她又明白过来般地哦了一声，秋波逗给他一个妩媚的娇嗔。司马文握了茶壶，倒了一杯茶喝，听她这么说，忍不住笑道：

"我虽然会多心，可是你比我更会多心的。"

"呸！我真不会多心。"

雪鸿噘了噘小嘴儿，却啐了他一口，两人都笑了起来。不多一会儿，侍者把炸鸡饭拿上，饭里有鸡肉两块、煎蛋一只，给胃口小的朋友吃，那是合着"经济实惠"四个字的。司马文拿了铜匙，一面吃饭，一面回眸望着她粉脸，笑道：

"雪鸿，刚才原是我请你进来的，为什么你要请我的客，这是什么意思？"

"因为昨天我失了你的约，今天算我给你赔一个不是好不好？"

雪鸿一撩眼皮，那表情是显得分外柔媚。司马文听了这话，心头倒荡漾了一下，但他却摇了摇头，笑道：

"赔不是我可不敢当，况且往后我也许有失你约的时候，大家也可以打一个对销。"

"那我可不答应，我失约是为了生病，你要失了我的约，我一定向你不依。"

"也许我也是为了生病呢！"

司马文见她鼓着小腮子，这意态像生气又像撒娇的成分，心里感到她娇憨得可亲可爱，遂扑哧地一笑，故意说出了这一句话。雪鸿不等他说下去，俏眼逗了他一瞥嗔恨的目光，埋怨他说道：

"我不许你说这些话，我也不许你生病。"

"那我当然很感谢你。"

司马文听她这么有趣的话，忍不住又笑起来。雪鸿白了他一眼，低了头也哧哧地笑。两人默默地吃了一会儿饭，雪鸿抬起粉脸，纤手掠了一下鬓间的云发，问道：

"阿文，你瞧我多糊涂，和你认识了一年多的日子，却并没有问过你有几个兄弟和几个姊妹的，只知道你有一个祖母和一个妈，因为我时常听你提起她们。"

"我有一个哥哥、一个姊姊、一个妹妹，连我一共四个，却没有一个弟弟。"

司马文这时忽又听她问起这个事情来，遂也抬起头望了她一眼，向她含笑低低地告诉。雪鸿微蹙了眉尖，点了点头，接着又低声地问道：

"你哥哥叫什么名字？"

"问他做什么？是不是你要看中他？"

"跟自己哥哥也会吃醋，你倒像个醋霸王，不怕难为情吗？"

司马文见她问这个话的表情似乎含有些作用似的，遂笑嘻嘻地引逗她一句。雪鸿听了，粉颊上飞过了一阵娇红，手指在脸上划了划，却送给他一个妩媚的白眼。司马文听了，也不好意思起来，笑道：

"我哥哥叫司马起，姊姊叫司马琴，妹妹叫司马英，我全都告诉了你，那总好了。"

雪鸿点了点头，她握了羹匙，又默默地吃饭了。不过她芳心里是在暗暗地思忖：想不到姊姊要给我介绍的朋友果然是阿文的哥哥，这也真有趣极了。回头我向姊姊去说，你也不要给我介绍了，还是你自己嫁了司马起吧！那么我们兄弟姊妹四个人倒成了两对哩！想到这里，全身一阵子热燥，两颊更加的娇红起来。在这时，司马文也向她低低地问道：

"我知道你是只有一个妈和一个姊姊，不过你姊姊叫什么名字？你也能告诉我吗？"

"那么你是不是也要看中我的姊姊？"

"我要看中你姊姊的妹妹。"

雪鸿呸了他一声，忍不住又赧赧然地笑起来。暗自想道：他若知道我姊姊是个伴舞的姑娘，不晓得他从此就会看轻我了吗？因此沉吟了一会儿，却有些欲语还停的样子。司马文望了她一眼，笑道：

"怎么啦？难道你真怕我去看中你的姊姊吗？"

"并不是，我怕告诉了你之后，你会瞧不起我的。"

"这是什么话？我可听不懂。"

"我姊姊叫雪尘，她现在迷高美舞厅里伴舞，我们一切的生活开支，是全仗姊姊一个人维持的，你听了会见笑吗？"

雪鸿见他脸上显出无限惊异的样子，遂只好从实地告诉了他。司马文这才恍然大悟了，不禁哦了一声，点头道：

"原来舞国皇后张雪尘就是你的姊姊，你不要说这些话，伴舞也不是一件什么可耻的事情，我干吗会笑你？在现代这样生活程度的社会，为了求生活，那也没有什么办法，所以我不但不会笑你们，而且很同情你姊姊的环境，因为她是勇敢的。"

"阿文，你这话可真的吗？那我太感激你了……"

雪鸿说到这里，猛可地伸过手来，把司马文紧紧地握了一阵，她那明眸里是充满了热情的光芒，满脸显出了欣慰的微笑。司马文见她这举动是再亲热也没有的了，心里有些甜蜜的感觉，遂把她柔若无骨的纤手抚摸了一会儿，低低地说道：

"雪鸿，你别那么说，因为你在这个年龄，并不继续你姊姊的志愿，也一同去伴舞，可见你姊姊的伴舞，完全是出于万不得已的办法，而且她又培植你读书，我猜想你姊姊的思想当然不是和一个普通舞女相同的了。"

"你这话不错，我姊姊不但是个有思想的女子，而且她也有很大的抱负。阿文，我再告诉你一件消息，就是你的哥哥和我姊姊的感情很不错，当初我并不知道司马起就是你的哥哥，直到此刻听了你的告诉，方才明白我姊姊的好友就是你的哥哥哩！"

雪鸿因为听他赞美姊姊有思想，一颗芳心自然分外得意，遂笑了一笑，把这件事情也向他悄悄地告诉了。司马文听了这话，方知她问我哥哥叫什么名，原来真的有作用的，遂忙也问她说道：

"那么我哥哥一定到你家里来过了，是不是？"

"不，还没有来过，姊姊原说他过几天会来我家吃饭，但他却没有来，我想他也许没有空吧！"

雪鸿不敢把姊姊要介绍给自己做朋友的话告诉他，生恐他真会起了醋心的，所以只好向他这么说了一个谎。司马文放下她的手，扬着眉毛，笑道：

"这倒很有意思，我们两兄弟，你们是两姊妹，将来这笔账很不容易算呀！你叫我哥哥是姊夫还是大伯子呀？"

"那当然是姊夫，你说什么大伯子？这个称呼我可听不懂的。"

雪鸿真也可人，她绯红了两颊，却故作不明白的神气，怔怔地问。司马文扑哧地一笑，他匆匆地吃完了饭，却并不作答。雪鸿于是也吃完了饭，侍者拧上手巾，司马文抢着付去了账。雪鸿逗了他一瞥娇嗔的目光，笑道：

"你怕我请不起你吗？干吗急急地抢着付账？"

"今天我叫你进来，我付账，你明天请我也不迟。"

"这样吧！下星期日你到我家里来吃午饭好不好？"

"陌陌生生的，怕很不好意思，你母亲会嫌我来得冒昧吗？"

两人说着话，慢步地踱出了大门，雪鸿有些不高兴的样子，白了他一眼。司马文见她并不作答，遂拉了拉她的手，笑道：

"为什么要给我白眼看？难道我这句话又使你生气了不成？"

"当然，不但生气，而且还很恼恨。我想你是金枝玉叶般的身子，恐怕不情愿到我这种叫花窝儿那么的家里来吧！"

"何必说那些气话？那么下星期日我准定来吃午饭，但是你们别客气。"

雪鸿听他这么说，方才抿嘴嫣然地笑起来，点头说道：

"你放心，家常便饭，绝不会和你客气的。"

"这样才好，否则，太客气了，倒反而叫人受拘束的，时候不早，我们该各自回校了。雪鸿，你病体才好些，也不要用功过度，最好英文考毕，就先请假回家去休养休养。"

司马文说到后面，又很关心地向她劝告了两句。雪鸿自然很感激他的多情，遂和他握了握手，点头答应。两人自管地走进学校大门去了。

下午四点钟后，司马文急急地坐车回家，先到书房内放下了书包，见妹妹尚未回家，他也不再到祖母房中去，就急急地走出了兰园别墅的大门，不料当他一脚跨出大门的时候，就和门外一个姑娘撞了一个满怀。司马文慌忙把她扶住了，只见那姑娘却是个绝丽的人儿，这就红了两颊，很不好意思地弯了弯腰，说道：

"对不起，对不起，撞痛了哪里没有？"

"没有撞痛，司马先生，你预备到什么地方去呀？"

司马文因为自己并不认识她，而她却叫出自己的姓字，一时倒不免望着她愕住了一会子。那姑娘在经过他这一阵子愕住了后，方才瞧清楚这个少年虽然很像司马起，不过事实上却并不是他，心中这一难为情，那粉颊立刻像玫瑰花般地绯红起来，乌圆眸珠一转，笑盈盈地又向他鞠了一个躬，低低地问道：

"请问，这儿是不是司马起先生的府上吗？我认错了你，很对不起。"

"没有关系，司马起是我的家兄，你小姐贵姓？请里面坐一会儿吧！"

司马文方知她是哥哥的朋友，遂含笑把手一摆，是请她进里面去坐的意思，心中却在暗想：莫非她就是张雪尘吗？不过姊妹俩为什么一些也不相像的？那姑娘一面含笑跟着他走进里面去，一面低低地说道：

"敝姓欧阳，司马先生，请问令兄可在府上吗？"

"家兄平日是不宿在家中的，因为他在新光药厂里任职，只有星期日回家里来一次。欧阳小姐到舍间来找他，不知有什么贵干吗？"

两人说着话，已到了会客室。欧阳珠方知司马起并不住在家里的，因为已到了客室里，当然不好意思立刻就退了出去，遂哦了一声，笑道：

"事情也没有什么，那天在路上遇见了令兄，他告诉了我府上的地址，所以我来望望他的，可是他也糊涂，却没有告诉我他已在新光药厂办事了。"

"欧阳小姐，你请坐，你和我哥哥是同学吗？"

司马文听她这么埋怨哥哥，遂笑了一笑，一面请她坐下，一面又向她低低地问了一句。欧阳珠有些难为情，不过事到如此，也只好将错就错地点了一下头，说道：

"那还是初中里的同学，分手后差不多有四五年不见了。司马先生还在读书吗？"

"是的，我明年才可以在正明中学毕业。"

司马文见她秋波一转，又向自己笑盈盈地问，一时觉得那位姑娘是挺会说话的，遂点了点头，悄声儿地告诉她。陈妈从厨下出来，见有客人在着，遂忙着倒了两杯茶，笑道：

"二少爷，这位小姐贵姓？是你的朋友吗？"

"不是，这位欧阳小姐，她是我哥哥的朋友。陈妈，你到厨下去烧一些点心来，二小姐快也可以回家的了。"

司马文听陈妈这么问，两颊也由不得微微地一红，遂一面告诉，一面又吩咐她去备点心。欧阳珠听他这么客气，遂忙摇了摇手，很不好意思地说道：

"司马先生，你别客气，我就要走的。"

"哥哥虽然不在家里，欧阳小姐星期日可以来玩的，不过今天既来了，就不妨多坐一会儿，我妹妹也可以放学回家了，你们也可以交一个朋友的。"

司马文见她站起身来要走的样子，遂向她含笑劝留着。欧阳珠听他这几句话中好像有这一层意思，就是我特地为了拜望司马起而来的，一时倒也不好意思起来了，红晕了娇靥，却望着他妩媚地笑。司马文在她笑的时候，见到她颊上还有个深深的酒窝儿，觉得雪鸿虽美，总还及不来她的娇艳，因此望着她粉脸，不免有些神往。就在这当儿，外面笑着走进一个姑娘来，她见二哥和一个美丽的姑娘站在室内谈话，倒是怔了一怔。司马文回头去望，见了妹妹，遂给她们介绍着道：

"妹妹，我给你介绍，这位欧阳小姐是我们哥哥的朋友，她今天来拜望哥哥，却望了一个空，还是你来做一个陪客吧！因为我还有事情呢！"

"欧阳小姐，你干吗站着不坐呀？"

司马英听了，方才明白了，遂把手中的书本放到桌子上去，走到欧阳珠的面前，笑盈盈地招呼。欧阳珠见司马英生得美丽非凡，于是也迎上一步，两人握了一阵手，笑道：

"我来得很孟浪，你不要见责才好。"

"欧阳小姐，你这话太客气，大家是朋友，原应该互相走动走动，那么才不生疏呢！"

"妹妹，你陪欧阳小姐多坐一会儿，我不能奉陪，很对不起，先走一步了。"

"司马先生，你有事只管请便是了。"

司马文见她们两人客气着说话，于是遂向司马英叮嘱了两句，一面又向欧阳珠点头弯腰。欧阳珠也笑盈盈地回答，两人待司马文走后，方才坐下，彼此谈了一会儿，倒也惺惺相惜，大有相见恨晚。不多一会儿，陈妈端上点心，司马英遂请她用了一些，欧阳珠因为见时候已经五点，那边已脱了一个钟点的班了，于是匆匆起身告别。司马英不便强留，遂亲自送她到大门外，方才握手别去。

第九回

一样深情谁能抛得

司马起走到赌台的旁边，听欧阳珠笑盈盈地对自己说曾经到我家里去过了，一时倒不免感到意外的惊喜，遂望着她白里透红的粉脸，笑了一笑，说道：

"那很对不起你，因为我平日是不住在家里的，倒累你空跑了一趟了。"

"不！也没有空跑，你的妹妹和弟弟都招待我很客气，我还在你家里吃了点心才到这儿的。司马先生，你饿了没有？要不开一些点心吃？"

欧阳珠听他这么说，遂摇了摇头，乌圆眸珠在长睫毛里滴溜地一转，掀着酒窝儿絮絮地回答，表示她内心是这一份儿欢喜的样子，接着她又低声叫了一声，问他要吃些什么点心不。司马起听了，方知她在我家是曾经坐过好一会儿的，遂微笑道：

"点心不吃了，回头吃饭吧！欧阳小姐，我妹妹和弟弟可曾问过你什么话吗？"

"没有说什么话，我们不过空谈了一会儿。"

欧阳珠觉得这不是说话的地方，遂摇了摇头，简单地回答了两句。她见司马起已在椅子上坐了下来，在灯光通明下，瞥见他左手指上依然有枚钻戒戴着，虽然记不清这枚钻戒是否是他昨天戴在手指上的那一枚，不过凭自己的眼睛瞧来，式样大小似乎有些变了。一时暗想：昨天那枚钻戒为什么不去赎取出来呢？难道只押了五百元钱就丢了不成？就在沉吟之间，司马起在袋内便摸出七张一百元的大票子来，捧摇缸的蔡晴梅见了，早又一阵子先生小开地乱嚷乱捧。经此一捧，司马起的人又糊涂起来了。

从六点钟玩起，一直到七点半敲过，在这一个半的小时内，进进出出，一会儿赢，一会儿输，总算也被她们吃去了一百多元的头钿，结果，还是把七百元的钞票都送掉了。司马起在送掉这七百元钞票之后，他方才想起自己那枚钻戒还没有赎出，因此心头一阵子焦急，他额角上的汗点仿佛雨水一般地落下来了。欧阳珠见了他这个情景，芳心里也代为疼痛了一阵子，遂给他开了一张特别饭票，交到他的手里，说道：

"司马先生，你先去吃了饭吧！"

司马起这才醒回来似的向她点了点头，含了苦笑，站起身子，走到饭堂间里，拣了一张空桌子坐下，把饭票交给侍者换了木签子，回头再把木签子去换端出来的那客特别饭。这时候的司马起，其实也吃不下什么饭，他心头仿佛空洞洞的，悔恨在他心灵上激起了无限的痛恨，他觉得跑赌场的人简直是自寻灭亡。姊姊给我一千元钱，原是叫我来赎取钻戒的，现在钻戒既没有赎出，反把这些钱又都送了，那么明天在姊姊面前叫我怎么地交代？想到这里，手里虽然拿了饭碗和筷子，但却只管呆呆地出神，真有些泥塑木雕的样子了。

"司马先生，你还没有吃完饭吗？"

正在暗自悔恨的当儿，忽然身旁有个女子坐了下来。司马起回头去瞧，原来正是欧阳珠，遂连忙镇静了态度，含笑点了点头，说道：

"欧阳小姐晚饭怎么样？这儿有供给的吗？"

"这儿没有供给的，平日我们是买来吃的。"

"那么你大概还没有用过，特别饭的菜倒不算错，我瞧你就在这儿和我一同吃些好吗？反正我也吃不了这许多的菜。"

司马起听她这么说，遂乐得做一个人情，故意向侍者添一碗饭，交给欧阳珠吃。欧阳珠也不和他客气，就拿了饭碗，一同吃了。两人静静地吃了一会儿，欧阳珠秋波斜乜了他一眼，用了温和的口吻，低低地说道：

"司马先生，我很想和你谈谈，不料今天来府上偏碰不着你，累你又输了七百元钱，我心里觉得是太对不住你了。唉！这些我觉得都是我害了你的。"

"欧阳小姐，你这是什么话？钱是我自己输的，与你有什么相干？怎么说你害了我的？那叫我听了不是很不好意思吗？"

司马起听她忽然会向自己说出这些话来，一时倒不禁为之愕然，遂微蹙了眉毛，摇了摇头，含笑向她说出了这几句话。欧阳珠凝眸含颦地望了他一会儿，微微地叹了一口气，说道：

"昨天假使不是我叫你一同来这儿玩，你不会输这许多的钱，而且今天你也更不会再到这儿来，所以推其原因，还不是我害了你的吗？"

"那么假使我赢了这许多的钱呢？我以为这是命运不好，那是怨不了别人的。"

司马起听她又这么地解释，倒不免微微地笑了，暗想：凭良心说，昨天若不是你叫我来，我却没有想到会再上这个地方来，那么推其原因，可说确实是为了你而起的。不过魂灵生在我自己的身上，你又不曾强拖了我来，我如何好意思怪到你的身上？况且钱也已经输去，你总不见得会赔给我，所以乐得漂亮一些，遂摇了摇头，含笑又低低地回答，可是出乎意料之外的，欧阳珠却颓然地说道：

"幸亏给你连输了两次，我觉得害你还有一个数目，要如给你赢了的话，那是更加害你终身的前途了。"

"欧阳小姐，这话我有些不明白，你倒给我解释一下。"

司马起听不懂她这两句话的意思何在，望着她笼罩了哀怨颜色的粉脸，忍不住又微微地笑。欧阳珠雪白的牙齿微咬了一会儿嘴唇皮子，接着说道：

"这是很显明的理由，因为你连输了两次，你就可以醒悟到赌场是万万也跑不得的，还可以悬崖勒马，回头是岸。假使给你连赢了两次的话，那你就会有这一个感想：辛辛苦苦做了一个月的职业，也只不过拿了跑一次赌场所赢的薪水，那么以后还不是专门跑赌场好了吗？你若存了这个心，那么我简直是害了你的终身前途了。所以，你现在虽然输了很多的钱，我在十分难受之中还感到十分的安慰，因为使你可以明白赌场等于杀牛公司，有进来就没有出去的。司马先生，这并不是笑话，我是完全事实的比方，你去问这许多赌客，瞧谁是赢过赌场的钱？"

欧阳珠絮絮地说到这里，见司马起微微地一笑，于是忙又正经地声明了一句，表示很认真的样子。司马起听了，当然很感激她劝告的意思，不过心里也感到她似乎有些矛盾，遂放下饭碗，拿手帕拭了一下嘴唇，问道：

"欧阳小姐，我比方这么问一句，你听了可不要生气。既然你明白跑赌场是不好的，那么昨天你见了我为什么要叫我一同去玩玩呢？"

"司马先生，在昨天我的本意，倒并非是叫你去赌钱的意思……"

司马起这句话倒是把她问住了，粉脸上浮现了一丝青春的红晕，怔住了一会子后，方才说出了这几句话。不过既然说到了这里，她又觉得以下的话有些不好意思再说，因此顿了一顿，望着司马起的脸出神，大有叫他自己去理会的意思。司马起是个很聪敏的人，他虽然没有听她再说下去，不过凭了她这一句话，很显明的，昨天她叫我同去玩玩，原是不舍得立刻和我分手的意思，换一句话说，她确实也有爱上我的意思。司马起在这么的沉吟之下，少不得也出了一会子神。欧阳珠还以为他仍旧不解自己的意思，这就一撩眼皮，又接着说下去道：

"在当时我实在没有想到你会这样乱押下去的，后来见你把那枚钻戒也去变换了五百元钱来又押了，我心里才开始悔恨起来，觉得真不应该叫你一同来玩的，因为这样下去，说不定你会堕入灭亡的道路，那么我不是活活地丢送一个青年人的前途了吗？为了这样，我今天下午才到府上来拜望你的。"

"欧阳小姐，我觉得很奇怪，你怎么知道我是把钻戒去典押来的钱呢？"

司马起听了这些话，他脸上显出又惊异又惶恐的颜色，向她低低地问出了这两句话。欧阳珠微微地一笑，瞟了他一眼，低低地说道：

"司马先生，那时候你大概很糊涂吧！不过我旁观者当然是很清楚的，在十分钟之内，你回家去拿钱，定然没有这么快，况且我见你手指上已没有了那枚钻戒，不是押去了还到哪儿去呢？唉！司马先生，昨晚我回家之后，我是为你整整地难受了一夜，我觉得是害苦了一个有作为的青年了。不过悟已往之不谏，知来者之可追，好在入迷途其未远呀！司马先生，我劝你以后千万不要再到这里来了，因为你若步入堕落的苦海，这完全是我的罪孽呀！"

"不，欧阳小姐，你别这么说，我可不是个三岁的小孩子，我如何能叫你给我负起责任来？虽然跑赌场原不是青年人应该干的事情，但到底不能归罪在你的身上。欧阳小姐，我很感激你的忠告，从今以后，我总不再跑赌场了。"

司马起的心中在万分感动之余，又觉得十分的羞惭，遂点了点头，明眸充满了热情的光芒，向她脉脉地凝望。欧阳珠听他后面这一句话，一颗芳心似乎得到了一种很深的安慰，遂笑了一笑，把一碗饭吃完，放下筷子。司马起忙道：

"为什么不再添一碗？回头要饿的。"

"不，我在你家吃了点心，原还很饱的。司马先生，我很想和你到清静一些地方去谈一会儿，不知你有没有空吗？"

欧阳珠摇了摇头，伸手拿帕抹了一下小嘴儿，她一面说，一面已是站起身子来。司马起当然是非常欢喜，遂跟着站起身子，望了她一眼，笑道：

"我倒有空的，只是你分不开身呀！"

"不要紧，我已请了假，晚上不做了。"

欧阳珠笑盈盈地回答，司马起对于她这两句话倒是感觉意外的惊异，望着她倒是愣住了一会子，不过欧阳珠却并没理会他发怔的神情，秋波斜乜了他一眼，微笑着道：

"司马先生，你先走到门口去等着我，我去穿上了大衣立刻就来。"

司马起点了点头，欧阳珠就匆匆地走到衣帽间里去了。这里司马起独个儿站在大门口的石阶级上，见那进进出出的赌客真不少，有的满脸含笑，有的满头大汗，若丧家之犬，不过前者只占十分之一，而后者倒占十分之九。司马起想到她说的赌场好比杀牛公司这一句话，觉得真是再对也不能的了。想到这里，自不免深深地叹了一口气，不过自己虽然输了一千六七百元钱，却有这么一个美丽的欧阳小姐会爱上我，这些钱总算也输得有价值的了。司马起有了这一个感觉之后，他的脸上又浮现了一丝微微的笑容。正在这时，欧阳珠披着大衣匆匆地出来，两人并肩步出了这黑暗的区域，慢慢地转西踱到那一条很幽静的霞飞路上去了。

"司马先生，你说从今以后不再上赌场了，你这句话可真的吗？"

"那当然真的，把辛辛苦苦赚来的钱送赌场里去，太心痛一些了。"

秋天的晚上，也不怎么的热燥，也不怎么的寒冷，天高气爽，微风吹在身上，就觉得很轻快的。两人并肩默默地踱了一会儿步，没有目的地只管踱了过去。欧阳珠见他并不说什么话，遂在依稀的月光下绕过媚意的俏眼，斜瞟了他一下，低低地又问出了这两句话。司马起想到两天来输了近两千元的钱，他有些悔恨，遂情不自禁地回答。欧阳珠道：

"既然你想明白了，今天七百元钱真输得有些冤枉的，难道你昨天回去却还没有死了这条心吗？唉！我几次三番要开口劝你别押了，但是在众人的面前，叫我又如何的能说得出口呢？"

"不过我今天来这儿，倒并非是存心翻本来的。"

司马起听她说到这里，秋波向自己逗了一瞥哀怨的目光，却又微微地叹了一口气，一时望着她的粉脸，倒不免微微地笑了，用了一种缓和而低沉的口吻轻声地回答。欧阳珠听他这么说，粉脸便盖上了一朵桃花，暗想：难道是为了我而来的不成？忽然她眸珠一转，觉得自己多心了，遂忙又问道：

"那么你当然是为了赎取钻戒来的了，是不是？"

"是的，因为昨天我确实把钻戒去押当了五百元钱的。"

"可是你进了这杀牛公司，你心里便糊涂了，我想你这枚钻戒还没有赎出来吧！"

欧阳珠秋波逗了他一瞥神秘的媚眼，带了俏皮的口吻问他。司马起笑了一笑，却没有回答什么，接着望了她一眼说道：

"你说我们是被杀的牛，那么你们就是杀牛的屠夫了！"

"不过我们为了生活，没有办法而干这一个职业，要彻底地解决，当然希望当局能够实行禁止才好。老实地说一句，开赌场的每天要多少开销？比方说，给你们吸香烟，给你们吃点心、吃饭、汽车接送，这些费用都要出在你们赌客的头上呀！否则，开赌场的不是瘟生，他们早已关门大吉的了。再说我们这一班职员每月在头钿上可以分到一千多元的钱，假使是分在老板身上的话，这赌场还能开得下去吗？况且每只赌台上都用一种迷信的方法，使赌客们总是有输没赢的。譬如说，他们每天要把摇缸供在桌上，焚香叩头，又把活鸡杀了，将淌下的血水洒在赌台的四周，是叫赌客们热血贴心的意思。说起来很奇怪，在这儿似乎对于迷信很有些效验的。我见十个赌客，倒有十一个喜欢输完了钱后方才走路，假使赢的时候，你拉也拉他不走的，到结果终究是一个输。所以热血贴心，使你不肯走的这一种迷信方法，实在很有效力的。司马先生，你想，西洋景一拆穿，你们跑赌场不是等于把钱丢到黄浦里去吗？"

欧阳珠听他这么地问一句，显然在他心中当然也含有些俏皮的作用，她芳心里有些感触的难受，这就微微地叹了一口气，把赌场内的秘密尽情地告诉出来了。司马起笑道：

"原来他们还玩这一套把戏的，这真是叫人意想不到。开赌场的人说起来到底有些伤阴骘，为了赌得赤膊而自杀的朋友恐怕也不在少数吧！唉！这真是太危险了。我明天一定要到报上去投一篇稿子，劝劝跑赌场的朋友，快快回头是岸才好。"

"你这个意思我赞成极了，要如你真的实行做了，我觉得你这举动真所谓是功德无量的。"

欧阳珠听他居然也有去劝别人的意思，心里感到十分的喜悦，遂望着他妩媚地笑起来。司马起回望了她一眼，带着开玩笑的语气，笑道：

"不过赌的人若真的没有了，你们每个月哪里再来一千多元的收入呢?"

"可是我倒情愿上海赌场都关了门，即使我饿死了也甘心，饿死我们关系小，误了你们这班青年的前程关系大，何况我们有手有脚，也许不至于会到饿死的地步呢！司马先生，你说是不是?"

欧阳珠体会他这两句话中至少是包含了一些讽刺的成分，虽然心头有些羞愧的意思，不过她还竭力镇静了态度，乌圆眸珠一转，向他很认真地说出了这两句话。司马起既把这话说出了后，方才感到自己有些失言了，可是万不料她回答得竟使人感到意外的满意，一时情不自禁地伸手把她握住了，很敬佩的神气说道：

"欧阳小姐，我觉得你真不愧是个时代的女性，不过在我为你着想，也最好能够找一些别的比较有意思的一些事情做做。"

"虽然我也有和你同样的意思，不过却没有这个机会。司马先生，你有没有什么好机会给我介绍一个?"

欧阳珠见他握住了自己的手，而且和自己说出这几句话，芳心中把刚才的哀怨不觉而变为喜悦的意味了。她掀着笑窝儿，秋波脉脉含情地凝望着他俊美的脸庞，话声是包含了一些央求的成分。司马起觉得她的手是特别柔软一些，好像没有骨节的神气，他笑了一笑，把她手握了一会儿，说道：

"机会是有的，只不过收入绝没有像赌台上的职员好。比方说，在外面做一个职员，拿三四百元薪水的也不算错了，但如何及得你眼前的收入？"

"不过在赌台上做职员，说起来到底不十分雅听的，所以我的意思，倒并不在收入的多少，假使你肯给我介绍一个高尚些的职业，我一定愿意脱离这个万恶迷人的场所。老实地说，我见了许多赌输朋友那种痛苦的神情，我拿了这一千多元的收入，我心头也会感到极度的不安。"

欧阳珠听他有机会可以介绍自己，她眼前不觉展现了一丝光明的希望，遂平静了脸色，向他很正经地表白自己的志愿。司马起听她这么说，不免肃然起敬，把她纤手摇撼了一阵，连连地点头，说道：

"欧阳小姐，你真是个不平凡的女子，我心里非常敬佩你，不过我还没有知道你的身世，请你告诉我，你是什么学校毕业的，家里还有什么人吗？"

"在我十四岁那年死了爸爸，第二年初中毕业后就没有再读高中，这两年来的生活程度太高了，妈没有办法，只好给我到赌台来做女职员，不过比做舞女或其他牺牲色相的职业究竟好一些，所以不知不觉的，竟有两个年头了。在这两年中，我确实挣了不少的钱，因为只有我母女俩的开支，每月还算节省，所以平日也还有些积蓄。司马先生，你总该知道不是拿真实的本领去赚来的钱，这到底是可耻的，所以我想脱离这个迷人的环境，能够给我做一些有意义的工作。薪水微薄一些倒不要紧，只要给我学问上多增加一些知识，我就很高兴的了。"

欧阳珠扬着眉毛，她似乎十分的得意，含了欣慰的笑容，向他絮絮地告诉。司马起从她这些话中推算上去，觉得她今年大概是十七岁了，遂点头笑道：

"你既然这么说，我明天可以给你介绍到新光药厂去做女职员，不知你也懂得商业簿记吗？"

"商业簿记我也读过两年，普通那些账目我还可以懂得。司马先生，你不是也在新光药厂办事情吗？"

"是的，这厂里的总经理是我的姊夫，所以等有机会，向他说一声，也许可以成功。只是薪水不大，我们现在原有两个女记账员，她们都只有三百元一月的薪水，所以我想你也许会不够开销的。""不要紧，三百元一月的薪水，我们母女俩苦吃苦用也许可以过去了，因为这个职业到底很高尚，生活虽清苦一些，精神上究竟很快乐。司马先生，我拜托着你，你给我留心着，我心里一定很感激你的。"

欧阳珠摇了摇头，秋波逗了他一瞥感激的目光，似乎很希望他给自己介绍一个职业的意思。司马起听她这么说，心中益发感到她的可爱，遂点头笑道：

"也好，我一定给你留心着，假使我们在一个厂内办事情，那么我们也可以天天见面的了。只不过我怕你妈会不赞成，因为进益的多少究竟相差太远一些的了。"

"司马先生，你以为我妈是个很爱金钱的女子吗？不，不，绝对不，妈是很关怀我终身的幸福、前途的光明的。她说我每月的收入虽然很好，不过四周的环境到底太恶劣，所以她是时常担忧我这个人会慢慢地学坏的。其实一个人都是自己有个主意，假使会被外界引诱而学坏的话，那么这个人也一定是太平凡的了，你说是不是？"

欧阳珠这几句话无非声明自己虽然置身在恶劣的环境里而本身依然很纯洁清白的意思，不过听到司马起的耳朵里，想起自己种种的行为，他两颊顿时会热辣辣发烧起来，心头真有说不出的羞惭。因为她望着自己认真地问，这就不得不平静了脸色，点了点头说道：

"不错，我觉得你真是个有思想、有抱负的姑娘，而且你的妈思想和我妈大概有些差不多，我想你妈大概还很年轻吧！"

"我妈今年还只有三十五岁，她从前也念过书的。司马先生，你有空的时候，我希望你来舍间走走，我妈一定很欢迎你的。"

司马起听她说妈很欢迎我，心中有些有趣的感觉，这就望着她咪地笑了。欧阳珠被他一笑，这才理会过来似的，笑道：

"你瞧我这人多糊涂，没有告诉你舍间的地址，却请你过去玩哩！舍间是马浪路西成里十六号，客堂楼上就是。只是地方很小，你别见笑。"

"改天我一定来拜望你的妈，地方大小，你别客气了。"

司马起点了点头回答。在月光下瞧到她的粉脸，白里透红，真有些像朵四月里的蔷薇，他心头不住地荡漾，望着她只是微微地笑。欧阳珠的眉尖上也透露了喜悦的春色，她秋波盈盈地逗了他一瞥娇羞的媚眼，也嫣然地一笑。过了一会儿，又低声儿问道：

"司马先生，你兄弟姊妹很多吧！不知一共有多少？"

"一共有四个，姊姊已嫁了人，姊夫就是新光药厂总经理韩士杰，还有是一个弟弟和妹妹，那就是你下午家中见到的两个了。"

"你妹妹真美丽，人也聪敏，而且又挺会说话的。"

欧阳珠想到司马英的人样儿，她情不自禁地赞美着她。司马起笑了起来，望着她的粉脸，笑道：

"可是我觉得你的人样儿，你的聪敏，你的谈吐，就未必输于我妹妹的。"

"这是你过誉我的话，叫我听了有些难为情。"

司马起见她掀着笑窝儿，在十分喜悦之中，至少带有些三分羞涩的成分，像欧阳珠那么可爱姑娘的粉脸上有了三分羞涩的成分，那么她的表情当然是愈加说不出妩媚好看的了。司马起觉得她说的"难为情"三个字，嗲得令人魂销，这就握紧了她的纤手，十二分得意地笑起来了。

两人一路走，一路谈，这样不知不觉地毫无目的地走下去，几乎连自己也忘记了路的远近了，待他们注意四周人行道上的时候，方才见了国泰大戏院的门口现在眼前了。司马起见广告牌上是贴着《绿林红骑》四个大字，知道是部侠盗的影片，遂向欧阳珠低低地道：

"我们进里面去瞧场电影好不好？"

152

"好的，此刻瞧已九点多了，但到底还有半场可以瞧的。"

欧阳珠一面说，一面已很快地先走到售票处去。待司马起追上去，她已买了两张花楼票子，于是也不和她说什么客气话，两人匆匆地上楼，由招待的引道入座。银幕上早已放映多时。《绿林红骑》是部很惊险骇人的武侠巨片，里面也穿插爱情的故事，所以情节也很讨人欢喜的。欧阳珠在瞧到一幕片中女主角被强盗们关入猛虎狱中的时候，她害怕得把脸倒在司马起的肩胛上去，闭了眼睛，几乎要叫起来了。司马起对于她这个亲热的举动，未免感到有些意外，虽然不知道她是否真的胆子小，抑是故意显出的嗲腔，不过她会毫不避嫌疑地把粉脸靠在自己的肩胛上，总可知她对我是这一份儿的热爱。自己若一本正经地不给她一些表示，这不但叫她感到自己架子大，而且也太以男子式的了。司马起在这么的感觉之下，他把脸也斜侧过去，两人这就把颊偎在一起了，低低地笑道：

"欧阳小姐，你害怕吗？其实这是两个镜头把片子接拢来的。"

"我知道，不过她表演得太认真了，叫人心惊胆寒得感到害怕。"

两人正说着话，银幕上突然那个男主角从屋顶上跳下来，手执宝剑，把那只猛虎一剑刺死，他走到那女主角的身旁，两人抱在一起紧紧地热吻住了。司马起、欧阳珠在瞧到这一个镜头的时候，他们那颗心是跳跃得厉害，全身每个细胞都觉紧张，各人的脸颊更加热辣辣红得发烧起来了。不过他们相偎着的颊儿并没有分开，司马起感觉到她小嘴儿里吹出来的气是分外的急促，从可知她芳心是像小鹿般地撞得厉害了。眼瞧着银幕上热烈的镜头，而且嘴旁又凑着一个吹气如兰的粉脸，只要偶然一偏过嘴儿去，就有和她接吻的可能。司马起几次想这么实行，但到底鼓不起这个勇气，经过三分钟之后，欧阳珠究竟把粉脸离开他的颊边去了。

从国泰大戏院里走出，时候还只有十点半，因为这张影片的结果，是男主角饮弹而死，女主角在荒山漫野中孤独地凭吊终止，所以在出戏院门口的时候，欧阳珠粉脸上还沾了丝丝的泪痕。司马起回眸瞟了她一眼，微微地笑道：

“干吗为剧中人而伤心？这不是自寻烦恼？”

“不过我的意思，就应该给他们团圆，因为他不是改过自新了吗？”

“但给他害死的人也太多，这就是作恶的下场。”

司马起听她这么说，心中感到她的多情，望着她海棠花那么的粉脸，低低地回答。欧阳珠也许是太富于感情作用了，微蹙了眉尖，忍不住又低低地叹了一口气。司马起握紧了她一下手，笑着道：

“刚才晚饭都只吃一碗，此刻我饿了，你一定也饿了吧！我们到沙罗咖啡馆去吃些点心好吗？”

欧阳珠点了点头，于是两人携手进内，由侍者招待入座。司马起问她吃什么，欧阳珠说吃两客牛乳、两客西点好吗？司马起点头说好，遂吩咐下去。不多一会儿，牛乳、西点送上，两人便吃起来。司马起见她握了牛乳杯子，凑在四月里樱桃那么小嘴上喝着，只觉红的鲜红，白的乳白，相映成趣，鲜丽非凡，真叫人百看不厌的。欧阳珠被他瞧得难为情，粉脸上泛现了青春的红晕，秋波逗给他一个妩媚的娇嗔，笑道：

“为什么你瞧着我发呆？”

“没有什么，我觉得你真像一朵花。”

司马起一面含笑回答，一面兀是望着她剥出鸡蛋那么的粉脸出神。欧阳珠噘着小嘴儿，啐了他一口，却又嫣然地笑起来，低低地道：

“我不要你说我像一朵花，因为花是轻薄的东西。”

“那也不能一概而论，比方说花中牡丹，她是多么的壮丽温重；比方说花中的莲，她又多么的幽静；比方说花中的菊，她又多么的清雅；比方说……”

“好了，好了，你不要再派下去了。”

欧阳珠听到这里，秋波逗了他一瞥妩媚的白眼，抿了嘴儿忍不住哧哧地笑起来。司马起心里有些甜蜜的滋味，也微微地笑了。两人静默了一会儿后，欧阳珠望了他一眼，又低低地说道：

"司马先生，我觉得你们的家庭很文明，一切都有新的气象。你妹妹告诉我，说你妈现在担任上海儿童教养院的训育主任，那么你妈不是很有学问的吗？"

"我妈从前是高级师范毕业的，所以她的思想是很新的，年龄比你妈长两岁，不过身世比你妈更可怜，因为我爸爸死了已十多年了。"

司马起告诉到这里，他代为母亲感到可怜，忍不住微微地叹了一口气。欧阳珠颦锁了翠眉，心头激起同情的悲哀，也叹了一声，说道：

"可不是？因为我觉得你妈和我妈的年龄还很轻呀！唉！老天爷真也太残忍了。"

"不过你妈既然也读过书的，不是也可以找些事情做做吗？"

"虽也这么地想，但总要有人介绍才是。司马先生，假使你把我介绍到新光药厂去办事，那么你在姊夫面前说起来，和我是什么关系呢？"

欧阳珠说到后面，把话又拉到这个问题上来。司马起听她这么地问，可见她是很有诚意要我介绍职业的，一时感到她确实和普通女子只爱金钱不同的，心中益发感到她的清高可爱，遂望着她的娇容，低声笑着反问道：

"你的意思，说什么关系的好？"

"我不知道说什么好，这不是你去向姊夫说的吗？"

欧阳珠听他问得好刁恶，因为在他这两句话中至少包含了一些神秘而俏皮的作用，这就红晕了娇靥，秋波逗给他一个媚眼，也低声地回答他。司马起当然也感到她刁得可爱，遂沉吟了一会儿，把手指在桌上画着字儿，笑道：

"你瞧着，我说是这个关系好不好？"

"我瞧不出你画的什么字儿。"

欧阳珠见他画出的是"未婚妻"三个字，一颗芳心真是又喜又羞，不过她偏会假惺惺作态的，摇了摇头，兀是装出并不知道的神气，悄声地回答。司马起瞧了她脸部的表情，也明白她是怕羞的意思，于是笑了一笑，不再和她闹着玩，正经地说道：

"我和姊夫说，你是我初中里的同学，你说好吗？"

欧阳珠点了点头，忽然她扑哧的一声笑起来了。司马起不解她是什么意思，不禁向她愕住了一会子，低低地问道：

"为什么笑起来？难道说是同学不好吗？"

"并不是说不好，因为我对你弟弟也谎说了一句我们是同学，谁知不约而同的，那不是叫人好笑吗？"

司马起听了，这才明白，心中暗想：她先冒认我们是同学，可见她早已有爱上我的意思了，遂望了她一眼，带着顽皮的口吻，笑道：

"那么我们真可说是同心同意的了。"

"呸！"

欧阳珠啐了他一口，秋波却逗给他一个妩媚的白眼，但抿着小嘴儿，却又嫣然地微笑了。司马起觉得她这娇羞的意态，是处女特有的风韵，真是形容不出的美妙可爱，遂逗她一句笑道：

"不肯和我同心同意吗？不过事实上是同心同意的呀！"

"司马先生，我觉得你的弟弟比你老实。"

"那么你就给我做了弟媳妇了好吗？"

"想不到你是个醋罐子！"

欧阳珠听他这么说，心中有些好笑，明眸逗了他一瞥怨恨的目光，鼓着粉脸，这意态显然是有些生气的成分。司马起忍不住笑了，喝了一口牛乳，说道：

"醋罐子是你们女孩儿家的专有品，我们男人家是不会吃醋的。"

"罢呀！只怕你们男人家吃起醋来，比我们女孩儿家更有劲哩！"

欧阳珠悄悄地说到这里，心中又感到太难为情，垂了粉脸，不禁又哧哧地笑。司马起觉得她这句话倒也不是凭空虚构的，因为社会上往往为了一个女人而发生拔枪暗杀的，这在前夜迷高美舞厅内则发生过这一件事情，遂也笑了起来，一会儿，又向她问道：

"你今年几岁？我瞧你比我妹妹更年轻一些。"

"和你妹妹同庚，你妹子还比我小四个月，我觉得你妹妹又美丽又温柔，真是一个十全十美的姑娘，令人感到她的可爱可亲。"

"原来你们谈得这么详细，连月生也都问仔细了吗？那么你几月里生日？"

"我七月初七生日，你妹妹说你们四人都挨次的小一年，那么你几月里生日？"

"七月七是牛郎织女鹊桥会，不知你也曾约了一个牛郎来的吗？"

司马起听她是七月初七养的，遂忍不住又笑嘻嘻地跟她打趣。欧阳珠把手向他一扬，做个要打的姿势，但又放了下来，白了他一眼，笑道：

"你再油嘴，我可不依你。别人家正经问你几月里生日，偏又不回答我。"

"我九月十五生日，还有半个月光景，我请你吃面。"

"好的，那我向你拜寿。"

欧阳珠点了点头，笑盈盈地回答。司马起也微微地笑了，两人吃毕点心，欧阳珠叫侍者开账。司马起伸手摸钞票，欧阳珠向他摇了摇手，司马起已摸出钞票来，说道：

"昨夜付茶账一百元找还的还剩七十多元钱哩！"

"什么地方茶账？你……也在跑舞厅吗？"

欧阳珠凝眸含颦地逗了他一瞥猜疑的目光，接着低低地又向他问出了这一句话。司马起见她粉脸大有不悦的神气，遂微微地一笑，说道：

"和几个朋友偶然去听一会儿音乐的。"

欧阳珠虽没有说什么，却撇了撇小嘴儿，显然她是有些不相信的意思。一会儿，侍者拿上账单，欧阳珠见他抢着付去了四十八元五角，不过他是付了五十元钞票，在侍者的面前当然不好意思有推让客气的举动。走出咖啡馆门口的时候，欧阳珠把一只手塞到他的大衣袋内去。司马起忙也伸手放到自己袋内去，却被欧阳珠按住了手，白了他一眼，娇嗔似的说道：

"你不许和我客气，否则，我可恼了。"

"那么今天吃的看的全是你请的客，我可有些不好意思。"

司马起听她说"不许"两个字，心里有些甜蜜的感觉，望着她薄怒娇嗔的粉脸，忍不住微微地笑起来。欧阳珠有些不乐意似的说道：

"照你说，我没有资格够得上请你吃看的是吗？"

"并不是那么说，因为……"

"你不用再说下去，我知道，因为我太穷了。"

"那你何必多心？我知道你不穷，你是很有些积蓄的。"

司马起赔了笑脸，低低地说。欧阳珠听他说"积蓄"两字，因为自己刚才曾经说过这些话，在他多少含有些神秘的作用，这就逗给他一个娇嗔，忍不住扑哧的一声笑起来了。司马起故意问她说道：

"你笑什么？"

"没有什么，我觉得你这人是挺坏的。"

欧阳珠凝望了他一眼，平静了脸色，似乎有些生气的样子，司马起却没有表示什么态度来，望着她又微微地笑了。两人在人行道上默默地又走了一截路，司马起见时已不早，遂送她回家。欧阳珠道：

"不用送我回家，还是各自回去吧！因为时候确已不早，回头你太晚了回厂，我也不放心的。司马先生，我对你说，你以后不能再到这个地方去了。"

司马起见她这么多情的口吻，可见她是多么真心爱我的了，遂握住了她的手，微微地摇撼了一阵，说道：

"欧阳小姐，我一定听从你的话，不过我还得来一次的。"

"那是为了什么缘故？"

欧阳珠微蹙了眉尖，有些不解似的神气。司马起微红了两颊，笑了一笑，却没有作答。欧阳珠是个很聪敏的姑娘，经她乌圆眸珠一转的时候，她就想明白过来了，遂点了一下头，低低地笑道：

"这样吧！你把这张纸条交给我，我给你去赎回来吧！因为你一步入这个地方，恐怕神志又会昏迷起来的。"

"但是我今天身边没有钞票，怎么叫你去代赎呢？"

司马起听她这样地说，觉得她不但多情到了极点，而且也聪敏到了极点，心头在无限感动之余，也觉得有些不好意思，皱了眉毛，低低地回答她。欧阳珠斜乜了他一眼，有些嗔怨的样子，说道：

"五百元的数目，我总还可以拿得出的，难道不能先给你填付了吗？"

"不过我太觉得麻烦你了。"

"哦！我倒明白了，你一定怕我吃没了你这枚钻戒是吗？这个我倒不敢再向你取纸条了。"

欧阳珠眸珠一转，因为她是太聪敏了，所以往往容易发生误会。她向司马起一笑，老实不客气地说出了这两句话，在她粉颊上是呈现了一层哀怨的神情。司马起经她这么一说，遂不得不把当票取出来，交到她的手里去，笑道：

"欧阳小姐，你这话就该打嘴，叫我听了很难受。假使我存了这个心，那就是我自己没有人格了。"

"你既然信得过我，那么我就给你去代为赎出来，不过你以后若再进这个万恶之门，我一定要……"

欧阳珠接过当票的时候，方才回嗔作喜，表示很高兴的神气，但叮嘱到此，她恨恨地白了他一眼，觉得以下的话不容易说，怔住了一会子后，方才接下去道：

"我不怕你见气的话，你要不醒悟，这不但是你的死路，而且也是我的死路，因为你的堕落，是我害了你，我心中在不安之余，也会起了厌世之念。司马先生，难道你忍心人间会发生这个惨剧吗？"

司马起虽然感到她这几句话未免有些过火之谈，不过也可以衬托她爱我的痴心，真不是一支秃笔所能形容其万一的了。心中这一感动，几乎欲淌下泪来，遂握紧她的纤手，点了点头，正色地说道：

"欧阳小姐，你放心，我从今以后，将好好儿努力挣扎着做一个人。"

"这样才使我安慰了，司马先生，你星期六下午或者星期日上午来我家吃饭，顺便我把那枚钻戒交还你。在办事的几天中，你还是少跑到外面来好，因为一到了外面，难免又要花钱，虽然你也不在乎花钱，可是花钱事小，伤精神、伤身体事情就不小了。"

欧阳珠掀着笑窝儿，秋波逗了他一瞥多情的目光，又向他絮絮地劝告。司马起除了感激之外，便说不出一句什么话来，心中暗想：星期日雪尘曾经约我吃饭，那当然不好意思失约，况且这五百元一时里也要设法去筹备了来，在这五天中正可以想办法，遂点头说道：

"好的，我准定星期六下午来拜望你吧！"

两人既已说定，遂握手分别，各自坐车回去。司马起到了厂里，时候已近十二点，悄悄地走进宿舍，见同事王君还在床上看书，他向司马起悄声儿告诉，说有一个张小姐在十点半光景打电话给你，我说出去了，她也没有说什么，就把电话挂断了。司马起一面点头，一面暗想：那一定是雪尘打来的电话。意欲自己此刻打电话去问她有什么事情，不过此刻舞厅已经散了，打到她家里去，又觉不方便，而且这时还未必回家，至少尚在咖啡馆内吃点心。司马起这么地想着，遂脱衣就寝，偶然伸手在袋内摸着一叠钞票，想着这是欧阳珠交还我的点心钱，遂取出数了数，不料却有一百元，反而多了五十元，这就忍不住哧地笑出来，暗想：这是怎么的一回事？难道我付了五十元，她再加上五十元还给我吗？司马起倒是怔怔地愕住了一会子。

这晚，司马起躺在床上，想到雪尘要赔还我三百元钱是给我做零用的意思，不料欧阳珠也会闹这个把戏，在她当然和雪尘是同样的意思，

160

两个人待我的情意，真可说无独有偶的了，一样深情，谁能抛得？

司马起脑海里浮着两个人的娇靥，耳边还流动着两人忠告的话声。

是子夜两点了。

夜，静悄悄的，深沉沉的。

司马起是整整地失眠了。

第十回

这是我俩的定情歌

斜阳的余晖在天际的一角已被暮霭吞没了，四周已笼上了一层暗淡的阴影。秋天的风，稍含了一些凄凉的成分，吹着半空里偶然有几片从树枝上刚脱落的叶儿，更使人感到有些日暮途穷悲感的意味。司马起凭窗呆站了一会儿，想到这几个月来的荒唐，把自己五千多元的积蓄尽化灰尘，赌台输完钱后的感觉，真觉得自己已步入末路一样的痛苦，多蒙欧阳珠忠心相劝，回头是岸，未为迟哩！司马起这时候的脑海里真像服了清凉散一样的清楚，不过他心中感到忧愁的，就是星期六到欧阳珠家里去，一定要备六百元钱，因为她给我赎出了钻戒，我不是应该要还给她钱吗？但自己的薪水已经暂支了一个月，如何再好意思问厂内借钱？若问姊姊去拿，这是更加说不出口了。照理，今天我该把姊姊的钻戒去交还她，现在叫我怎么的去交账？唉！真是自尽都没有人来可惜呢！

"司马先生，你有电话来了。"

司马起正在独个儿地难受悔恨，忽见茶役匆匆地前来报告，于是离开了窗口，走到电话间，握起了听筒，摆在耳边，低低地问道：

"是谁？哦！是张小姐，我就是你的弟弟，你找我有什么事情？"

"我问你，你昨夜在什么地方玩？叫你不要出来，为什么又到外面来了？"

"昨夜吗……是……厂里同事请我瞧电影，他们告诉我，你十点半

162

的时候来过电话，那真是对不起你。"

"你此刻有没有空闲？我在金门饭店等着你。"

"有什么事情吗？"

"没有什么事情，和你谈几句话。"

"厂里就要开晚饭了，我吃过饭来好吗？"

"是不是怕我请不起你吃顿晚饭？你没有空，你就不要来了。"

"不，不，我就来，我就来。"

司马起这才急急地连说了两声不字，放下听筒，匆匆披上了大衣，坐车到金门饭店来了。雪尘今天穿得很朴素，脂粉不施，但愈朴素也愈显得幽静温文，和欧阳珠相较，别有一股子媚人的风姿。她见了司马起，并不起身相迎，抬着娇靥，一撩眼皮，秋波逗给他一个娇嗔，问道：

"为什么你又来了？晚饭吃过了吗？"

司马起听她问得俏皮，觉得在她这两句话中至少包含了一些生气的成分，遂一面脱了大衣，让侍者接过，一面在她对过桌旁坐下，望了她一眼，笑道：

"不是你自己叫我来的吗？是不是怨我来得太慢？为了怕你性急，我几乎在马路上和汽车香个面孔呢！"

雪尘听他这么地说，倒忍不住又抿嘴嫣然地笑了，遂把预早泡好的两壶香茗给他斟了一杯，秋波斜乜了他一眼，低低地道：

"昨天晚上你真的和同事们在瞧电影吗？你不用点点头，老实地说，我绝不会相信你的。"

"那么照你的猜想，我又在什么地方玩呢？"

司马起见她不相信自己，这就忍不住笑出声音来，望着她低低地反问。雪尘噘了噘嘴，冷笑了一声，说道：

"反正你玩的地方可多哩！旅馆、堂子、赌台，什么地方全可以去的呀！前天晚上我苦口婆心对你说的话，你是只当耳边风的呀！"

"这些话奇怪了，是谁告诉你的？我何尝到什么堂子里去过呢？"

司马起到底有些心虚，绯红了两颊，虽然是竭力镇静了态度，不过他脸部总掩不住他慌张的神色来。雪尘呷了一口茶，逗了他一瞥哀怨的目光，说道：

"何必要人来告诉我？我不是死人，会不知道你的行动吗？昨天我打电话给你，就是试试你有没有这个决心和忍耐，谁知你一天都熬不住，依然还是要到外面去的。不管你是否去瞧电影，不过既然你说听从我的话，那么至少也得给我厂里安分地住上三天，谁知你果然又出去了，所以我觉得失望。"

"昨夜确实是被厂里同事硬拖了去的，我原预备从今夜起，不再到外面去玩，可是你又来电话叫我到这儿来了。"

司马起见她管束我这么紧，当然在她是因为爱我的缘故，心中在十分感激之余，也觉有些羞惭的意思，遂红了脸，低声地回答。雪尘听了，不免有些生气，白了他一眼，嗔道：

"依你说，今夜我叫你出来，是我引坏你了，是不是？回头吃好了饭，你给我立刻就回到厂里去。"

"好姊姊，我就只不过那么说一句，你何苦动这么大的肝火？算了算了，我们还是点菜吃饭是正经。"

司马起在女孩儿家面前的功夫也不错，这两句话到底又把雪尘说得嫣然地笑了，粉脸上显出又怨恨又爱怜的表情，逗给他一个娇嗔，说道：

"饭菜我早已点下去了，还叫你忙些什么？"

"姊姊，你点的是什么菜？"

"一只是挂炉烧鸭，一只是嫩鸡炸八块，还有乳油菜心、红烧大鱼头，外加百珍凤爪汤，这几样菜不是全都你爱吃的吗？"

雪尘被他一味地柔情蜜意地喊着姊姊，芳心里一阵荡漾，这就再也不好意思和他板面孔了，遂正经地派给他听，在她末了这句话中也是包含了多少温情的意味。司马起点了点头，笑道：

"菜是点得好极了，只不过这五样菜连饭，小账零售捐至少得两百元钱，我身边只有一百元钞票，余多的你负责，我不管。"

"少说这几句寒酸的话吧！被旁人听见了，你不怕难为情，我可要个面子哩！"

雪尘听他这么地说，真是又好气又好笑，一面低声儿地回答，一面恨恨地逗给他一个妩媚的白眼。司马起红了脸，只好憨憨地傻笑，不料就在这当儿，雪尘忽然想到了一件什么事情般地咦了一声，问道：

"并不是我查问你的钱，前天晚上，你拿给我瞧，还有七百多元的钱，怎么过了昨天一日的时间，你身边只剩了一百元钱了，难道你请同事们瞧场电影，要花去六百多元的钱吗？"

司马起做梦也想不到雪尘这位姑娘会有这么的细心，一时被她倒问住了，红了两颊，竟回答不出一句话来了。雪尘笑了一笑，撇了撇小嘴儿，说道：

"这可是你自己露出马脚来了，你还不老实地告诉我吗？昨天晚上在什么地方玩？"

"同事们拉我在南京饭店玩骨牌，这回我没有骗你了。"

司马起在万不得已之下，只好向她这么回答，虽然他说没有骗她，然而在事实上还是骗了她的。雪尘当然没有再去疑心他是虚构的话，遂微蹙了翠眉，低低地问道：

"那么你是输的了？一共输了多少？"

"没有多少，就是这一些钱。"

"干吗不说出一个数目来？我想你还不止输六百元钱的。"

雪尘见他支吾的样子，心中疑惑他一定是输了很多钱的，遂向他很关怀地追问了一句。司马起被她这么一问，心中倒有了一个主意，遂叹了一口气，说道：

"我告诉你吧！一共输了一千二百元钱呢！"

"唉！你真糊涂极了，那么还有六百元钱怎么办？"

"还欠着人家没有付清。"

司马起见她深长地叹息了一口气，秋波向自己逗了一瞥无限怨恨的目光，心头有些羞愧的滋味，低了头，轻声地回答。这时，侍者把饭菜端上，雪尘没有再说什么，拿了白纸，揩擦碗筷，然后在罐子里的饭抄到碗内。因为司马起尚低着头出神，这就回眸掠了他一眼，低声地道：

"钱既然已经输了，你也不用难受了，只是将来自己应该明白，赌钱总是不好的事情，况且有一份力量，做一份事，玩玩小牌解个闷儿，五十、一百的输赢，这也没有多大的关系，你为什么要玩得这么的大呢？"

司马起觉得她这几句话在埋怨之中至少尚带有些劝慰的成分，那当然是她多情的表示，遂也盛饭到碗内，一面吃饭，一面摇了摇头，叹了一口气，却没有作答。雪尘见他意态颇有悔恨的意思，遂又说道：

"才隔别了一天，你就闯了这么一个祸，虽然也不是大不了的事情，但一千多元的钱，究竟也肉疼，今天买东西或者吃，这倒也罢了。我前天晚上就这么说过，你这个人就最好有我这么一个人在后面时时刻刻地提醒你。唉！但事实上又怎能够办得到呢？"

雪尘说到这里，在叹了一口气之后，仔细地想，不免又感到难为情起来。司马起觉得雪尘对我说的话完全是有贤妻那么的口吻，他心里这一感动，眼皮红润起来，低低地道：

"姊姊，我觉得太使你失望了。"

"但社会太不良，环境太恶劣，这也怨不了你的。不过一个青年人总要向上进的道路走，常言道：不进则退，那何况是再向堕落的路上沉沦呢？"

雪尘这几句话虽然是那么的委婉柔和，但听到司马起的耳里，仿佛这是一个催泪弹，在他心坎儿上爆炸了，他的眼角旁已涌上两颗晶莹莹的热泪。雪尘这就不忍再引起他的难受，把自己的帕递上去，温和地道：

"弟弟，过去的事不要说了，我们且先吃完了饭再说。"

司马起拿帕拭了拭泪，虽然他很想说几句话来表示感谢她的意思，但一时里却说不出什么来好，因此望了她一会儿，也就低头又吃饭了。饭毕，时已八点，侍者开上账单，计一百六十五元四角，雪尘在皮包内取了一百八十元钞票，余者作为小账，侍者道了谢，一面又来冲茶。司马起很不好意思地望了她一眼，微笑道：

"今天又吃着你的了。"

雪尘逗给他一个妩媚的白眼，却并不回答什么，自管在皮包内掏了一阵，一会儿，又望着他俊美的脸庞，低低地道：

"我皮匣内只有四百元钞票，不够给你，你回头跟我一同到迷高美去坐一会儿，今天我原有一万四千元舞票向账房间里换钱的。"

"那么就算我问你借六百元钱，过几天一定还你。"

司马起听她这么说，心中感动得不能再感动了，他红晕了两颊，低低地说。雪尘知道他是一个爱面子的人，遂点了点头，笑道：

"我知道，我相信你的，你何必又一定要说还不还的话？"

"姊姊，我觉得很难为情。"

"这有什么难为情？就说我做姊姊的给弟弟一些钱用，也是分内之事。"

"你一个月有一万四千元舞票，拆下来也有七千元一月收益，像我四百只洋一个月的薪水，还不叫我难为情吗？"

司马起说着话，心中大有不胜感慨系之的神气，但雪尘听了，粉脸上却浮现了忧愁的深云，叹了一声，摇头说道：

"弟弟，你不可怜我，你还羡慕我吗？我无非是赚的青春钱罢了，若再过五年、十年的话，只怕一百四十元一月的舞票都要拿不到了。不像你们男子，此刻赚得少，将来机会一到，自己努力一些，几十万、几百万，那也算不了一回什么事情。弟弟，我希望你总要埋头苦干，为你

167

的事业而奋斗，只要你在得意扬眉的时候，不把我当作陌路人看待，我此刻多帮助你一些，我也高兴。只不过以后要切记，千万别再赌钱了。"

"除了我已不在人世的话，今生再也不会忘记你待我的情义。"

司马起情不自禁地伸过手去，和她紧紧地握住了，用了十二分真挚热诚的口吻，向她认真地回答。雪尘哀怨地望了他一眼，低低地道：

"只要你有这个心也就罢了，何苦要说这些话呢？叫人听了生气。"

"姊姊，你别生气，我希望我们永远地活在这个世界上好不好？"

雪尘这才嫣然地笑了。两人直坐到九时敲过，方才一同走进迷高美舞厅的大门。司马起拣了一个座位坐下，他不敢喝啤酒，遂泡了一杯清茶。约莫十分钟后，雪尘含笑走到他的身旁，把一个纸包交给他，低低地道：

"你听一会儿音乐就回去，我不奉陪你了。"

司马起接了纸包，点了点头，雪尘便姗姗地走开去了。在半个钟点之内，司马起见雪尘已转了七只台子，计算起来，连五分钟一只台子都不到，司马起心中真有些弄不明白这到底是怎么的一回事，因为一个人坐着没有滋味，正欲付账回去，不料却见贯黎明和蒋泽喝得醉醺醺的进来，见了司马起，遂在他桌旁坐下，笑道：

"司马，你现在一个人独溜了，也不打个电话给我们，真是气人的，怎么啦？你是尝着雪尘甜蜜的滋味，被她迷倒了吗？"

"你们不要胡说白道地破坏我们的名誉，我和雪尘是清清白白的。"

司马起听他们这么取笑，遂很正经地向他们辩解。蒋泽、黎明听了，不约而同地哼了一声，笑起来了，一面叫侍者拿啤酒，一面又叫唐飞、剑秋坐台子，一面向司马起道：

"司马，叫张雪尘转台子呀！"

"没有钞票，怎么办？"

司马起摇了摇头，含笑回答。蒋泽、黎明听了，在袋内都摸出一叠一百元的大票子来，大约是四五千元光景。他们先飞过来二百元票，笑道：

"这两百元是在仙乐斯中问你借的，还了你。你现在尚要多少钞票？我们再可以借给你的。"

"两百元老实不客气收下，你们瞧得起我，信用放款的意思，心领谢谢。"

司马起把两张大票藏入袋内，向他们摇了摇头，笑着谢绝了，心中暗想：这两个家伙不知在什么地方发着一票横财了。就在这时，唐飞和剑秋都含笑走来，黎明请她们坐下，又叫侍者拿两杯牛乳。司马起笑道：

"你们请两位小姐吃牛乳，那未免太唐突了。"

唐飞、剑秋起初还不解其意，后来被蒋泽、黎明扑哧地一笑，方才理会过来了，这就不约而同地白了他一眼，笑嗔道：

"司马先生这人也越发坏起来了，大概你自己每夜请雪尘吃牛乳的吧！"

司马起听了，也自知失言了，因此微红了两颊，也只好憨然地傻笑。蒋泽拍了他一下肩胛，望着他笑道：

"为什么不叫雪尘转台子？我给你代喊好吗？"

"不，你别吃我的豆腐，我坐一会儿，立刻就走的。"

"这是什么缘故？你还有什么约会不成？"

"约会倒没有，因为这两日身子不好，想早些回去休息了。"

"大概晚上在雪尘身上太卖力的缘故。"

黎明插着嘴说，众人都大笑起来。司马起打了他一下大腿，红了脸也不禁笑了，一会儿，他站起身子，说要走了。黎明不依，拉住他的手，说道：

"我们在大明旅馆原开着两个房间，你要睡觉到那边去睡好了。我们不跳舞，还是到旅馆内打牌玩去。"

蒋泽点头赞成，遂取钞票各买舞票五百元，又付了茶账。唐飞、剑秋也不拒绝他们一同到旅馆去，大家披上大衣，遂走出舞厅的门口。司马起当初很奇怪，后来黎明附着耳朵悄悄地告诉他，方知昨天晚上，唐飞、剑秋就和他们睡在大明旅馆内的。司马起这才恍然大悟，暗想：原来他们已成功两对的了，不过在他们之间，至少还有些钞票的作用，这和我同雪尘的感情，当然不可同日而语的了，于是自己识趣，在舞厅门口，他先向四个人作别，跳上人力车匆匆地走了。蒋泽、黎明拉他不住，遂也只好由他。司马起一路坐车回厂，一路想着自己说的请她们吃牛乳的一句打趣话，想不到竟会说在她们的心眼儿里去，这就无怪她们要显出娇羞万状的意态来了，想到这里，独个儿地忍不住会笑出声音来。

回到厂内，脱了大衣，方才把雪尘的纸包透开一瞧，不料里面却是十张一百元的钞票，心中倒是怔了一怔，忽然瞥见纸上尚有两行字写道：

　　弟弟，这一千元钱是我做姊姊送给你用的，请你不要说还不还的话，叫我听了生气，将来你得意的时候，也可以送给我用的呀！

司马起瞧了这两行字，他心里真有说不出的感激，遂把钞票藏入袋内，正欲脱衣安息，忽然有人来了电话。司马起忙去接听，知道是雪尘打来的，遂笑道：

"姊姊，我已回到厂里了，你这两行字我也拜读了，我实在太感激你了。"

"你别说感激的话，弟弟，我写得不好，而且字也不成样子，你别见笑。刚才我见你和他们一块儿走出去，我心里十分担忧，所以打个电话来问一声，不过我的猜想，总以为你此刻绝不会在厂里的，少不得和他们又要去胡闹了一阵子，可是今天出乎意料之外的，你果然已经回厂

170

里来了。弟弟，我从来也没有这样高兴过，我觉得你到底是个有精神、有意志的青年。弟弟，请你的晚安，我们再见。"

司马起听她很轻快地说到这里，便把电话挂断了，于是含了满心眼儿的甜蜜，笑了一笑，放下听筒，也自管去安睡了。

自从这一晚后，雪尘每夜在十点光景打一个电话来。司马起每次亲自接听，两人在电话里谈笑了一会儿，雪尘知道他真的修心养神，不再到外面去胡闹，心中当然是十二分的安慰。匆匆过了五天，不觉已经到星期六的下午了，司马起吃过了午饭，换了一身簇新的西服，正欲开步到欧阳珠的家里去，不料雪尘又来了电话，她用了爱怜的口吻向司马起温和地笑道：

"弟弟，怪可怜的，你像老和尚修行似的有五天不曾到外面来了吧！今天星期六，下午不办公，你就出来散散心吧！我在维纳斯等着你，你来好不好？"

"姊姊，上午我的妈先来电话，叫我下午到家里去一次，所以我不能到维纳斯来了。明天早晨我来你家吃午饭，下午姊姊伴我去跳茶室舞好吗？"

司马起对于雪尘这一份儿多情的意思，虽然是万分的感激，不过自己已经和欧阳珠约好了的事情，到底不能使她感到失望，所以在情急之下，只好圆了一个谎。雪尘在那边听了这话，一些也不疑心他另有约会的，遂说道：

"既然你妈来电话叫你回家，那你就不用来了，明天上午准定来吧！我告诉你，我妹妹有一个朋友，他也明天早晨来我家吃午饭，所以大家也好多认识一个朋友。"

"可不是？我早已猜到你妹妹原有知心朋友的。"

司马起听她这么说，遂笑嘻嘻地问她，不料雪尘在那边听了，却哧哧地一阵子笑声，接着说了两声明天再见，她便把电话挂断了。司马起也不知她为什么这样的好笑，一时也无暇细索，遂挂上听筒，回房披上大衣，坐车到马浪路西成里去了。

车到马浪路西成里口停下，司马起付了车资，匆匆地进内，找到了十六号的门口，见大门是半开着，于是悄悄地推门进去。里面是两幢两下的房子，大概分住了好多户人家，所以司马起走进里面，也不会有人去问他是找哪一家的，司马起因为已经听欧阳珠告诉过是住在客堂楼的，所以他也大胆走向楼上去。在走到客堂楼房门口的时候，听到一阵清脆悦耳的歌声出自客堂楼里，同时又听人说道：

"孩子，你别尽管唱歌了，还不快梳洗梳洗，看人家也许要来哩！"

"他不来吃午饭，我瞧他今天不会来，也许明天星期日来的了。"

司马起听得出后面这回答的话声显然是欧阳珠的口吻，心中暗想：原来她是等着我去吃饭的，他就在房门口愕住了一会子。不料这时，房内却有个老妈子端了一盘子碗筷走出来，她见了司马起，遂向他打量着，问道：

"你这位少爷找哪家呀？"

"哦！我找的是姓欧阳的，请问客堂楼里住的是不是呀？"

"是的。小姐，司马少爷来了。"

司马起后面这句话也是明知故问的，那老妈子含笑点了点头，接着回过脸去，就这么高声地喊起来。随了一个小姐的喊声，就见欧阳珠笑盈盈地从房内迎出来，她那秋波向司马起逗了一个又怨又恨的娇嗔，带着埋怨的口吻，说道：

"司马先生，你干吗不到我家里吃饭来？人家等你到一点钟才吃饭的，还只有刚吃完饭哩！"

"那真对不起得很，因为星期六厂内下办公室也要在十二点敲过，所以我就在厂内吃些来了。"

两人说着话，已走进房中。只见有个徐娘风韵的妇人站在房内的桌旁，司马起知道是欧阳珠的母亲了，正欲有个招呼的表示，听欧阳珠早介绍道：

172

"这是我的妈，妈，这位就是我跟你说过的司马先生了。"

"妈，我来得很孟浪，请你不要见怪。"

司马起走上去很恭敬地鞠了一个躬，含了笑容低低地说。欧阳夫人听他也叫了一声妈，又见他眉清目秀，一表人才，心中十分的欢喜，遂连忙让座、倒茶，笑道：

"司马先生，你不要客气，请坐吧！地方不成样子，只怕见不了客的。司马先生抽烟！"

"谢谢妈，我不会抽烟的。"

"你不会抽烟，我给你吃糖、嗑瓜子。"

司马起见她倒上一杯茶后，又递上一支烟，遂略欠了身子，含笑摇了摇头。这时，欧阳珠已在玻璃橱内端出预先备好的两盘糖果瓜子来，放在桌子上，秋波逗了他一瞥媚眼，向他嫣然地娇笑。司马起因为在她妈的面前，听她这么说，心中有些不好意思，微红了脸，大有赧赧然的样子。欧阳夫人觉得他这个孩子倒很温文，并没有一些浮华的气味，心里也就更加的中意了，于是坐在他的对面，向他问长问短地问了一会儿。司马起遂小心地回答着，回眸见欧阳珠站在一旁，抿着嘴儿却只管得意地笑。这时，老妈子端上一盆脸水，放在梳妆台上，叫小姐洗脸。欧阳珠在盆水里拧了一把面巾，递给司马起，笑道：

"要不擦一把脸。"

司马起在她递过手巾来的时候，见她手指上戴了两枚钻戒，心里明白自己那枚钻戒一定已被她赎出来了，遂伸手接过面巾，只揩了一下嘴唇和手，依然交还给她，道了一声谢。欧阳珠笑着，便走到梳妆台旁自管洗脸去了。司马起一面和欧阳夫人谈着话，一面把视线也掠到欧阳珠的身上去，见她穿了一件半新旧元色绸的旗袍，脚下是一双绣花的鞋子，这当然是她在家里的服饰，可见她也很朴实的。她对于洗脸也很马虎，所以只有十分钟的时间，就一切舒齐了。欧阳夫人把她的脸盆水端着走出房外去，欧阳珠瞟了他一眼，笑道：

"为什么不吃些糖？嫌我招待不周吗？"

"太周到了，欧阳小姐，你再说这些话，真叫我太不好意思了。你今天还到那边去工作吗？"

司马起含笑说到这里，又向她这么地问了一句。欧阳珠明白他意思，摇了摇头，笑道：

"不去工作，我已叫蔡晴梅代为请了假，你难得请过来，我不是该陪陪你。"

"那我心里非常感激。"

司马起觉得她这句"陪陪你"三个字真是亲热到了极点，他心里有些甜蜜蜜的，遂把明眸逗了她一瞥无限情意的目光，微微地笑。欧阳珠纤手掠了一下云发，把手指上的钻戒向他扬了扬，低低地道：

"你瞧，是不是这一枚？我没有给你吃没吧！"

司马起听她问得俏皮，遂白了她一眼，笑道：

"我们到什么地方去走走？"

"随便你，怪好的天气，还是公园里去玩一会儿好吗？"

欧阳珠点了点头，笑盈盈地征求他同意。正说话时，欧阳夫人也端了一盆脸水进房，欧阳珠回身向妈跳了跳脚，笑道：

"妈，我和司马先生到公园去玩一会儿好吗？"

欧阳夫人点头笑了一笑，一面洗脸，一面说道：

"早些回来，晚饭请司马先生来我家里用好了。"

司马起见她望了自己微笑，可见她这话也有一半是对自己而说的，因为自己不好意思回答什么，所以也只好报之以浅笑。欧阳珠在衣橱内取下一件苹绿呢的旗袍，她向司马起一点头，遂走到床后面的帷幔内去了。欧阳珠在换衣服的时候，司马起偷偷地又向她妈望了一会儿，觉得她妈比自己妈还嫩面一些，看上去着实尚有一些妖媚的风韵，只可惜她也命苦，竟已做了闺中的孤鹄了。不多一会儿，欧阳珠换上旗袍、皮鞋走出，她在玻镜面前转了转腰肢。司马起见了，忍不住微微地一笑，欧阳珠在镜内瞧见他笑，遂回眸瞅了他一眼，红晕了粉脸问道：

"你笑什么？"

这句话把司马起问得两颊也红起来，遂平静了脸色，摇了摇头，却没有作答。欧阳珠知道他怕难为情，遂披上了雪花呢的大衣，司马起也站起身子，两人向欧阳夫人作别走到楼下来。今天天气真好，太阳暖和和地晒在身上，感到十分轻松。两人出了西成里，遂慢慢地踱着走过去，欧阳珠道：

"你给我向姊夫说起这个职位的事情吗？"

"和姊夫没有说过，对姊姊说起过，她说过几天会向姊夫要求的。我想叫姊姊说一句，事情当然更容易一些，那么你和妈也谈起这个问题吗？"

司马起想不到她竟会这么的性急，一时没有办法，只好向她圆了一个谎。欧阳珠笑了一笑，秋波斜乜了他一眼，点头道：

"我也和妈说过，妈听了很赞成，她希望我能够找一个比较高尚的职业，对于薪水大小倒不在乎的。你瞧我妈的人怎么样？脑筋还新吗？"

"你妈很好，待人和蔼可亲，所以你是很像你的妈。"

司马起听她这么问，几乎扑哧一声要笑出来，遂点了点头，低声地回答。欧阳珠扬着眉毛，秋波逗给他一个妩媚的娇笑，这意态显然是这一份样儿的得意。两人且谈且行，不知不觉地已到法国公园的门口，欧阳珠道：

"我有长票，你有没有？"

"我没有的，你在公园常来的吗？"

"无论哪一处玩都得花钱，只有玩公园最经济，所以我是常来的。"

欧阳珠很天真地回答他，司马起感到她的可爱，遂笑了一笑，去买了票子，一同进内。两人走到一个湖水的旁边，因为长椅子都被游客们拉完了，所以两人只好站了一会儿。欧阳珠有些感到热燥，遂把大衣脱了。司马起也感到太阳晒在身上有些热烘烘的，遂也脱了大衣，笑道：

"我们就在草地上坐一会也好的，我这件大衣当作坐垫吧！"

"不，我有帕儿，好好地把大衣弄脏了多肉疼。"

欧阳珠急忙阻止着他，但司马起把大衣已丢在地上。欧阳珠俯身把他大衣撩过一旁，问他取了手帕，把两张手帕并铺在一处，两人这才一同坐下。欧阳珠把纤手伸过去，笑道：

"你那一枚钻戒和我的大小差不多，你可认得出哪一枚是你的？"

司马起遂把她手拉过来，瞧了一会儿，觉得果然有些差不多，不过白金的框子花纹有些不同，遂望着她粉颊笑道：

"我有些认不出了，真像一对似的。"

"那么你随便脱一枚去吧！反正是一样的。"

欧阳珠听他说一对，遂掀着酒窝儿，报报地一笑，她并不把司马起那枚钻戒脱下来交还给他，却向他低低地说出了这两句话。司马起听她要我自己去脱，在她心中分明有要和我换一枚戴的意思，可见她完全已爱上我的了，心中真有无限的甜蜜，遂老实不客气地把她一枚钻戒脱下戴到自己的手指上去，笑道：

"这一枚大概是我的了。"

欧阳珠那颗芳心自然也有说不出的喜悦，这就情不自禁地把粉脸靠向他的肩胛上去，秋波逗了他一瞥柔情蜜意的目光，嫣然地一笑，还故意说道：

"你仔细瞧瞧，只怕错了吧！"

"错了就错了，反正我拣的一枚比我自己的大，便宜我总知道的。"

欧阳珠听他这么地说，遂伸手打了他一下，秋波逗给他一个妖媚的白眼。司马起却把她纤手握住了，故意捏紧了一些。欧阳珠紧锁了翠眉，负痛哼起来。司马起这才放松了，向她微微地笑。欧阳珠鼓着小腮子，娇嗔似的道：

"你真狠心，人家不痛吗？"

"我不过轻轻地一捏，你就痛起来，我给你揉摸一会儿，早知你这么的嫩骨，我就不舍得来捏你了。"

司马起一面笑，一面把她纤手轻怜蜜爱地抚摸。欧阳珠白了他一眼，方才嫣然地笑了。司马起忽然想到了什么似的，问她说道：

"你给我赎取约指的一回事，你妈知道吗？"

"没有知道，我还只有昨天给你去赎出的，妈早晨问我，我说是一个同事小姊妹给我代为戴两天，因为有人要问她借钱，妈并不追问下去。"

"那么你千万别把这事告诉你的妈，因为这到底有些难为情。"

"你放心，我不会那么说，妈曾经问我们是怎么认识的，我也谎说了是从前的同学。阿起，你这枚钻戒又是谁送给你的？"

欧阳珠一面告诉，一面她瞥见到他手指上另一枚的钻戒，遂又低声儿地问他。司马起听她叫自己阿起，遂笑道：

"你叫我阿起，我叫你阿珠。阿珠，我这枚钻戒是姊姊暂时给我戴几天的，因为她也怕我被同事们见了猜疑。你想，我姊姊不是很疼爱我的吗？"

"你姊姊真好，换作我，非把你骂一顿不可。"

欧阳珠点了点头，忍不住扑哧的一声笑起来。司马起把舌一伸，凑过脸去，笑道：

"你这个妹妹倒比我姊姊厉害呀！"

"谁是你的妹妹？"

欧阳珠绯红了两颊，故作娇嗔的神气，向他追问。司马起并不作答，把手指向她鼻子上一指，欧阳珠啐了他一口，这就低头哧哧地笑了。司马起见她并无恼意，却笑得这一份儿的娇憨可爱，心里是不住地荡漾，遂忍不住也低低地笑道：

"阿珠，你肯不肯给我做一个妹妹吗？"

"问你自己呀！你喜欢再有像我这么一个妹妹吗？"

欧阳珠抬起玫瑰花朵儿那么的粉脸，秋波逗给他一个又喜又羞的媚眼，低低地反问。司马起把身子靠近了她一些，把一手去环住她的肩胛，笑道：

"我为什么不喜欢？珠妹，只不过你这个阿起太不上进使你感到失望罢了。"

"那么你不可以改过自新努力挣扎一下的吗？"

欧阳珠听他这么说，遂情不自禁地把身子靠到他的怀内去，微昂了粉脸，明眸脉脉含情地凝望着他，噘着小嘴儿，这说话的表情显然是十足带有孩子撒娇的成分。司马起心头感动得很厉害，遂把脸去偎在她的颊旁，点头说道：

"姊姊也这么劝过我，所以我一定要听从你们的话，好好儿努力做一个人，也不枉你们热诚地疼爱了我一场。"

"只要你以后不再上赌场，我觉得你并不坏呀！我想你将来一定有光明的前途、伟大的成就。"

司马起所说"姊姊"两个字，也包括雪尘在内而言的，不过欧阳珠当然是没有理会到这一层意思，她把粉脸让他柔情蜜意地靠了一会儿，含了掀起酒窝儿的媚笑，低低地去鼓励他、安慰他。司马起点了点头，也得意地笑起来了。过了一会儿，司马起稍微推开了她一些身子，伸手在袋内取出钞票，数了七百元，交到欧阳珠的手里道：

"妹妹，我倒想起上星期一晚上的一回事来了，你也真有些有趣的，就算说你请我吃咖啡、西点，那么你也用不到给我一百元钱的呀！那天我回厂里一数钞票，我真有些弄不明白起来了。妹妹，你这个算什么意思呀？"

"谁给你一百元？我只有给你五十元，那你一定自己缠错的了。"

欧阳珠听他这么说，可见他不是一个糊涂的人，哧地一笑之后，却又故作一本正经的样子，向他低低地辩解。司马起听她还不肯承认，心中倒不禁为之愕然，遂握紧她的纤手，十分感动的样子，温柔地说道：

"妹妹，你待我太好了，我明白你的意思，在那天你一定怕我短少了零用钱，所以故意多给我放入五十元的是不是？不过现在我已有了钱用，所以这里七百元钱我都还给你吧！你自己也要用的。"

"我也不明白你是什么意思，就算你要算清账，那么也没有七百元的数目呀！"

欧阳珠听他明白自己待他这一份情义的意思，一颗芳心当然是无限的安慰，不过因为他全都要和自己算清账，心里又觉十分的怨恨，遂鼓着小嘴儿，表示很不乐意的神气。司马起觉得欧阳珠和张雪尘对待自己的情分真可说是无独有偶的，心里暗暗庆幸自己有这两个裙钗知己，遂笑道：

"你要算一算也不要紧，五百元是赎取钻戒的钱，五十元是还你那夜多给我的钱，还有一百五十元是钻戒的利息，共计不是七百元吗？"

"你算几分利息，假使给你开了典当，穷人更要命的了。"

欧阳珠见他一笔一笔地派着，遂白了他一眼，笑起来说。司马起听了，倒是愕住了一会子，遂忙说道：

"不瞒你说，我上典当押东西还只有破题儿第一遭，所以并不知道几分利息，不过照我猜想，一百五十元的利息大概是差不多的了。"

"你的派头就大，正经地对你说，这枚钻戒赎取的钱我不要你归还了，因为你输了这许多的钱，都是我害你的，所以我也应该负一些责任。"

司马起对于她这几句话更是梦想不到的一回事，因为太出乎意料之外了，所以他呆呆的一时里反说不出一句话来。良久，方才正色地说道：

"妹妹，你这个意思太不合乎情理了，我输了钱，要你赔还我，那么我赢了钱，难道也会分给你的吗？"

"当然，你假使赢了钱，我也要你分出来的呀！"

欧阳珠因为自己这客气确实有些过了分，她被他问得哑口无言了，不过她立刻又转了转乌圆的眸珠，显出顽皮的表情来，笑盈盈地回答。

司马起不依她，遂把钞票放到她的大衣袋内去。欧阳珠也不依，仍旧把钞票取出来，藏到他的西服袋里去。司马起却捉住她的手，不让她放钞票。欧阳珠急得涨红了脸，鼓着小嘴儿，嗔道：

"你要闹客气，我可恼了。"

"但你也闹客气，我也要恼了。"

"你若一定要还给我，那你就是瞧不起我。"

"你若一定不肯收下，你也瞧不起我。"

"好哥哥，明天你买东西送给我，我一定接受你。你要还我，我真的生气了。"

欧阳珠被他缠绕不过，遂捧了他的两手，叫了一声好哥哥，只好向他低低地央求着。司马起被她这一声好哥哥一叫，他心里真像涂过了一层糖衣那么的甜蜜，因为她这客气并非是虚伪的表示，完全是真挚的情意。一时暗想：也好，我明天买些东西送送她是了，送把钞票藏入袋内，笑了一笑，说道：

"那么我厚着脸皮不和你客气了。"

"本来谁叫你客气的？"

欧阳珠这才掀着酒窝儿嫣然地笑了，但她秋波还妩媚地逗给他一个娇嗔。司马起是多么的兴奋，他觉得自己是太幸福了，情不自禁把她娇躯纳入自己的胸怀里，两人相倚相偎地望着碧蓝的天空飘浮着洁净的白云，偶然飞掠过几只小鸟，这是多么的美丽啊！司马起很得意地说道：

"妹妹，你唱一曲歌给我听听好吗？"

"我不会唱的，那可怎么的办？"

"你骗谁？我听你唱过的，歌喉太圆润、太美妙了，我在房门口曾经呆住了几分钟哩！"

"哟！原来你刚才在房门口已站住好一会儿了吗？"

"是的，你唱的是《想情郎》对吗？"

欧阳珠粉脸显出惊喜的样子问他，司马起点了点头，故意去寻她的开心。欧阳珠的粉脸这就浮现了一朵娇艳的玫瑰，伸手恨恨地打了他一下，笑道：

"你又胡说白道地取笑我，谁唱这些歌曲的？"

"我好像听你唱'想郎一春又一春'的，你难道忘记了？"

"嗯！我不依，你真不是个好东西。"

司马起还这么逗了她一句，笑着回答。欧阳珠嗯了一声，秋波又逗给他一个娇媚的白眼。司马起见她嗲得醉人，这就忍不住又哧哧地笑了，一会儿，方才正经地道：

"好妹妹，那么你唱一曲给我饱饱耳福吧！"

"让我想想，唱得不好，你别见笑。"

欧阳珠伸手理着被风吹乱的鬓发，频频地点了点头，她凝眸含颦地望着湖水里片片的落红和浮萍，乌圆眸珠一转，这就低声儿地唱道：

郎情柔如水，妾意蜜如云；
相倚相偎永相怜。
浮云飘无定，青天默沉吟；
长相思，柳枝依依。

花落随水流，流水静悠悠；
飘零何处君可知？
倒映双俪影，半喜又半羞；
永相爱，柔情绵绵。

司马起听她唱的是《魂断蓝桥》的调子，但是词句却被她换去了，因为她唱的多少是影射着我们俩现在的情景，这就感到她的思绪敏捷，聪敏得可爱。听她唱完了之后，不免低低地叫了一声好，笑道：

"妹妹，这是我俩的定情歌吧！"

欧阳珠羞红了两颊，又喜又嗔地逗了他一个白眼，这就赧赧然地笑起来了。两人正在无限缠绵的时候，忽然见前面走来一男一女，大家都瞧得很清楚，这就再也躲避不了，只见那个少女笑盈盈地走上来叫道：

"哥哥，欧阳小姐，你们两人真可说是只羡鸳鸯不羡仙了。"

第十一回

你们真是青年中的模范

太阳的光暖和和地已晒在整个的玻璃窗片子上了，在梳妆台镜子上反映过来一片强烈的光芒，把正坐在镜台前梳洗的司马琴几乎耀眼得睁不开来。室中是静悄悄的，司马琴的心里是只管暗暗地思忖，这一星期来的日子，起弟为什么却没有到来？他的钻戒也不知去赎取出来了吗？经我再三地相劝之下，我想他大概再不会去胡闹的吧！不过这孩子没有主意，被三朋四友一拖一拉，说不定又会糊涂起来的。否则，何以这几天来不到我这儿来一次？可见他在我面前没有交代，所以避而不见的。唉！这孩子真叫我好生担忧哩！

"少奶，少爷还没有醒来吗？王少爷来了电话，他说标金已到六万了，叫少爷自己去听电话。"

就在这个时候，小梅悄悄进来向她报告，司马琴知道韩士杰除了囤积西药之外，尚在做各项的投机买卖，遂放下梳子，站起身子，走到床边，把他身子轻轻推了一推，低声叫道：

"士杰，你瞧瞧时候已快十一点了，还不醒来吗？人家王少爷已来了电话哩！"

"王少爷已来了电话？他说行情多少？"

韩士杰被她唤醒，一听小王来了电话，他顿时心惊肉跳猛可地坐起床来，揉了揉眼皮急急地问。司马琴见他这个情景，可知他虽然身拥千万家产，为了还要想万万家产，所以到底也有些寝食不安的，遂忙安慰他道：

"你不是做的多头交易，标金已到六万哩！"

"真的吗？这一下子又是三百万。"

韩士杰听了这话，心头这才落下一块大石，掀被下床，披了绣龙软缎的睡衣，匆匆到电话间去了。司马琴却微微地叹了一口气，暗想：金子飞涨，百物腾贵，可怜又苦了这班社会上的薪水阶级了。这次士杰进房，满脸喜色，无限得意。小梅给他备好衬衫、皮鞋，士杰洗过了脸，穿上衬衫、西服，套上皮鞋。司马琴亲自给他备好牛乳、吐司，士杰道：

"我不吃点心了，回头外面吃饭了。"

他一面说着话，一面披上大衣，叫小梅吩咐阿五备汽车，他身子已急急地走出房外去了。司马琴站在桌子旁，两手扶着桌沿，眼瞧着他身子在门框子里消失了，摇了摇头，忍不住又轻轻地叹了一声，偶然抬头望到镜台前悬宕着那只金丝的鸟笼里的芙蓉鸟，她心头激起了无限的悲哀，眼角旁忍不住已涌上晶莹莹的一颗了，颓然地在桌旁沙发椅子上坐下了，望着桌子上已备好两杯牛乳、一盘火腿鸡蛋吐司，呆呆地出了一会子神。

"少奶，你干吗不吃点心？咦！为什么淌泪伤心起来了？"

"少爷走了？"

小梅回进房里，见少奶呆然坐着出神，而且粉颊上还沾了丝丝的泪痕，心里有些惊异，遂蹙了眉尖低声儿地问。司马琴把手抬上去抹拭了泪水，她并没有回答，只向她轻声地反问了一句。小梅点了点头，去拧了一把热手巾，交到少奶手里，又说道：

"少奶，牛乳、吐司别冷了，快些用吧！"

"小梅，你坐下来和我一同吃吧！"

"我在厨下已吃过稀饭了。"

"不要紧，我再叫你吃些，你客气什么？"

司马琴见她含了微笑低低地说，在她这意态中可以瞧得出她是有些不敢放肆的意思，这就秋波逗了她一瞥嗔意的目光，似乎有些生气她不听从自己话的意思。小梅这才在桌旁坐下了，明眸偷望，少奶的粉脸兀是笼罩了哀怨的神气，心中不免暗自奇怪：少奶这么的生活难道还有什么不称心的吗？如何我只瞧到她的愁眉不展，而不见她有欢欢喜喜的一天？这不是叫我很感到不明白吗？司马琴见她望着自己发怔，心里感到这妮子有趣，遂一撩眼皮，微微地一笑，说道：

"为什么呆坐着，不吃干吗？"

"那么少奶也为什么不吃？少奶不吃，我敢先吃吗？"

小梅乌圆眸珠滴溜地一转，嘴角旁露了一丝浅浅的笑意回答。司马琴见她说话的神情虽然不脱孩子的成分，不过在她的话中多少带有些爱护我的意思，因为有了两年的相聚，计算起来，和士杰的会面还不及和小梅的日子多，所以在司马琴的心头自然而然地会激起一些爱怜的意思，遂握了杯子，呷了一口，微笑道：

"那么我喝，你也喝吧！"

小梅见少奶待自己这么的好，因为少奶居然含笑喝牛乳了，她心里也非常的高兴，遂握了牛乳杯子，也凑在嘴上微微地喝了一口。司马琴觉得自己嫁给士杰之后，从来没有好好儿和士杰吃过一次饭，或者谈过一次话。士杰名义上是每个房中宿十五夜，但有时候他总不回家的日子多，即使他回家睡到你的房中来，必定时在子夜一二点钟，那时候当然没有谈话的机会。至于第二天早晨，他非十一二点钟是不起身的，一起身便有电话来，他就急匆匆地坐车出去了，所以司马琴虽然和他是时常见面的夫妇关系，可是彼此谈话的机会却连十分钟都没有的。你想，司马琴是个年轻的姑娘，她那颗芳心里如何能不激起无限的哀怨和伤心呢？觉得有钱人家的夫妇，除了金钱来维护这形式上的夫妇关系外，要谈到"感情"两字那是无从谈起的了。

"少奶，我瞧你很伤心的样子，不知你心里有什么不如意的事情，能不告诉给小梅知道一些吗？"

"我也没有什么不如意的事情，你现在年纪轻，当然不知道。再过两年后，你也许会明白我心中不快乐的缘故了。"

小梅在喝过两口牛乳之后，这就再也忍熬不住地向少奶问出这几句话来。司马琴苦笑了一下，她觉得小梅这孩子太年轻，我不能把这些话向一个女孩儿家告诉的，遂摇了摇头，低低地回答，她胸口抑不住地会叹出一口郁闷的气来。小梅凝眸含颦地吟了一会儿，也没有再问什么话，两眼望着雪白的乳汁，似乎也在想了一会子心事。两人喝毕了牛乳，小梅把杯子、盘子悄悄地收拾出去了。

午后一点钟光景，小梅在花园里遇见二少爷匆匆地进来，因为今天星期六，二少爷下午所以回家里来了，遂含笑迎上去叫道：

"二少爷，你回来了，我告诉你，老爷、太太在给你定二少奶哩！"

"小妮子，你胡说白道的，我可不饶你。"

韩士英平日也常和小梅闹着玩笑，所以小梅也并不以为他是个少爷而显出畏惧的心理，常也跟他开玩笑的。士英听她此刻这么地说，遂赶上去两步，把她手拉住了，要伸手到她胁下去胳肢她的痒。小梅一面挣扎，一面哧哧地笑着求饶。韩士英这才放了她的手，低低地问她说道：

"小梅，二少奶可曾走出去吗？"

"什么二少奶？二少奶还没有进门哩！如何就出去了呢？"

小梅虽然知道他问的二少奶原是指点司马琴而言的，不过她故意显出不解的样子，秋波逗了他一瞥神秘的媚眼，抿着嘴儿又哧哧地笑。士英见她一味地淘气，遂不再理她，向上房里匆匆地走了。小梅见了，忙又追上去，笑道：

"二少爷，干吗你生气吗？"

"当然生气，问你下次还要跟我胡说白道地取笑吗？"

士英这才又回过身子，向她板着面孔问。小梅摇了摇头，她向四周望了一眼，然后又认真地对士英说道：

"二少爷，我正经地告诉你，二少奶这几天没有出去过，我见她老是愁眉不展的神气，早晨又暗暗地淌着眼泪，我问她有什么不如意的事情吗？可是她回答得很矛盾，她说没有什么不如意的事情，又说我年纪轻不知道，将来自然会明白她心中的不高兴缘故了。二少爷，她这几句话我再也不解她是什么意思，不知你心里懂得她这些话的意思吗？"

韩士英今年还只有二十一岁，对于司马琴这个仅仅只有二十岁年纪的嫂子，他一向是表示非常的同情和爱怜，只因为了名分的关系，而不好意思和司马琴多接近谈话罢了，不过他自己也不知道为什么缘故，却喜欢很关怀司马琴的行动，在小梅的面前时常会提起司马琴这个人。当然，在他对于一个有学问、有容貌、有青春的司马琴，会嫁给一个三十五岁的男子做侧室，他是感到非常的惋惜和不忍。这时，他听小梅这么地告诉，明白司马琴嫁给哥哥完全是出于万不得已的下策，凭她这几句话中猜想，就可知道她内心是这一份儿的痛苦了。小梅见他并不作答，尽管呆呆地出神，瞧他表情大有难受的样子，这就拉了拉他衣袖，瞟了他一眼，低低地又问道：

"二少爷，为什么不回答我？难道你也不明白她的意思吗？"

"这是很显明的事情，小梅，我问你一句，假使你嫁了一个近四十岁年纪的男子做妻室，那么你心里的感觉如何？"

士英这两句话才把小梅提醒过来了，她点了点头，似乎有个恍然的样子，忍不住轻轻地叹了一口气，秋波脉脉地望了他一瞥俊美的脸颊，情不自禁地说道：

"是的，在当初我也这么想过，像二少奶那么的姑娘，若配了二少爷做妻子，这才是一对美满的姻缘呢！"

"小梅，你又胡说。"

士英被小梅说到心眼儿里去，他两颊顿时浮现了一圆圈的红霞，但表面上还显出生气的神情，瞪了她一眼，有些斥喝的口吻，向她说着。

小梅在说这一句话的时候，原没有顾虑到这许多，及至被士英一喝，她才感到有些有趣的感觉，这就咯咯地一笑，一骨碌翻身向屋子里逃走去了。不料司马琴齐巧从大厅里走出来，险些和小梅撞了一个满怀，在司马琴的意思，还以为小梅又在和小兰闹玩笑了，正欲向她嗔骂，忽然瞥见士英走在后面，一时把要嗔骂的话又缩住了，她向士英微微地一笑，低低地叫道：

"二叔回来了吗？"

士英因为是心虚的缘故，他被司马琴这么一笑，觉得在她心中多少有些神秘的作用，因为我是个少爷的身份，和丫头闹着玩笑，这到底有些不好意思的。士英心头有了这一个感觉之后，他的两颊会绯红起来，但也只好竭力镇静了态度，点了点头，说道：

"才回来，嫂嫂到什么地方去吗？"

"不到什么地方去，在房中住厌了，到园子里来散一会儿步。"

司马琴说着话，已从石阶级上一步一步地走下来。士英原没有走上厅去，两人这就站在一个地位去，他见司马琴的腹部有些微隆着，脸上是并不施一些脂粉的，却更显得幽静清丽，十分妩媚动人，他望着这个年轻的嫂子，不免有些神往的样子。司马琴对于这位年轻英俊的叔叔，芳心里自然也有些感触的，遂把明眸逗了他一瞥媚意的目光，悄声儿地问道：

"二叔，学校里已经考试过一次了吧！"

"是的，哥哥在家里没有？"

士英点了点头，接着低声地问，在他的意思，因为自己平日要走进嫂嫂的房里去，当然有些难为情。今日碰得巧，在院子里遇见了，假使哥哥不在家的话，他很想和司马琴有个较长时间的谈话。司马琴摇了摇头，却轻微地叹了一口气。士英见她柳眉微蹙，神情悲哀，遂情不自禁地说道：

"嫂嫂，我听小梅告诉，说你时常愁眉不展很不快乐的样子，我想你现在有身孕的人了，应该别这么的老是忧郁着，因为这对于产后的身子是很受一些影响的。"

司马琴再也想不到一个做叔叔的人却会关怀到自己这个事情来，可见士英真是一个非常多情的青年，因为士杰每天只管转在金钱眼子里的念头，对于这些体惜女孩儿家的话是从来也没有听见过，她明眸中充满了热情的光芒，向他凝望了一会儿，点了点头之后，却又叹了一口气。因为站在这儿很有些不便，她身子向那边树蓬内走了进去，忽又回过头来，向他招了招手，笑道：

"二叔，你瞧那边茉莉花开得挺清香的。"

士英听她这么说，似乎明白他的意思，遂把身子跟着走上去几步，两人走到一丛树荫的下面，望着一朵一朵雪白的茉莉却是出了一会子神。士英瞧了这白净的花朵，又瞧了司马琴清丽的粉颊，他心头激起了同情的悲哀，最后，他又开口说道：

"嫂嫂，我的意思，你还可以再继续求学，因为你是个很有才学的女子，况且你的年纪很轻，难道你一辈子就关在这个屋子里了吗？我想你有了高深的学问之后，你可以为社会干些造福的事情。"

"二叔的意思很不错，我也很希望有这个日子，不过现在有了……也只好且待孩子下地后再说了。"

司马琴说到这里，也不知打哪儿来的一股子辛酸，她的眼皮有些润湿起来，秋波逗了他一瞥哀怨之情，却垂下粉脸来。士英也许有些忘了情，遂拿了帕，走上一步去给她拭泪。司马琴觉得他这举动未免有情，不过我们究竟站在叔嫂的地位，万一被下人们瞥见，人言可畏，这倒不是玩的事情，遂忙倒退了两步，自己拿帕收束了泪痕。士英被她这么一来，自然十分的羞惭，因此涨红了脸，却有些木然的样子。司马琴见他这一份儿羞惭的表情，一颗芳心却又感到有些不忍心，意欲向他说几句知心的话，但一时里也说不出口，因此两人相对凝望了一会儿，却是怔怔地愕住了。士英见她这意态，也是若有情若无情的样子，他想再说几

189

句亲热的话，不过一个做叔叔的要向嫂子说亲热的话当然是很不容易，所以两人内心无限的情意却是尽在不言中。过了一会儿，忽然听到一阵皮鞋脚步的声音从走廊里响过，两人从树叶儿中望出去，只见到一个姑娘窈窕的后影，士英是并不知道是什么人。司马琴眸珠一转，她觉得士英对我的情义，我是不能接受，我只有把他们介绍成一对了，也聊以报答他对我的一番同情心，遂向士英说道：

"二叔，这进去的是我妹子司马英，她比你小四年，人品比我好得多，你过一会儿到我房中来，我成全你们一对吧！"

司马琴说着话，也不待士英的回答，她身子先匆匆地走出树蓬外去了。士英望着她的背影，不免愕住了一会子，暗想：嫂子这几句话中显然含有无限神秘的意思，难道她究竟疑心我有爱上她的意思吗？不过我自己举动确实对她太亲热了一些，虽然我是绝对否认我会去爱上一个嫂嫂，但我的情感到底太浓厚了一些。唉！天下事再莫过于男女间的神秘了，士英想到这里，忍不住微微地叹了一口气。他又觉得嫂嫂这一句"人品比我好得多"的话，可见在她的芳心里未始没有不爱我的意思，这是为了名誉的关系，她当然不能和我有爱的表示，她把妹妹介绍我，成全我们一对，在她无非是把她妹妹作为她的替身罢了，士英感到嫂嫂的可怜，他几乎也难受得淌下眼泪来了。一会儿想，她妹妹在十五岁那年嫂子刚结婚的半年中倒时常地走来，不过那时候我见到她的只不过是个矮小的女孩子，此后我进了大学，宿在校中，就一直没有见到她，当然在这一年半的隔别中，我也许会不认识她了吧！因为刚才见了她的背影，已经很显明是这一份儿亭亭玉立的了。

韩士英一面想，一面慢步地踱进到上房里来，先在爸妈那儿谈了一会儿，然后方才走进司马琴的卧房。只见那张百灵桌上放着一盒乳油太妃糖，还有一盘玫瑰瓜子、两杯代代花茶，不过她们姊妹俩却坐在靠窗旁的长沙发上，凑着头喁喁地说着话，神情是十二分的亲热。司马琴见了士英，遂停止说话，站起身子，笑道：

"二叔，你没有出去吗？"

"嫂嫂，哥哥不在房中吗？原来有客在此啦！"

士英听嫂嫂这么问，显然她是假惺惺作态的意思，于是也来了一套假面具，原是为了避免难为情的意思。司马琴见他说着话，大有回身退出的样子，这就暗自好笑，心想：这孩子倒有这一个虚诈的本领，遂把他叫住了笑道：

"你忙什么？这个客人你们从前也瞧见过了，难道你还怕难为情不成？"

"哦！是的，原来是嫂子的英妹，我们还是一年半前见过面后就没有再见过，人似乎长得多，我真有些不认识了。"

士英经司马琴这么一说，方才回过身子，望了司马英的粉脸，微微地笑。司马英也已站起身子，向他略为弯了弯腰，乌圆眸珠一转，笑道：

"我倒认识你便是士英哥，不过脸似乎反显清瘦了，大概是为了用功过度的缘故吧！"

"妹妹，你这句话就说得一些也不错，我们二叔就是一个好学不倦的青年，但是和你却偏偏成个一对，我瞧你也是个专心读书的姑娘，所以你们两人确实可说是青年中的模范。"

司马琴这两句话把韩士英和司马英的脸都说红了，他们明眸互相地望了一眼，忍不住微微地一笑，大有赧赧然的样子。士英究竟老练一些，遂笑道：

"我读书其实是挂一个名而已，像英妹一定是非常的用功，因为我常听嫂子说起英妹每学期考试总是高中魁首的。"

"你听姊姊的胡说，我是再笨也没有的了。"

司马英雪白的牙齿微咬着殷红的嘴唇皮子，秋波逗了他一瞥又喜悦又羞涩的目光，掀着媚人的酒窝儿，却是摇了摇头回答。士英想不到一年半不见的司马英竟长得这一份儿的美丽，确实比她姊姊更要秀丽着三分。他想着嫂子说的要成全我们一对的话，他的心里是像春风吹动微波一样的荡漾，明眸望着她玫瑰花朵般的娇靥，大有百看不厌的神气。司马琴见两人这个意态，忍不住笑道：

"你们别站住着吧！大家坐下谈一会儿，你们也不用客气，我说你们两人是青年中的模范，你们是可以当之无愧的。"

随了司马琴这几句话，三个人在百灵桌旁占了三个座位坐下。这时，小梅走进房来，给他们重新泡了三杯雨前茶，司马琴拿太妃糖到两人的面前，叫他们随意吃些。司马英道：

"姊姊，你和自己妹妹别太闹客气呀！"

"你虽然和我同胞手足，不过你一个月之中难得来几次，所以事实上却和贵客差不多。今天也不晓得是什么好风才把你吹到这儿来了。"

司马琴听妹妹这么说，遂把秋波斜乜了她一眼，在这两句话中多少包含了一些哀怨的成分。司马英红了脸，笑了一笑，说道：

"我也知道姊姊心中一定很怨恨我，不过我实在抽不出空，自己学校里的功课已经够忙了，还要帮助妈改卷子，星期日和妈总要工作到晚上才可以完毕，所以姊姊也应该原谅我的呀！"

"哦！你妈在什么学校里担任教授吗？"

士英听她向姊姊这么解释内心的苦衷，遂笑着问了她一句。司马英点了点头，一面剥着一粒奶油太妃糖吃，一面低低地告诉道：

"我妈在文光女中初中二担任级任，现在又在上海儿童教养院担任了训育主任的职务，所以近来也是忙得分不开身的。"

"妹妹，我觉得你很好，妈养了我们四个人，也只有你能帮助妈做一些工作，虽然我常常想回家来望望祖母和妈，但总为了羞见妈而鼓不起这个勇气，所以我很惭愧，我觉得妈是白辛苦了我一场。"

司马琴听了妹妹这些话，她芳心里又勾引起无限的悲哀，摇着头叹了一口气，她的眼泪已在粉颊上展现了。司马英善感的那颗处女的芳心，如何禁得姊姊这么的悲哀？她的眼皮也红润起来，用了温和的口吻，低低地叫道：

"姊姊，你别傻了，还提那些过去的事情干吗？妈是很记惦你的，她说你有了身孕后不知还健康吗，所以叫我来望望你的。"

"我知道，妈是疼爱她的女儿，只不过我做女儿的太使妈感到失望罢了。"

司马英这两句话反而勾引起姊姊的伤心，她的眼泪益发大颗地滚了下来。司马英被姊姊这么的一哭，泪水也就夺眶而出了。士英坐在旁边，这就搓着两手，弄得没了办法，忽然他有了一个主意，笑道：

"嫂嫂，你太不应该了，既然你说英妹是难得来的，那么你也不该引逗她的伤心呀！你瞧这么好的天气，我们大家还是到公园里去玩一会儿吧！"

"可不是？我这人就糊涂，倒累妹妹为我也淌泪了。"

司马琴听了这话，方才收束了泪痕，破涕为笑。她站起身子，在冷热水龙头里拧了一把面巾，交给司马英擦泪，又说道：

"今天天气倒真好，二叔和我妹妹俩到公园里去玩一会儿吧！我因为懒得走，况且你的姊夫下午也许要回来的。"

"姊姊不去，我也不去，大家坐着谈一会儿也很好。"

司马英一面擦了脸，一面低低地回答。士英知道嫂子是成全自己的意思，而司马英又为了难为情的意思，因为人家既这么说，自己也就不好意思再说上去了。司马琴把面巾放在瓷盆里搓了搓，回眸向士英望了一眼，问道：

"二叔，要不擦把脸吗？"

"我自己来拧好了。"

士英说着话，已站起身子走了上去。司马琴也不和他客气，擦干了手后，自管坐到梳妆台旁去开了那只七灯机的无线电。士英在洗过脸后，因为桌旁只有司马英一个人坐着了，自己当然不好意思再坐下去，送坐到靠窗的长沙发上去。三个人静静听了一会儿无线电中的西洋音乐，彼此都不说什么话。约莫十分钟后，司马琴把无线电又关了，望了妹妹一眼，说道：

"妹妹，那么你连星期日都没有空闲的时间出来玩的吗？我以为只工作不出来玩也不好，因为你是个年轻的人，精神会疲倦的，我说星期日到公园去散散步，那对于身心都很有益处的。学业虽然要紧，身体也应该保重，所以你回家后，也代我劝劝妈，叫她休息的时候休息，工作的时候工作，别太操劳过度了，我瞧妈的身子也大不如前的了。"

"我何尝不向妈劝过，所以有时候还是我硬拖了妈去瞧一场电影，或者到百货公司里去走一次玩的。"

司马英这才从沉思中恢复过原有的知觉来，一撩眼皮，向她低低地回答。韩士英坐在旁边，原偷偷地打量着她穿的衣服，是一件深蓝条子花呢的旗袍，脚上半高跟的皮鞋，却是一双青灰的纱袜，可见她十分的朴素，完全是个女学生的打扮。此刻听她们姊妹这么地说着话，遂也插着嘴，笑道：

"英妹也爱瞧电影吗？"

"也不能说爱，也不能说不爱，不过上海娱乐的地方，也只有瞧电影比较经济一些，平剧的票价既贵，时间又长，我也没有这样好耐心一直坐下去，所以还是电影适合我的个性。士英哥喜欢的嗜好是什么呢？"

司马英听他这么问，遂回眸逗了他一瞥笑盈盈的媚眼，低低地回答。士英觉得这是一个好机会，遂站起身子，笑道：

"我也很爱瞧电影的，英妹，那么我今天做个东道，请你们两人一同去瞧场电影怎么样？"

"二叔难得请请你，你不可以失他的面子，我反正随便哪一天都可以叫二叔请的，所以今天不奉陪了。"

司马琴不待妹妹回答，就先向司马英激动着说。司马英是个富于情感的姑娘，她原感到很不好意思拒绝人家，现在姊姊既这么说，遂也乐得含笑答应了。士英见她允许了自己，心中十分的高兴，遂请司马英等一等，他到上房里穿大衣去了。司马英待他走后，便撒娇似的扭捏了一下腰肢，向司马琴说道：

"姊姊，你为什么不肯一同去呢？我一个人跟了他去玩，不是很难为情吗？"

"那又有什么难为情的？给你们两人可以多谈些情话不好吗？"

"嗯！我不要，姊姊，你怎么跟自家妹妹也取笑起来呢？"

司马英两颊红得像朵海棠花了，她挨近姊姊的身旁，却缠绕着不依起来。司马琴见妹妹娇媚得可爱，遂把她拉到怀里来，拍着她的肩胛，笑道：

"婚嫁是每个男女必经的途径，谁都也免不了，所差的无非时间问题迟早一些罢了。妹妹，我知道你是个安分的姑娘，当然在外面还不会有什么男朋友吧！二叔这个青年，和他的哥哥完全不同的，他有前进的思想，他有伟大的抱负，所以他确实是个时代的好青年。据我所知道，他也没有一个女朋友的，我常常在他面前提起了你，他总有无限爱慕的神气，所以我知道他确实有爱你的意思，将来你们若成功了一对，我觉得彼此一定有很大的互助的。"

"姊姊，你可是痴了，干吗有这许多的痴话呀？"

司马英听了姊姊这几句话，一颗芳心虽然是十二分的喜悦，但到底也有十二分的羞涩，红晕了娇容，伸手按到她的小嘴儿上去，是不让她再说下去的意思。姊妹俩正在扭股糖似的缠绕，士英披了大衣已走进来。司马英这才忙站正了身子，瞟了他一眼，嫣然地笑了笑，低低地叫道：

"士英哥，你叫我姊姊一块儿去吧！"

"嫂嫂，那么你就一同去玩一会儿好吗？"

"你们还装什么假惺惺的？快些开步走了吧！我下次一定去，今天真懒得很。"

司马琴听他们这么说，当然明白他们是害羞的意思，遂站起身子，一面拿了妹妹的大衣给她披上了，笑盈盈地催他们快些走。司马英没有办法，只好向姊姊又劝慰了两句，和韩士英一同走出了韩公馆的大门。

"士英哥，你瞧已经两点半了，恐怕来不及瞧电影了吧！"

"那么我们先到法国公园去散一会儿步好吗？"

司马英站在人行道上一瞧手表，遂向他低低地说。士英沉吟了一会儿，瞟了她一眼，又这样的征求她的意思。司马英点了点头，于是坐上两辆人力车，拉到法国公园的门口去。

今天风和日暖，云淡天青，公园里游人真不少。两人并肩在草地上踱了一会儿步，且谈且行，情意绵绵，可说颇为投机。司马英问他说道：

"士英哥，你大学毕业之后，还预备留学去吗？"

"是的，这是我预定的计划，因为学问是无止境的，我们还年轻，当然希望求较多一些学识，那么回祖国之后，也可以稍微尽一份国民的责任。"

司马英听了，方信姊姊赞美他的并非是过甚其辞，遂频频地点了一下头，秋波逗了他一瞥娇媚的目光，笑道：

"求学能够贪得无厌，这真是一件好事情。我希望你将来回国，成功一个医学界中的伟人，那么可以使病家减少许多的痛苦，这真是替社会造福不浅。"

"谢谢你这么热情地期望着我，我非常的感激，不过我倒希望你能够和我一同到国外去求学，那么我们固然有了道伴，而且也可以互相研究，不知你对于医学上也有兴趣吗？"

士英听她这么说，心里十分的喜悦，遂情不自禁地把她手握了握，含了得意的笑容，向她说出了这几句话。司马英当然是感到意外的惊喜，她明白在士英的心中多半还是为了不舍得和我远离的意思。她掀着倾人的笑窝儿，乌圆眸子一转，笑道：

"到国外去留学，我当然也很欢喜，不过这儿有一个问题，就是怕我资格够不到吧!"

"我以为像你这么聪敏的姑娘，大概绝没有什么问题的。你的英文程度很不错，若和西人多有接触的机会，你一定也会说的了，只要你有这个勇气，我想世界上就没有疑难的事情。"

"也好，且待你大学毕了业，不是还有一年多的时间吗？在这一年多日子中，我更努力一些，到那时候也许我又有些进步了。"

司马英听他这么鼓励着自己，遂笑盈盈地回答他。士英心里是十分的得意，把她手柔和地抚摸了一会儿。两个人正在柔情蜜意的时候，忽然发现前面草地上坐着一男一女，正是哥哥和欧阳珠两个人。司马英向前努了努嘴，两人放下了手，她已先奔了上来，含笑向两人取笑了一句只羡鸳鸯不羡仙的话。当下欧阳珠、司马起都红了两颊，一骨碌翻身站起来，欧阳珠很亲热地握住她的手，笑道：

"英妹，你和谁一同来玩的？怎么碰得这样的凑巧呀？"

"哦！原来妹妹和士英一同来的吗？"

司马起定睛向前一瞧，忍不住也笑起来说。这时，士英已到了面前，他和司马起握手问好。司马起遂给欧阳珠彼此介绍一会儿，欧阳珠一面和士英弯腰招呼，一面拉了司马英的手，低低地笑道：

"英妹，你不用取笑我，只羡鸳鸯不羡仙这句话不是在说你自己吗？"

"呸！谁像你们相倚相偎的多亲热！"

司马英啐了她一口，也放低了喉咙向她笑盈盈地说。欧阳珠羞红了粉脸，伸手要去拧她的嘴。两人在草地上扭股糖般地闹着笑了一会儿，司马起和士英也不知道她们在说些什么，见她们哧哧地笑着，因此望着两人也微笑了一会儿。

四个人坐在草地上，大家谈笑着，各人心中都十分的喜悦，不知不觉地已是日薄西山，黄昏笼罩了大地，于是四人披了大衣，一同踱出公园的门口。士英请大家都到锦江茶室吃点心，从锦江茶室出来，已经五点半了，司马英问哥哥今天可回家，司马起说不回家了。司马英明白他们还要到别的地方玩去，遂笑着说我回家了。司马起和欧阳珠遂和她点头作别。韩士英故意站着没走，见他们远去，遂望了她一眼，笑道：

"英妹，你真要回家了吗？我们再瞧场电影好吗？"

司马英当然是没有勇气拒绝他的，遂含笑点了点头，在一抹夕阳的余晖下，慢慢地消失了两人瘦长的影子。

司马起和欧阳珠也是瞧电影去的，后来在外面吃了晚饭，彼此方才握手分别。司马起待她跳上人力车走后，见时候尚早，遂匆匆到司马琴家里来，把这枚钻戒交还给姊姊。司马琴这才心头落下一块大石，好好儿又劝慰了他一会儿。司马起连连称是，他见姊夫尚未回家，便问士英哥可回家吃饭的，司马琴说还没有回来，并把和妹妹同去游玩的事告诉。司马起也把彼此遇见的话向她诉说了一遍，姊弟俩谈了一会儿，司马起方才起身告别回厂。

到了第二天早晨十一点敲过，司马起坐车到静安别墅，找到了三十二号，这就是做梦也想不到的事情，司马起走进雪尘的家里，见会客室内已坐着一个少年，而这个少年却是自己的弟弟阿文。兄弟两人见了面，这就咦了一声，大家都不禁怔怔地愣住了。

第十二回

要说谎真也不容易

一片落叶随了微风的吹送，在半空中像蛱蝶般地飞舞，它仿佛竭力地在挣扎着，但一会儿后，它终于慢慢地沉落下去了。窗外这一幕情景瞧在病房内倚在床栏旁丁智仙的眼睛里，她心头多少有些悲思的感觉，掩不住内心的哀愁和凄凉，微微地叹了一口气。

丁智仙睡在医院里足足已有一星期了，在这一星期中，她的腿伤确实是好多了，医生对她说，再过三天她可以出院了。她得知了这个消息，芳心里自然十分的欢喜，不过她在欢喜中也感到有些忧愁的，就是司马文在第二天早晨到医院来望过她一次后，这五天来没有来过一次，她心里记挂着弟弟有没有进儿童教养院里去，双目失明的爸爸这几天中怎么地过活，司马先生为什么一次都不来？还是学校里功课忙，抑是他有着病了呢？但愿他不是有着病，大概功课忙分不开身吧！丁智仙正在暗暗地祈祷着，忽然见司马先生扶着爸爸走进病房里来，她心中这一惊喜，不禁高声地叫了一声爸爸。

司马文把丁兆良扶到病床边那张方凳上坐下了，智仙很快地去拉丁兆良的手，把身子偎到他的怀内去，接着又叫了一声爸爸。兆良说不出什么话，他抱着智仙的肩胛，司马文发觉他们父女俩的脸颊上已流下两行眼泪来。良久，良久，兆良才说得一句道：

"智仙，你心里应该记着，司马先生是我们一家的大恩人。"

"爸爸，我知道的，现在我的腿伤已好多了，大概就可以出院的了。"

丁智仙点了点头，轻声地回答。她的明眸却脉脉含情望到司马文的脸颊上去，显然她后面这两句话也是向他报告的了。司马文含了微笑，走上了一步，低声地道：

"那很好，叫你爸爸听了也可以放心。丁小姐，现在我告诉你两个消息，第一个消息，就是你的弟弟我已伴他进上海儿童教养院去读书，此后他的一切生活和功课都有教师好好地教养，所以这一头心事你们可以放下了；第二个消息，你爸爸进安老院里去的一回事也成功了，不过那安老院是在昆山那边，虽然离开上海比较远一些，但是火车来去也不过一个钟点，交通也很便利，我预备此刻就伴他到昆山去，所以在离开上海之前，我先伴他到医院里来望你一次，使你们父女两个人心中都可以得到安慰。"

"哦！爸爸，你此刻就得到昆山去了吗？"

丁智仙骤然得到了这个消息，她一颗芳心里也不知是悲是喜，她猛可抱住了兆良的脖子，她的眼泪更像雨点一般地滚下来了。兆良偎着她的粉脸，抚摸她的肩胛，虽然他没有瞧到女儿脸部的悲哀表情，不过听了女儿惊慌的话声，他明白女儿和自己有依恋之情。别离激动了骨肉之情，他含了无限的辛酸，不过他嘴里还用了缓和的口吻，低低地安慰她说道：

"智仙，你听了这个消息，你应该为你爸爸欢喜才是，因为你的爸爸已有了终老的归宿，绝不会再有冻饿的忧愁了。孩子，别伤心，你过几天出院了，也可以到昆山来望我的，我现在心里觉得很快乐、很安慰，因为你的弟弟大概再不会流落做野孩子了吧！至于你一个人，当然比较轻松了许多，我已拜托了司马先生，他一定能够照顾你的。"

"爸爸，我没有伤心，但是我很难受，因为我做女儿的没有能力，竟叫爸爸到这个举目无亲的地方去，怎叫我心中不……"

丁智仙说到这里，眼泪又淌了下来。司马文觉得很表同情，因为做人家儿女的心里，谁不希望能够侍奉父母的终年啊？他觉得智仙是个很好的女儿，他眼皮几乎红了起来，但他到底竭力压制悲哀的扩展，向她温和地安慰道：

"丁小姐，我不是已经对你说过了吗？这也无非眼前暂时的办法，只要你将来有好的日子，你不是仍旧可以把爸爸接回来的吗？"

"司马先生这话是很不错的，孩子，你不要做无谓的难受吧！你好好儿地在这儿休养着，时候不早，我们该走了。"

兆良说着话，他把智仙身子轻轻地推开了，站了起来，表示要走的样子。司马文于是又去扶他的身子，向智仙点了点头，遂一步一步地走出病房外去。在走到病房门口的时候，司马文回眸又向床上的智仙望了一眼，只见她昂着脸，兀是呆呆地望着两人出神，她的颊上已被泪水整个地占据去了。司马文心头有些悲哀的感觉，向她摇了摇手，轻轻地叹了一口气，身子终于跨出了病房的门口。

暮日西沉的时候，司马文由昆山回到上海，坐车匆匆地回家里来。走进母亲的房中，见母亲一个人坐在台灯下写字台旁改学生的卷子，她抬头见了司马文，遂放下笔杆，问道：

"你把丁兆良可曾陪到昆山安老院里去了吗？"

"陪到了，我此刻刚从昆山回来。妈，丁福根这孩子还聪敏吗？"

司马文在写字台的对面转椅上坐下了，两手伏在玻璃台板上，凑过脸去，一面告诉，一面又含笑低低地问。狄飞霞笑了一笑，点了点头，似乎很欣慰的样子，说道：

"从这一星期来的观测，我觉得这孩子是个很纯洁、很优良的人才，他不但读书很聪敏，而且手工也做得很好，最使人满意的，他进院后就做了一件好事情。原来今天上午院长失掉一只皮包，里面有一千元钞票，这是刚从一位慈善家那里捐来的，你想，院长是多么的懊伤，不料吃午饭的时候，福根把皮包送到院长室来，说是地上拾到的。院长一瞧里面东西，丝毫未动。从这一点看，可知这孩子将来是很有希望的了。"

"妈，这可是真的吗？那你在院长面前是多有面子，就是我在妈面前也多少有面子啊！因为我这个闲事到底没有管错，想不到一个抢人家皮匣子的小瘪三，他现在见了皮包、钞票都不要，送还给院长，可知他当初的抢人家皮匣子是真的具有一番苦心的了。"

司马文听了母亲的告诉，他欢喜得笑出声音来，遂十分轻快流利地说出了这几句话，表示自己是这一份样儿地得意的意思。狄飞霞因为院长确实很感激福根，同时因福根是我介绍进院的，所以她对我也很感谢，这可说是一件光荣的事情，此刻听阿文又这么地说，她也忍不住笑起来了。过了一会儿，司马文问道：

"妈，妹妹到什么地方去了？"

"她到你大姊姊家中去了，因为你大姊好久没来了，我怕她有了身孕后不知身体健康不健康，所以叫阿英去望她一次。很早就去，此刻还没有回来，我正担心着，你倒给我打个电话去问问，是不是在阿琴家里吃晚饭了？"

狄飞霞听他问起阿英，遂微蹙了眉尖，向他低低地告诉。司马文站起身子，点头说好，他便走到电话间内去了，拨了韩公馆的电话号码，听电话的是小梅。司马文道：

"你是小梅吗？我们是司马家里打来的，请你少奶听电话。"

"哦！你是二舅少爷是不是？请你等一会儿吧！"

"阿文是不是？有什么事情，你从家里打电话来的吗？"

不多一会儿，司马文听有人这么地问，这是姊姊的声音，当然听得很明白的，遂忙说道：

"是的，妈叫我来问一声，妹妹可曾回家了，还是你那儿吃饭了？"

"哦！阿英吗？我告诉你，她和我家二叔一同出去瞧电影去了，此刻不回家，想来他们一定在外面吃晚饭的了。你对妈说，叫妈不用担心的。"

司马文听得出姊姊在那边一面笑一面回答，在她这笑的意思中，至少带有些神秘的成分，心里暗想：大概士英哥想爱上妹妹的了，遂也笑道：

"哦！我知道了。姊姊，你近来身体好吗？祖母和妈说你为什么好久不来了？"

"身子倒好，只是懒得走，明天星期日，我也许回家来瞧瞧祖母和妈的。阿文，你帮助那个姓丁的姑娘可曾出医院了吗？"

"大概再过三四天可以出院，姊姊，这件事妈也知道了，我问你拿一千元钱，也告诉了妈，妈倒并没有骂我多事。"

"我知道，阿英刚才也告诉过我，听说你还恳求妈把她弟弟和爸爸都送到教养院和安老院里去是不是？阿文，你很热心，我赞成你。明天我见了妈，愿意捐一万元钱给儿童教养院里，也尽一些国民的责任。"

"姊姊，你真是个慈善家，明天我在报上捧捧你，希望你叫姊夫多捐一些出来。"

"你别说孩子话了，要如真的给我登了报，我倒不捐了。阿文，好了，明天见吧！"

司马文再欲向她说几句话，姊姊把听筒已挂上了，遂也放下听筒，笑了一笑，匆匆回到母亲的房中，又在写字台旁坐下了，笑道：

"妈，我告诉你两个喜讯，第一个，妹妹也许已得了如意郎君；第二个，姊姊明天要回家来望望祖母和妈，并且她愿意捐一万元钱给上海儿童教养院，因为她现在很想做些善事，为国家尽一份力量。"

"你这孩子说话别这么没头没脑的，你妹妹如何得了一个如意郎君，难道你姊姊在给阿英做月老吗？"

狄飞霞听阿文这么报告，心里又惊又喜，遂望了他一眼，带了埋怨的口吻向他急急地追问，在她心中，当然是急于要他说个详细的意思。司马文噗地笑道：

"不是给妹妹做月老，我告诉妈，姊姊说妹妹和她的二叔士英哥一同瞧电影去了，此刻不回家，他们当然在外面吃晚饭的了。你想，士英哥也许是爱上妹妹的了。"

狄飞霞听了这话，微蹙了眉尖，却沉吟了一会儿。司马文见妈的脸并无喜色，这就望了她一眼，低低地问道：

"妈，你干吗不喜欢？士英哥今年还只二十一岁，他现在申江大学医科读书，品貌才学并不错呀！"

"韩家老二虽然我不常见面，不过富家子弟绝不会有上进的思想，大学读书也无非是个名义而已。阿琴已丢送了一生的幸福，阿英岂能再步入她姊姊的后尘？所以，我觉得这总不是一个美满的配偶。"

狄飞霞摇了摇头，轻轻地叹了一口气，低低地说。司马文听了这话，忙平静了脸色，很认真的样子，给士英代为辩白道：

"妈，你这话未免太偏激一些了，富家子弟未必个个都是不长进的。你说姊姊丢送了一生的幸福，这是因为和士杰哥的年龄差得太远，而且又不是正室，这为姊姊一个才貌双全的姑娘着想，当然是十分可惜。不过像士英哥，他和妹妹年龄是很相称的，况且据我所知道，他对于功课很有研究，他的志向也大，将来他希望创办一个挺大的医院，为社会上那班贫民造福。我曾经听他这么说过，所以我相信他不是和士杰哥一样的市侩气味的人物。妈几时不妨请他到家来吃一顿饭，和他谈谈，你就可以明白他是个怎么样的人了。"

"你这话倒也说得是，明天有机会，叫他们兄弟都来吃饭，我就可以听听他的谈吐了，不过还得瞧你妹子的意思怎么样，其实我也不愿干涉儿女的婚事，只是像你姊姊的情形，我觉得痛惜罢了。"

司马文这些话把狄飞霞说得心软了下来，暗想：我也不能恨哥哥而连带恨起弟弟来，也许士英倒真是一个很好的青年，这也说不定，于是点了点头，又含笑地回答，表示赞同的意思，但说到后面，她又微微地叹了一声。就在这时候，陈妈来请两人到上房里用晚饭去。

晚饭的时候，司马老太太问阿英没有回来吗，狄飞霞并不告诉她阿英和士英瞧电影去，只说在阿琴家里吃饭了，并且说阿琴明天要来望你老人家。司马老太太听了这话，心里很欢喜，说我真记挂她，我以为这小妮子出了嫁就把我这个老骨头忘记了。飞霞听她有难受的样子，忙又含笑说了许多使她快乐的话，方才把司马老太太又回过笑脸来了。

饭毕，狄飞霞仍旧回到房中来工作。司马文洗了脸后，也跟着到母亲的房中，见母亲桌上堆着还有不少的卷子，遂在写字台旁坐下了，说道：

"妈，我帮着你改一会儿好吗？"

"当心一些改，别改错了字，倒被学生们笑话。"

狄飞霞分过来了二十多本，一面又低低地叮嘱他。司马文伸手接过了，见是学生们的作文簿，遂翻开来瞧，这篇题目是个《秋》字，忍不住笑道：

"近乎这一类的题目，我写几篇小品文字，都在报上发表过。妈，你信得过阿英，倒信不过我吗？"

"并不是说你学问比阿英差，说你及不来阿英的细心。"

狄飞霞听阿文有些不服气的样子，遂望了他一眼，忍不住微微地笑起来。司马文听了，也笑了一笑，于是母子两人不再说话，大家静静地批改卷子。壁上的钟已指到九点钟了，四周是静悄悄的，显得分外的寂寞，忽然一阵皮鞋脚步声响进来，两人抬头去望，见司马英笑盈盈地走到了房中。司马文望着妹子海棠花那么的粉脸，好像是喝过了一些酒的样子，这就笑道：

"妹妹，你竟乐而忘返了吗？"

"我不是在姊姊家里吗？姊姊留我吃了晚饭回来。"

司马英虽然聪敏，这个她却没有想得这么的仔细，乌圆眸珠一转，说出这两句话来。狄飞霞听阿英今日也说了谎，因此忍不住扑哧地一笑。司马文放下笔杆，更加咯咯地大笑起来。司马英到底是个聪敏的姑娘，经两人这么一笑，她就猛可地理会过来了，芳心中这一羞涩，她的粉脸涨得像朵玫瑰一样的红，一骨碌地转身，她便逃到自己的卧房里去了。司马文笑得弯了腰肢，喊肚皮痛。狄飞霞也笑得连泪水也挤出眼角旁来，过了一会儿，方低低地说道：

"阿文，你想，可见说谎也不是一件容易的事情。"

"这也碰得凑巧，妈在饭前偏会叫我打个电话去，否则，也只好由她说谎的了。"

司马文笑着回答，忽然听一阵皮鞋声叽咯叽咯地远去了，狄飞霞向房门外努了努嘴。司马文点了点头，表示明白妹妹在门外听壁脚的意思。约莫十五分钟后，司马英脱去了大衣，她若无其事般地又走进房中来，向司马文道：

"二哥，你起来，让给我来批改吧！"

"慢着，我们说一个明白，你晚饭到底什么地方吃的？你该知道，我是福尔摩斯的哥哥，你想瞒得了我吗？"

司马文回过身子去，望着她嘻嘻地笑，话声是带有些俏皮的成分。司马英啐了他一口，秋波逗给他一个妩媚的娇嗔，大有赧赧然的样子，一会儿笑道：

"既然你已打电话去问过姊姊，那你还来问我做什么？"

"不过我明白妹妹素来诚实可靠的，当然相信你是姊姊家中吃饭的，我想大概是姊姊造的谣言吧！"

司马文倒也刁恶得厉害，这几句话把司马英讽刺得全身有些热辣辣发烧，嗯了一声，扬着手，却向他要做个要打的姿势。司马文一面捉住她的手，一面哈哈地笑。狄飞霞究竟是疼爱女儿的，遂给司马英辩护道：

"阿文，你也不用取笑你的妹妹了，假使你和女朋友在外面瞧电影吃饭，恐怕你在我的面前也未必肯说实话吧！"

司马英听母亲这么说，遂不再和他缠绕，拉过一把椅子，在写字台旁坐下了，羞涩地望了母亲一眼，红晕着娇容，低低地说道：

"士英哥一定要请我们去瞧电影，所以我是不好意思拒绝人家的。"

"怎么说'我们'两字？难道还有什么第三个人一同去的不成？"

"本来姊姊原一同去的，后来姊姊说身子懒懒的，所以不去了。"

"你以为姊姊身子真懒懒的吗？她无非成全着你们罢了。"

司马文偏把话一句一句地钉下去，司马英芳心真是恨得来，秋波向他逗了一瞥妩媚的白眼，忍不住抿嘴嫣然地一笑，她并不理睬他，只管向母亲又认真地告诉道：

"妈，后来我们又遇见了大哥和欧阳珠小姐，他们也在一同游玩呢！"

"妹妹，就是前星期到我家来找哥哥的那个姑娘吗？"

司马文不待母亲回答，也向她急急地问了一句。司马英点了点头，狄飞霞有些不明白似的微蹙了眉尖，低低地道：

"欧阳小姐是什么人？她几时到过我的家？我怎么一些也没有知道呢？"

"欧阳小姐单名叫珠，和大哥是初中里的同学。妈，她的人样儿可真不错，我瞧他们感情很好，两人一定是爱上的了。"

"那么你和士英哥当然也是爱上的了？"

司马文见她掀着酒窝儿，笑盈盈地告诉着，这脸部的表情，是很可以知道她内心这一份样儿的得意。司马文明白妹妹所以这样的得意，绝不是单层为了大哥有着一个爱人的缘故，所以他用了神秘的口吻，又向她俏皮地问。

"嗯！我不要，二哥今天为什么专门吃我的豆腐？我可不依你。"

"阿文，就说你妹妹和士英哥爱上了，那么你到底爱不爱丁家的姑娘？我以为只要人品好，妈对于阶级观念倒不论的，我想你这样热心地为他们一家奔波，多少总有些感情作用的吧！"

狄飞霞见阿英绯红了娇容，恨恨地逗给他一个白眼，这表情大有撒娇的样子，心中明白女儿和士英多少也有些好感的意思，这就想到了阿文和丁家姑娘的一回事，遂回眸望了他一眼，直接地问。司马英一听这个话，她把自己的窘态消失了，遂逗了他一瞥神秘的媚眼，笑盈盈地道：

"那不用说，二哥若不爱丁姑娘，他就不会像自己事情一样的忙碌了。"

"妹妹，事情现在别人家的头上，你又是第一个起劲的了。"

司马文且不回答母亲，白了阿英一眼，笑着说。司马英扬着眉毛，含嗔似的说了一句当然啰！她抿着小嘴儿忍不住又哧哧地笑起来了。司马文这时方才对飞霞正经地道：

"妈，我所以帮助丁家姑娘的一家，因为他们原也是好人家出身的，今日到如此悲惨的环境，并非是他们荒唐和腐败的结果，这完全是环境的罪恶，所以我是表示无限的同情。"

"你这话当然也不错，救济良好的国民，这是我们人类应尽的天职，不过你把她的爸爸和弟弟都有了安身之所，那么你叫她一个女孩儿家出院后又怎的办呢？"

狄飞霞见儿子那样一本正经地回答，暗想：也许阿文真的不是为了爱上她的缘故吧！不过据自己的猜测，那个丁智仙姑娘的容貌一定不错，所以会动人的哀怜，这至少是其中的一个原因，所以她心里倒又关心她往后的生活来，遂也认真地问他。司马文这就沉吟了一会儿，摇了摇头，说道：

"妈，你这话也有趣，她到底不是我的亲戚，以后的事，这叫我也管不得许多的了。我给她把爸爸和弟弟有了安身之所，至少已帮助她减轻了许多的负担，那么她一个人维持一个人的生活，我想大概不至于会发生什么问题吧！"

"你可问过她多少年纪了？"

狄飞霞听阿文这么地说，觉得他真的并没有爱上她的意思，遂望了他一眼，低低地问。司马文愕住了一会子之后，摇了摇头回答道：

"这个我倒没有问过她，不过看起来最多只有十六七岁之间吧！"

司马英听了，却在一旁向他扮了一个兔子脸，噘着小嘴，呸了一声，忍不住笑起来。狄飞霞也笑了一笑，遂又问道：

"那么她的模样儿还生得不错吗？"

"还算不俗。"

"干吗不干脆地说生得挺美丽的？"

司马英在旁边却一味地吃他豆腐，司马文白了她一眼，也忍不住笑起来。狄飞霞从他这句不俗的话中猜想，也明白丁家姑娘的容貌是很清秀的，遂说道：

"俗语道：送佛送到西天，那么你帮助人家，也应该帮助一个彻底，既然她只有一个人了，我的意思，不妨叫她住到我的家里来，假使品貌真的很好，那么我就收留她做个义女。若平常的话，就雇她做了使女，那么不是使她也有安身之所了吗？阿文，你的意思以为怎么样？"

"我没有怎么意思，妈喜欢怎么样就怎么样，最后这一个帮助，当然是妈的慈爱之心了。丁姑娘若得知道这个消息，自然是感激涕零的。"

司马文对于母亲这一个主意，倒是出乎意料之外的，虽然他心中感到十分的欢喜，不过他表面上还显出或可或不可的样子，表示自己并没有一定要帮助她最后一步的意思。司马英笑了一笑，秋波斜乜了他一眼，说道：

"暂时做一个时期的义妹，将来当然是我们的二嫂子。"

"妹妹，这可是你专门吃我的豆腐了。"

"这叫作六月债，还得快呀！"

司马英乌圆眸珠一转，忍不住咪咪地笑起来了。狄飞霞听了，也忍不住微笑了一会儿。母子三人谈说了一会儿，大家把工作完毕，方才各自回房安息。

次早，司马文在八点钟就匆匆地起身，漱洗吃点心，一切完毕，在九点钟后，便匆匆地坐车到医院里来瞧望智仙。智仙靠在床栏上呆呆地出神，她见司马文一清早的到来，一颗芳心又喜欢又感激，遂一撩眼皮，低低地叫道：

"司马先生，你早！"

"丁小姐，你早，今天比昨天可曾更好一些了吗？"

司马文说着话，已走近了床边。智仙微红了两颊，秋波脉脉含情地凝望了他一会儿，点头道：

"我已经好多了，腿也不用板夹着了。司马先生，你请坐呀！"

"昨天我已把你爸爸送进安老院里了，这里面空气很好，给年老的人住着很相宜，你爸爸对我说，他心里很喜欢，叫你不用伤心的。"

司马文听她叫自己坐，在她至少是包含了一些多情的意思，遂不忍拂她这一份儿的情义，一面在床边的方凳上坐下，一面向她低低地告诉。智仙点了点头，用了极温和的口吻，说道：

"司马先生，你帮助了我们不算，还给我们各处的奔波劳苦，唉！真叫我生生世世地都报答你不完的，我也说不出一句什么感激的话，我只有希望你永远康健吧！"

"丁小姐，你别说那些话，我再报告使你喜欢的一件好消息，就是你弟弟做了一件有道德的事情，所以我的妈和院长都十分的喜欢。"

"真的吗？我弟弟到底做了一件什么的事情呢？"

智仙听他这么告诉，她乌圆眸珠在长睫毛里一转，不禁妩媚地笑了起来。司马文于是把母亲告诉的话向她又诉说了一遍。智仙很欣慰地说道：

"谢谢上帝，赐给我这么一个优良的好弟弟，我是多么的快乐和安慰啊！"

"不但你安慰，就是我也很安慰，因为你的弟弟到底没有使我失望啊！"

智仙听他这么说，秋波逗了他一瞥妩媚的娇笑，微微地点了点头，似乎有些羞答答的样子。司马文过了一会儿，又低低地说道：

"丁小姐，我还要告诉你一个消息，因为我妈见你弟弟这么的优良，所以她也很同情你的身世，她对我说，你出院后，一个孤零零的弱女子又怎么的过生活呢？所以妈倒有叫你住到我家里去的意思，不知道你心里也欢喜吗？"

"司马先生，你这话可真的吗？"

智仙突然听到了这个消息，她惊喜得情不自禁地又把司马文手拉住了，在她芳心中的感觉，大有不相信他这话是事实的意思。司马文被她拉住了手，这是第二次了，觉得智仙虽然是个穷人家的女儿，但那手却并不一些粗糙的感觉，一时不免望着她愕住了一会子。智仙完全被情感刺激得太兴奋了，她在经过司马文这一阵子愕住之后，又感到太难为情了，慢慢地放下了他的手，粉脸也垂下来了。这回司马文把智仙的手去握住了，微微地笑道：

"丁小姐，我如何的会欺骗你？"

"想我是个孤苦无依的女子，只要你妈肯收留我，我就给你家做一个丫鬟吧！"

"丁小姐，你别那么说，叫我听了怎么的敢当？"

司马文见她又抬起玫瑰花朵那么的粉脸，十二分真挚的情意，低低地说，遂把她纤手抚摸了一会儿，微笑着回答。智仙秋波在他脸上掠了一瞥无限娇羞的目光之后，她终于又垂下粉颊来了。

早晨的太阳，带有些红色的光芒，从玻璃片子上透露到智仙整个的病床来。她已有几分羞涩的粉脸，这就显得白是白，红是红，更艳丽得格外的可爱了。司马文见她被自己抚摸着手，柔情蜜意的，像一头驯服的绵羊，一时那颗心也由不得因怜生爱，怦然地跳动起来。

"丁小姐，我妈的意思，还要收你做一个干女儿，你答应吗？"

经过了好一会儿之后，司马文向她又低低地说出了这两句话。智仙抬起粉脸，明眸向他呆呆地凝望了一会儿后，她的眼角旁展现了一颗晶莹莹的泪水了。司马文惊讶地问道：

"为什么？你心里不喜欢吗？"

"不，不，我是因为喜欢过度了，而且我也感激过度了。我觉得虽然粉身碎骨，也不足以报知己于万一的。"

智仙连说了两个不字，她摇了摇头，两行说不出所以然的热泪已从粉颊上像蛇行般地淌了下来。司马文听她这么说，在十分的安慰中，也十分的感动，这就拿帕亲自给她拭去了泪水，笑了一笑，低低地道：

"丁小姐，你又孩子气了，你心里欢喜，好好儿干吗又淌泪？别这么样吧！给旁人瞧了，还以为我在欺侮你哩！"

智仙听了他末了这一句话，倒又被他引逗得嫣然破涕笑了。司马文见她挂着眼泪含笑，这笑的意态当然是分外的妩媚，一时心里微微地荡漾，也忍不住笑起来了。一会儿，他想到昨夜母亲问智仙的年纪，自己真的并不知道，遂忍不住开口问道：

"你几岁了？昨天妈问我的时候，我却回答不出来。"

"我今年十六岁，司马先生今年几岁？"

智仙抬上手去在眼皮上来回揉擦了一下，含了娇羞的目光向他盈盈地逗了一瞥，一面告诉，一面又低低地反问他。司马文伸了两个指头，还没有说话，智仙却淘气地笑道：

"比我小两年吗？"

司马文听了她这一句话，心里不免感到她的可爱，遂扑哧地一笑，说道：

"那么我该叫你姊姊的了，是不是？"

"哎！可是我怎么敢当？"

智仙哎了一声，别转了粉脸哧哧地笑。司马文见她这表情嗲得醉人的，虽然不听见她笑的声音，但单瞧了她两肩一耸一耸的样子，也可知她是笑得这一份样儿的厉害了。暗想：这孩子淘气得可爱，因此也甜蜜地笑了。

司马文在智仙的床边彼此柔情绵绵地只管谈笑下去，几乎把他忘记了时间，直到时钟敲了十时半，他方才记得了雪鸿的约会，自己是不能失她约的，于是站起身子，向智仙低低地说道：

"丁小姐，我走了，过几天我来伴你出院吧！"

"你就走了吗？"

司马文已离开了床边五六步路，听智仙这么的口吻问了一句，他情不自禁地又停止了步，回过身子来望了她一眼，心中暗想：凭她这一句话，不是和我有恋恋不舍的意思吗？可是这姑娘的一寸心灵完全已寄托在我的身上了。一时倒又不忍离开她，不过他到底忘不了雪鸿的情分，遂低低地说了一声明天我再来望你，他身子终于很快地跨出病房去了。

司马文走出了慈航医院的大门，不知怎么的，他会轻轻地叹了一口气，暗想：在我帮助智仙的初意，原没有爱上她的意思，如今被她这么痴情痴意地一对待我，真叫我太左右为难的了。想到这里，秋天的风吹在脸上，虽然并不十分的寒意，但他心头却会感到无限的凄凉。

司马文到雪鸿家里也还只有第一次，当他跨进会客室的时候，就见一个乳娘看顾着一个孩子在地上游玩，领他进来的沈妈请他坐下，遂进内去报告了。司马文见那孩子大概一周岁零几个月，他穿了一套粉红色的绒线童装，摸着椅子，似乎在学步走路的神气。心中不免暗想：这个孩子是她家的什么人呢？正在奇怪，听外面又有人敲门，乳娘一听，遂忙着去开门。这在司马文心中也是梦想不到的事情，那乳娘领着走进一个西服少年，不是别人，却是自己的哥哥阿起，这就站起身子，兄弟两人咦了一声，都忍不住笑了。

第十三回

太痴心变成了可怜

司马文心里的奇怪，比司马起当然差一些，因为张雪鸿曾经告诉过他，她的姊姊和司马起是认识的。至于司马起的心中，真有些弄得莫名其妙，暗想：雪尘难道热恋着我们兄弟两个人不成？这就走到他的身旁，望了他一眼，低低地问道：

"阿文，你怎么也会到这儿来？和张小姐认识的吗？"

"你不明白吗？我倒很详细，你认识的是大张，我认识的是小张，因为小张告诉过我，说她姊姊和我哥哥很要好，只不过我没想到事情有这么的凑巧，你也会今天到她们家里来玩的，可不是有趣吗？"

司马文听哥哥这么地问，遂含笑站起身子，一面向他轻声儿地告诉着。司马起却再也想不到雪鸿有个朋友原来就是自己的弟弟，怪不得昨天雪尘在电话中这样的好笑，原来雪尘的心里是早已明白的了，所以她没有一定要把她妹妹介绍给我了。一时又喜欢又有趣，忍不住笑起来，点头道：

"你说的小张当然是雪鸿的了，不知你们如何认识的？"

"她在青风中学读书，我在正明中学读书，那天碰得巧，我在路上落下一本书，被她拾到了，她送还给我，于是便开始做了朋友，也有一年多的日子了。"

司马文正在含笑地告诉，忽听一阵皮鞋脚步的响声从楼梯上下来，而且还听到一阵女子的笑声，好像是两个人在说着话，一个说，我猜是大司马；一个说，我猜是小司马。随了她们的话声，只见雪尘、雪鸿姊妹两个人从厢房里走到会客室中，在她们心中对于司马起兄弟两人会结伴而来，这是做梦也想不到的一回事情，这就扑哧地一笑，倒是怔怔地愕住了一会子。

司马文是并没有瞧见过雪尘，所以少不得向她打量了一会儿，雪尘比雪鸿长了半个头，但今天雪鸿穿的是半高跟的乳黄色香槟皮鞋，而雪尘穿的却是一双平底元色软缎绣花的鞋子，所以姊妹并立，倒分不出什么高低的了。雪尘穿了一件元色绸长袖子旗袍，因为衣服是黑的缘故，把雪尘脸更衬托得白嫩红粉了。雪鸿穿的是件条子花呢的旗袍，外面还披了一件粉红色羊毛的短大衣，装束比较起来，姊姊似乎老实一些。她们姊妹的脸虽不能说是脱了一个胎子，但除了长短做个记认外，差不多真会分不清楚谁是姊姊，谁是妹妹的了。

雪尘对于司马文也是第一次瞧见，她见他们兄弟俩穿了一样料子的西服，只不过外面大衣的料子是两样的，头发也留得差不多，脸庞几乎像个印板子，所差的，司马文比司马起丰腴一些，那当然因为司马文还在求学时代的缘故。彼此经过这一阵子愕住之后，雪尘秋波斜乜了他们一眼，方才先笑盈盈地问道：

"我们已不用介绍了，很显明的，我们是姊妹俩，你们是兄弟俩，原来你们今天约好一同来的吗？快请里面坐吧！"

司马起兄弟俩随了她的话，掀起暖幔，大家一同跨进厢房里，只见里面是个书房的摆设，有钢琴、有无线电，右首靠壁一张写字台，两具书橱，上首是一个檀香木卍字形的书架子，方格子上陈列着小小的古玩，人入室内，可以闻到一阵细细的香味。写字台旁一张沙发转椅，对面是一张席梦思，上面放着一盏精美的小台灯，四壁有油画四幅，都是法国名家杰作，布置得颇为幽静。司马起一面细瞧，一面含笑回答道：

"我们哪里是预先约好的，你昨天电话里不曾告诉我，说你妹妹的朋友就是我的弟弟，不过今天正巧，弟弟早一步到，我晚一步到，所以两人碰在一处了。"

"其实昨天打电话给你的时候，我原没有知道妹妹也请你弟弟今日来我家吃饭，后来妹妹告诉了我，我方才晓得哩！"

雪尘一面含笑告诉，一面故意先伸手给司马文脱大衣的意思。司马文退后一步，连说不敢当，遂自行脱下。司马起在这时候也脱了大衣，雪鸿见姊姊接了阿文的大衣，于是她也把阿起大衣接过，一同挂到衣钩上去。这时，沈妈泡上四杯雨前香茗，说少爷请坐喝茶。司马起兄弟俩遂各在一张沙发上坐下，雪尘见司马文好像怕羞似的，只管瞧着壁上的油画出神，遂笑道：

"文弟很爱艺术的吧！"

"也不见得，因为我家也有四幅油画，这还是我爷爷的一个法国朋友送我们的，油画这样东西愈远愈像愈逼真，在艺术上说，真是非常的有价值。记得上次法国巴黎举行世界各国油画竞争大会的时候，我有个朋友的哥哥，他就在家里画了一个厨房间的写生，居然得中了第二名的金质奖章，你们想有趣吗？"

雪尘听他要不开口，开起口来倒也很会说话的，遂笑了一笑，一面和雪鸿也在对面沙发上坐下，一面笑道：

"用艺术欣赏的目光来说，一个厨房间的写生，确实比富丽的皇宫要有趣得多，所以他们的定评原也很有个意思的。"

大家正在说笑，乳娘把那个身穿羊毛童装的孩子抱进来。孩子见了雪尘，便扑到她的怀内来，雪尘抱在怀内，吻了他一个香，笑道：

"你瞧瞧，今天家里来了两个舅舅了。"

"他叫什么名字？"

司马文听雪尘这么说，心中不胜的惊喜，暗想：这难道是雪尘的儿子吗？那么她竟是嫁过丈夫的了。就在这时，司马起望着那孩子的小脸含笑着问。雪尘道：

"因为他是肖龙的，所以母亲就叫他小龙，我们也没有再给他取过什么名字。小龙，我告诉你，这个是大娘舅，这个是二娘舅。不，说起来你还是叫声姨爹吧！"

"姊姊，嗯！你干吗和妹妹也开这个玩笑？"

雪尘抱着小龙的身子，偎着他的小脸，一面指了指司马起，教着小龙喊他大娘舅，当她指到司马文的时候，忽然她乌圆眸珠一转，重复地又说了一句姨爹。乳娘和司马起在旁也都笑出声音来，雪鸿却绯红了两颊，因为她坐在雪尘的旁边，这就打了她一下肩胛，逗给她一个白眼，大有撒娇的神气。雪鸿在娇嗔了之后，回眸又向司马文斜瞟了一眼，只见他的两颊也仿佛女孩儿家涂过一层胭脂那么的红，因为四目接了一个正着，这就由不得也嫣然地笑起来。乳娘在一旁凑趣笑道：

"小龙喊了姨爹，那么姨爹是要给见面钱的呢！"

"张妈，你倒脸厚，就这么老实不客气地代我小龙讨见面钱了。"

雪尘听了，瞅了她一眼，笑着埋怨她。众人听了这话，都又笑起来。司马起被乳娘提醒了，遂在袋内取出一百元钞票，递了过来，笑道：

"这话倒不错，小龙，这一些些算是我们大娘舅和姨爹的见面钱好吗？"

"张妈说着闹玩笑的，你真的来这么一套，那可不好意思。"

雪尘瞟了他一眼，忍不住笑着说。雪鸿听他也取笑自己，遂把小龙抱来，走到司马起的身旁，叫小龙接了钞票，并且教着小龙喊道：

"小龙，你说我给你做了过房儿子，那么你就说谢谢过房爷。这位是你的二娘舅，你就说谢谢二娘舅。"

司马起和雪尘听她说过房爷这句话，显然包含了神秘的意思，两人全身一阵热燥，脸也不期然地会绯红起来。司马文听雪鸿说得巧妙，这就也笑起来，遂把小龙从她手中抱过，小龙倒不认陌生的，望着司马文出神。司马起在红过一会儿脸之后，望着雪鸿笑道：

217

"鸿妹，你这个二娘舅的称呼也不对，小龙可不是你养的呀！我瞧照你姊姊的意思，叫一声姨爹是最妥当也没有的了。"

雪鸿红晕了两颊，啐了他一口，大家这就又笑起来了。司马文这时只管细细打量着小龙的脸，心中暗想：莫非这孩子就是我哥哥养的吗？不过脸蛋儿并不像哥哥，这里很奇怪的是雪尘竟这么坦白公开，难道她不怕哥哥因此而不爱她了吗？但是照昨夜妹妹回家告诉，哥哥和欧阳小姐在一块儿很亲热，他如何又会恋上了一个有了孩子的姑娘呢？正在细想，见里面又走出一个徐娘风韵的妇人。雪鸿叫道：

"妈，这位是司马大先生，这位是司马二先生，这就是我的妈了。"

"哦！妈，我们来得很孟浪，请你别见怪。"

"两位少爷别客气，大家原该来玩玩的，只是地方小，见不了客的。请坐吧！雪尘，你怎么不叫沈妈去装两盘糖果来呀？"

司马起听了，先站起身子，向她鞠了一躬，很有礼貌地回答。司马文跟着站起，他没有说话，只鞠了一个躬，也叫了声妈。雪鸿从他手中抱还了小龙，张太太却满脸堆笑地一面还礼，一面又向雪尘望了一眼，低低地埋怨。司马起连说不用客气，雪尘笑着走到里面去了。过了一会儿，她又走下来，说道：

"楼上有太阳，暖和一些，我们还是到楼上去坐吧！"

张太太听了，也请两人到楼上去坐。司马起兄弟俩于是也不再客气，跟着雪尘等穿过后厢房，走到了楼上，沈妈掀了客堂楼的暖幔，给大家进内。一脚跨进，因为是朝南的房子，所以太阳晒满了房间，里面全副"腊克"打成的淡黄色的柚木西式家具，被阳光一反映，更显得金碧辉煌，耀人眼目。房内有桂花两株，被太阳一晒，幽香四射，令人爽朗。室内桌上有镂花麻纱的台布，上面尚有和桌面一样大小的厚玻璃板压着，放着四盘糖果、一罐子香烟，正中是盆鲜红的珊瑚，点缀得很幽雅。壁上列着镜框多张，都是雪尘的小影，每张姿势不同，美目流盼，浅笑含颦，令人心醉。雪尘笑道：

"你们随便请坐，这便是我的卧室。"

司马起兄弟俩含笑点头，却不就座，自管打量四周的陈设。司马起瞥见到梳妆台小抽斗上有照相架一个，上面映的正是自己送她的一张四寸身小照，一时心里倒是怦然地跳动了一下，暗想：她对我可不当外人看待吗？这就回眸望了她一眼，忍不住微微地一笑。雪尘似乎明白他的意思，她走上去把照相架回了一个身，原来两面都映着小照。司马起瞧这面映的，竟是她孩子小龙一张四寸全身的小照。雪尘回眸逗了他一瞥神秘的媚眼，司马起到此更有些赧赧然的不好意思地笑起来了。

这时，沈妈端上五碗银耳茶，碗匙都用银子制成的。司马起觉得自己家中和姊姊家中有这一个气派，不料雪尘的家中也备这些用具，可知雪尘这几年来真积蓄不少的钱了，遂笑道：

"你们太客气了，倒叫我们下次不敢再来了。"

"就是因为第一次，所以客气一些，下次来，就不会这么客气了。大司马，小司马，坐下来多少用一些。"

雪尘笑嘻嘻地说，把桌旁的椅子拉开了一些，是请他们坐下的意思。司马文回眸望了张太太一眼，微笑道：

"那么妈也来用一些。"

张太太一面点头，一面和雪尘姊妹俩陪着他们吃银耳茶。小龙已被乳娘抱着玩去了。大家用过了一些，沈妈拧上面巾，张太太说声少陪，她便走到厨下去料理事情。这里四个人坐在桌旁嗑了一会儿瓜子，司马起望了雪鸿一眼，笑道：

"鸿妹的卧室能给我们观赏一下吗？"

"可是脏得很，你们别笑话。"

雪鸿微红了粉脸，低低地回答。司马起连说客气，于是大家站起身子，雪鸿把客堂楼连前厢房的门推开，原来前厢房就是雪鸿的卧室。司马起兄弟俩见里面陈设的家具和雪尘房中差不多，只不过家具的颜色稍微深一些，而且靠窗旁多有一张单人写字台，那当然是她晚上预备做功

219

课用的了。司马起一面打量，一面连说好清幽的。雪鸿笑道：

"那么大家坐一会儿吧！"

司马文点头含笑，先在沙发上坐下了。雪尘却拉了司马起一下衣袖，秋波瞟了他一眼。司马起心中会意，他假问了一句什么事，身子又跟着雪尘退回到客堂楼里来。雪尘见沈妈在房中冲开水，遂叫她拿两盘瓜子糖果到二小姐房中去，一面向司马起笑道：

"给他们两人去谈一会儿好了。"

"那么我们也可以谈一会儿了。"

司马起笑着说，一面已在桌边坐下，拿了一粒椒盐杏仁吃。这时，沈妈从前厢房里退出，拿了铜勺子，走到楼下去了。雪尘也在他对面桌边坐下，取了一根烟卷，划火柴吸烟，一撩眼皮，向他逗了一瞥媚眼，笑道：

"要不吸一支玩？"

"我不吸，你怎么也学吸香烟了？可是在舞厅里没有见你吸过。"

"你不知道，我有胃气痛病症，所以在家里是熬不住不吸一两支的。在舞厅里因为不雅观，所以我无论如何不吸的。"

雪尘喷去了一口烟，微蹙了眉尖，低低地回答。司马起见她那种吸烟的姿态也适合于美的条件，遂望着她由不得出了一会子神，笑道：

"那么你应该请西医治一个根子才好，因为胃病时常痛起来，会损伤身体的健康。"

"谁不给医生去诊治过？可是就治它不好，这胃病发作，总是在受了气之后，或者是吃食不小心，否则，倒也不常发的。"

"你也不会受人家的气呀！有谁肯给你受气？"

"唉！你真一些都不明白，我做这一件工作，就是给人受气的事。不瞒你说，有时候遇到野心勃勃的舞客，我胃气痛立刻就会发作的。"

雪尘听他说没有人会给自己受气，这就逗了他一瞥哀怨的目光，轻轻地叹了一口气。司马起听了这话，自然也代为她难受了一阵子，意欲安慰她几句，但一时里也说不出什么话来才好。过了一会儿，雪尘逗了他一个媚眼，忽又嫣然地笑起来，低低地说道：

"阿起，这件事说来真有趣，我的本意，原预备把我的妹妹介绍给了你，在第一次，你失了我的约，妹妹也并不对我说明她另有所爱的了。过了几天，她方才对我说她另有了朋友，说这个司马起还是姊姊自己爱上了吧！"

雪尘忘其所以地把这句话也告诉出来，但既说出了口，到底又觉得难为情，红晕了两颊，赧赧然地一笑，接着又说下去道：

"直到昨天，她才详细地告诉我，她的朋友就是你的弟弟，而且今天也来我家吃饭。我在电话里本欲告诉你，后来心想：叫你们兄弟俩弄个不明白，所以不告诉你了。阿起，我妹妹的爱人既然是你的弟弟，所以我再也不好意思去拆开他们来介绍你了，何况他们已结同心之爱，当然不能再会移爱的了，所以这件事情，我对你很觉抱歉。"

"姊姊，你这话好不有趣，这也无所谓'抱歉'两字的，况且我也早已对你说过，你的妹妹一定另外有朋友的，就凭你这么介绍了一声，又有什么效验？你该明白的，两性的相爱，完全是为了性情相投呀！"

司马起听她这么说，遂摇了摇头，表示自己并不介意的样子，不过他心里可在想，雪尘这可怜的姑娘她倒真有痴心爱上了我哩！忽然他故意又问她说道：

"姊姊，我倒要问你一句话，你把我的相片为什么和你的儿子放在一起？这是什么意思？"

雪尘正在吸烟，一口烟还没有喷出，就听他问出这一句话来，一时扑哧地一笑，这就把烟吞下气管里去，连连地咳嗽起来。司马起见她咳得粉脸绯红，娇躯像花枝似的乱抖，虽然她这次的笑至少含有些神秘的意思，使自己有些难为情，但也管不得许多地站起身子，走到她的背后，伸手连连拍了两下，笑道：

"快喝一口茶吧！"

"好了，好了，你别给我捶背了，我又不是真的七八十岁的老太太了。"

"那么你告诉我这是什么意思？"

司马起这才又到对面椅子坐下，继续地问她。雪尘秋波斜乜了他一眼，把手帕抹了一下嘴唇，微微地笑道：

"我告诉你吧！我生命中最最爱的就是这一个孩子，因为我将来的期望都寄托在这个孩子身上了。现在我觉得你和我那个孩子同样的可爱，所以把你的相片和我小龙映在一处了，你如今总该明白我是什么的意思了。"

司马起听她这么说，心中不免有些甜蜜的感觉，因为他明白雪尘这话绝非是占自己便宜的意思，在她芳心里当然另有一种深刻的作用。司马起在甜蜜之余，也感到无限的感激，不过他表面上还装出糊涂的样子，向她这么地问一句。雪尘红晕了两颊，却没有回答什么，把秋波恨恨地逗给他一个妩媚的白眼。司马起笑了，雪尘也笑起来。

"弟弟，我再告诉你一件事，你自己朋友发生了祸事，怎么没有知道吗？"

"什么朋友？你如何知道他们发生了祸事呢？"

过了一会儿，雪尘把烟尾丢入克罗米的烟缸里，一撩眼皮，又向他说出这两句话来。司马起脸上显出惊讶的神色，蹙了眉尖，望着雪尘急急地问。雪尘叹了一口气，低低地道：

"这也是荒唐的结果，我告诉你，蒋先生和贯先生他们已被捕房捉进去了。"

"你这话可真的吗？他们犯了什么罪？我因为和他们有五六天不见面了，所以他们的行动，我委实并没有知道。"

"这五六天来，你安分地住在厂内，我觉得非常的安慰和欢喜，因为他们两人每夜来迷高美舞厅玩，不但叫了唐飞和剑秋坐台子，而且有几天还喊了四五个舞女坐台子，我也曾经被他们喊过坐两次，不是喝啤酒，就是开香槟。舞场散了，他们叫了十多个舞女大家到外面消夜，这一次吃的数目就惊人。那天我拒绝不得，也只好和他们一同到国际饭店咖啡室吃咖啡，并不是我做舞女的还说舞女的丑话，她们是绝不顾客人们痛痒的，横竖你们这班瘟客，客气也是白客气。又况且在外面高跟皮鞋、大衣丝袜，看着神气活现，拆穿来说，家里都是亭子间前后楼的资格，吃的也未必是鱼肉海味的，这并非我骄傲，像我这么收入富裕的舞女能有几个？今日跟了阔少在外面，大家无不想吃一个饱，因此你喊的洋葱牛排，她喊的鸡肉炸八块；你喝可口可乐，她喝绿宝橘汁，这一夜账单开出共计一千二百多元，你想，这数目惊人不惊人？她们吃了也不会见你们的情，一抿嘴儿，大家说声谢谢侬明天见，在这儿真用得到'死人也无关'几个字了。"

司马起听她絮絮地说到这里，忍不住笑出声音来了，点了点头，觉得雪尘说的完全实情实事，一句不虚的，遂忙又追问道：

"你说了这么一大套，可是你还没有告诉他们为什么犯罪的？"

"你别忙呀！要告诉他们的犯罪，当然先得告诉他们的荒唐和浪费。据唐飞对我说，他们在大明饭店有个长房间，而且唐飞和剑秋也时常宿在那边的，在她们当然是瞧在钞票的面上，因为他们在两人身上买舞票都是三百五百的，不是说句好听的话，我心里真觉得代他们有些肉疼。"

"这个在上星期黎明也对我说过，听说他们四人已结成两对的了。"

司马起见雪尘摇了摇头，代为扼腕的样子，遂点了点头，表示自己也知道他们在大明饭店开长房间的意思。雪尘接着又道：

"当然我也奇怪，他们两人近来如何大阔起来？想来当然是发了一票囤积财的了，可是昨天晚上，立刻丑态毕露。你道怎么一回事？原来昨晚他们在十点光景又到迷高美来，这次只喊唐飞、剑秋两人坐台，谁知坐不了十分钟，巡捕房里立刻来了四五个探目，走上来摸出手铐，把他们四人押着走了。当时，大家都莫名其妙，后来这儿舞厅经理去证明唐飞、剑秋是舞厅做舞女的，当时便即释放出来。唐飞大喊触霉头，她告诉我，原来两人在药房里舞弊偷卖货物，价值五万多元，所以经理发觉，把他们送捕究办，至于如何判决，要待过几天报上发表了。阿起，你想，青年步入歧途，这是多么危险啊！"

司马起这才恍然大悟，暗想：原来他们竟做出这样卑劣的行为了，遂深深地叹了一口气，说道：

"这是他们的罪恶，也是社会的罪恶。"

"不过社会本来是罪恶的，你应该不为社会的罪恶来诱惑你步入罪恶的道路，这当然是要瞧一个青年人意志如何了！"

两人正在感叹着，沈妈悄悄地走上来，说道：

"大小姐，下面菜已送到，你们可以用饭了吗？"

"好的，你把杯筷摆起来吧！"

雪尘一瞧手表已十二点半了，遂点了点头回答。司马起站起身子，拉了拉雪尘的手，向前厢房里努了努嘴。雪尘会意，遂笑了一笑，和他蹑着脚步，悄悄地步入前厢房。只见两人坐在长沙发上，司马文在拿帕给妹妹拭泪，瞧他们神情，真像两小口子在多嘴后又轻怜蜜爱的神气。雪尘忍不住笑道：

"好，好，阿文，你干吗欺侮我的妹妹呀？"

司马文和雪鸿突然听了这个话声，大家心中在一惊之后，两颊都热辣辣地红晕起来，遂站起身子，都微微地笑了。司马文搓了搓手，望了他们一眼，说道：

"我没有欺侮她，她眼睛里吹入灰沙了。"

"这儿又不是沙漠之地，而且也没有刮过大风，哪儿来的灰沙呢？"

雪尘逗了他一瞥神秘的媚眼，一面说，一面忍不住哧哧地笑起来。忽然，她又哦了一声，带了俏皮的口吻，笑道：

"是的，眼睛是最小气的东西，这和爱情是一样的，文弟说的灰沙大概是妙人妙语吧！我想妹妹一定误会你有了什么另外的爱人，所以心中悲哀起来了是不是？"

"姊姊，你又胡说白道地取笑人了，我真的被灰尘扬进了眼睛的。"

雪鸿听姊姊这话真像鬼灵精般地说到自己的心眼儿里去，一时粉颊上益发浮现了玫瑰的色彩，纤手揉了揉眼皮，很正经地辩解着。但司马起和雪尘都不相信，更加大笑起来了。大家正在闹着玩笑，沈妈又在外面喊"大小姐，二小姐，请司马少爷入席了"，于是四个人一前一后地步入客堂楼里来。

菜是广东馆子里喊来的，七盘一汤，十分的精美。雪尘姊妹和司马起兄弟连张太太五个人，坐了一桌，大家高兴，还喝了一些酒。酒后，沈妈送上一碗热气腾腾的八宝饭和一碗猪油汤团。雪尘说这是妈自己制成的，因为妈制这两件点心是拿手得很。司马起兄弟两人吃得津津有味，连声地赞好，倒引逗得张太太好笑起来了。

饭毕，大家散席，沈妈一面收拾残肴下去，一面倒脸水给大家擦面，重新泡上香茗，雪尘免不了又吸一支烟。张太太见他们四个人的脸都红晕得好看，遂笑了一笑，说道：

"你们也没有喝多少酒，怎么四个人脸都红得这一个样儿，可见你们都不会喝酒的，还是雪尘量大一些。"

"我也是硬学会的，因为在外面客人请吃饭，你也劝喝酒，他也劝喝酒，不喝也是不过门，真没有办法的一回事。"

雪尘喷去了一口烟，摇了摇头，表示很感触的样子。司马起道：

"我说烟酒都可以吃，只是不要上瘾，那是没有关系的。"

"我瞧姊姊的香烟是有瘾的了。"

"也不见得，她在外面就熬得住不吸的，这也算不了有瘾头。"

司马起听雪鸿这么说，遂给雪尘代为辩答。雪鸿撇了撇嘴，秋波逗给他一个神秘的媚眼，忍不住笑起来了，经雪鸿一笑，司马文也笑起来。大家谈笑了一会儿，张太太道：

"时候已两点了，你们预备做何消遣？我想你们四个人倒可以在家里玩一桌骨牌，省得外面去花钱。"

“妈又来这一套，我看见抹牌会头痛的，不花钱的地方尽有，这么好天气，游玩公园多好的。”

　　雪鸿带了埋怨的口吻向她母亲低低地说。司马文听了，倒非常赞成，因为他生平最恨的也是抹牌，遂点头道：

　　“玩公园去很好，因为都会中空气太沉浊，应该到那些空气清新地方去走走的。”

　　“你们既然志同道合，那么你们就玩公园去，我们再叫一个人凑一脚抹牌玩，助助妈的兴致。”

　　雪尘向他们笑嘻嘻地说，雪鸿听了，遂红着粉颊迟疑了一会儿，方才站起身子，到自己房中去披上了大衣，走出来笑道：

　　“那么恕我们不奉陪了。”

　　司马文听雪鸿这么说，遂也站起身子，表示作别的意思。张太太说司马少爷的大衣在什么地方？司马文说在楼下，没有拿上来。他向张太太道了惊吵，又和雪尘、司马起点头，遂同雪鸿步下楼去。张太太一路送到扶梯口，一路请司马文常来走走。司马起见张太太不在房中，遂望了雪尘一眼，笑道：

　　“我也不爱抹牌的，那可怎么办？”

　　“你这人真笨，我安顿了他们，我们也可以走路的呀！谁真的喜欢抹牌玩，我知道你的贼脾气，伴你跳茶室去总好了。”

　　雪尘逗给他一个媚眼，笑盈盈地回答他。司马起方知她的意思，一时真感到她多情到了极点，遂笑了一笑，点头表示赞成。雪尘已走到玻璃大橱旁，拉开橱门，取了一件紫红呢的旗袍，回身向司马起笑道：

　　“你把脸给我向着窗口外去，让我换衣服。”

　　“给我瞧着也没有关系的。”

　　“嗯！我不依，你顽皮，我不去了。”

　　雪尘见他涎皮嘻脸的样子，遂白了他一眼，扭捏着腰肢，这意态大有撒娇的样子。司马起没法，只好把身子向着窗口外去，静静地出了一会子神，他脑海里是呈现一幕春色的幻想，他有些忍熬不住，遂大胆回过身子来了，可是雪尘已套上了那件紫红呢的旗袍，只是上身的衣襟还未扣上，只瞥见她一块雪白的酥胸，但雪尘立刻掩上了，逗了他一个嗔恨的白眼，笑道：

"怕难为情吗？"

她说着话时，又把手指划在脸上羞他。司马起红了脸，忍不住也笑起来，待雪尘换上了一双高跟皮鞋，张太太也走进房来，她见雪尘已换上了衣服，知道司马大少爷也不爱玩牌，于是也不再提起抹牌的话。雪尘笑道：

"妈，你还是到隔壁李家兜搭子去，我们要去买些东西。"

"你们只管自便，其实我也懒得很，回头还是睡一个中觉的好。"

张太太含笑回答，这儿雪尘披上大衣，司马起向张太太作别，和雪尘一同下来。雪尘在楼下书房里衣钩上取下他的大衣，提了衣领子，给司马起穿上的意思。司马起也不客气，说声劳驾你，便披上了大衣。这时，乳娘抱了小龙从会客室进来，见了雪尘，便递过来一张一百元钞票，低低地说道：

"大小姐，小少爷睡着了，这钞票你拿去，刚才险些被小少爷落到痰盂里去。"

"你去给他藏着吧！有时候你在外面领他游玩，就买些玩具给他。"

雪尘一面向她吩咐，一面已和司马起出了大门，走出静安别墅去了。两人坐车到维也纳舞宫，由侍者招待入座，泡了两杯清茶。这里的乐队，是皇宫舞厅转过来的凯旋乐队，奏得非常卖力。司马起道：

"那个领导的听说是圣约翰大学毕业的，他却喜欢来做洋琴鬼。"

"你说洋琴鬼当然不雅听，说音乐师不是好得多吗？这是每个人的性之所近，倒也不足为奇。"

雪尘握了玻璃杯，微微地呷了一口茶，低低地回答。司马起笑了一笑，点头说是，遂拉了雪尘的手，一同到舞池里去了。在舞池里，雪尘见到司马起手指上的钻戒仍换一枚小的了，遂拉上来细瞧一会儿，微蹙了眉尖，秋波凝望了他一眼，说道：

"这是你朋友还给你自己的一枚吗？好像又换过一枚的了。"

"谁说的？那不是我自己的一枚吗？"

司马起听雪尘这么说，猛可想到自己的一枚被欧阳珠换去了，他心头别别地跳着，因为雪尘曾经说过待我朋友还给我自己一枚钻戒后，她也要和我换一枚，现在被欧阳珠先换了去，这当然是有些对不住雪尘的，不过他表面上只好镇静了态度，很认真地回答她。雪尘又瞧了一会儿，似乎不相信的样子，说道：

"我的记忆力虽然并不十分强，但还可以说句过目不忘的，我记得你这枚钻戒白金的花纹不是这样的，我觉得你这人对我说的，就没有一句是真心话。"

司马起见她说话的表情大有哀怨的成分，意欲向她再强辩几句，但音乐已停止了。两人于是携手回座，司马起见她闷闷不乐，遂偎过身子去，笑道：

"你若不相信，我就把这枚钻戒和你交换了好吗？"

"我不要，你戴着好了。"

雪尘摇了摇头，凄凉地回答。

"是不是你嫌我这枚钻戒小吗？"

司马起微侧了脸，故意去引逗她一句。雪尘冷笑了一声，秋波逗了他一瞥怨恨的目光，淡淡地说道：

"你何苦拿这些话来气我？假使我给你换去了，倒害你在别人家面前交不了账，那我是不肯伤这个阴骘的。难道你忘记了前星期日我对你说的话了吗？我会不会计较那钻戒的大小？"

雪尘说到这里，也不知打哪儿来的一股子辛酸，眼角旁已涌上了晶莹莹的一颗。司马起见她湘泪，又听她这么说，他心头是感动极了，而且也不忍极了，遂沉着脸，皱了眉毛，几乎也要落下泪来，勉强含笑说道：

"好姊姊，你别生气了，我和你说着玩的，你认什么真？这枚钻戒真的是我自己的一枚，我换给了你吧！"

"不用脱下来，我不是瞎了眼睛，你不必再欺骗我，不是你的东西，我换了去戴着，又有什么意思？"

雪尘拿帕拭了一下眼皮，摇了摇头，低低地回答，话声是包含了一些颤抖的成分。司马起听她完全肯定自己把钻戒先和别人家换了，因为她的猜想，的确是事实，所以他再也没有强辩的余地了。两人静悄悄地默坐了一会儿，司马起又偎过身子去，把嘴几乎凑到她的粉颊上去，低低地笑道：

"姊姊，你妹妹说小龙给我做过房儿子，不知你肯不肯答应吗？"

"只怕高攀不上！"

雪尘的态度有些冷若冰霜的样子。司马起兀是涎皮嬉脸地笑道：

"那当然因为是你不答应的意思。"

"你何必问我？只要你心里喜欢有小龙这么一个儿子，以后你就多照顾一些是了。"

"不过我还没有享受过做他爸爸的权利。"

司马起见她这句话的口吻缓和了许多，遂大着胆子说出了这一句话。雪尘红晕了两颊，把柳眉微微地一竖，薄怒娇嗔地逗给他一个白眼，似乎想骂他几句，可是她却又叹了一口气，眼泪像雨水似的滚了下来。司马起被她一哭，懊悔自己失言，因为自己颇觉对她不住，因此眼泪也夺眶而出了，慢慢地拉过她的手，低声地道：

"姊姊，我该死，我会向你说出这一句不知轻重的话，你原谅我的顽皮吧！"

雪尘自己也不晓得为什么缘故要这么的伤心，她的眼泪益发扑簌簌地滚下来。司马起感动得太厉害了，他的颊上也沾满了无数的眼泪。雪尘见他哭了，心头又软了下来，遂把一方手帕掷到他的手里去，这当然是叫他拭去眼泪的意思。司马起收束了泪痕之后，又给擦泪，低低地道：

"姊姊，你饶了我吧！"

"你别说这些话，我也没有什么可以饶你。唉！我觉得自己太命苦，而且也错了主意，我觉得过去我的理想是绝对的错误。"

雪尘摇了摇头，平静了脸色，低低地回答，她微微地叹了一口气。司马起是很聪敏的人，当然明白她心头是感到万分的失望，他觉得雪尘太可怜了，而且也太可爱了，遂情不自禁地握紧她纤手，低声地道：

"姊姊，你别那么说，那么我们决定结婚吧！"

雪尘对于他这一句冷不防的话，虽然感到分外的惊异，不过她还摇了摇头，苦笑了一下，说道：

"在前两天我确实也有这个希望，但是现在我想明白了，当然我认为你是我专有的一样，所以不管一切地强谏你劝告你，及今思之，我太自不量力了。我觉得我是被情感蒙蔽得麻木了，可是我却没有想到我的年纪比你大，而且是个又有一个孩子的少妇了，假使我换在你的地位，当然也不会爱她的。弟弟，我虽然并不恨你对我完全一片假情假意，不过很明白你一定另有一个美丽秀娟的女朋友了，是不是？你不用骗我，我并不妒忌，我为你终身前途着想，我是只有感到喜欢的。"

司马起听了她这一篇话，他再也回答不出什么话来，他已扑簌簌地淌下两行热泪来。雪尘叹了一口气，眼皮也有些润湿，低低地道：

"不要难受，我同情你，因为各人有各人的环境，我觉得像我的环境，仿佛是一片辽阔无边的沙漠，我是一个单独的旅人，永远就是这么孤零零的一个。"

"不，姊姊，我爱你！"

司马起泪眼盈盈地充满了热情的光芒，望着雪尘的脸，真挚地回答。雪尘惝住了一会子后，她又苦笑起来，摇头道：

"不，我在从前似乎也这么对你说过，你是有祖母、有母亲的人，她们绝不会希望你娶一个有了孩子的少妇做妻子的，所以你若热恋着我，将来一定会遭到悲惨的结局，所以你应该原谅我的苦衷，完全是为了你的终身着想。"

"不过爱情是不受任何的约束，只要我爱你，也就不与她们相干，你不答应，那就是你不爱我的表示。"

司马起拭去了泪痕，这时候，他一颗心完全被雪尘感动，他已顾不得欧阳珠的热爱了，偎过身子，向她这么说。雪尘苦笑道：

"我不爱你？"

"那么你是爱我的了。"

司马起听得出她这四个字是问句，遂笑了一笑，喜悦地问了她一句。雪尘呆住了一会儿后，又微微地叹了一口气，说道：

"你若一定要爱我，我今天立刻就可以把我身子交给你的，因为我明白男女爱的结果，就是这么的一回事。"

"姊姊你这话太使我惭愧了，你以为我存了不良的心吗？"

司马起听她这两句话是包含了无限扼腕而感慨的成分，一时把笑容收束了，沉着脸，很认真地说着。雪尘笑道：

"不，并非这么说，我觉得我俩要正式结合的希望是没有的，不过你这人使我有些神迷，虽然比你漂亮有钱的人不少地追求我，我是绝对不会动分毫的心，你也许是我命中的魔星吧！阿起，今生我不再嫁一个人，虽然我不想嫁你，但我们就结成一对恋人也好，只要你得意的时候，能照顾一些我也就是了，我们不用再难受，我们应该自寻快乐。青春不再，为欢几何？等发白牙脱的时候，你要想跳舞恐怕也不能了吧！来，我们跳舞去。"

雪尘说着话，她笑盈盈地拉着司马起又到舞池里去了。司马起和雪尘认识至今，对于她这后面几句话还只有第一次听到，不过他明白雪尘并非真正是个享乐主义的人，当然她是因为受了刺激的缘故。在舞池里，雪尘对司马起显得分外亲热。司马起见她已失了过去的稳重，使他疑心雪尘有些疯了的忧虑，因此望着她媚人的笑脸，反而有些不敢和她亲热了。

"弟弟，我想喝些酒。"

"为什么？你不是常劝我别喝酒吗？干吗你今天要喝酒了?"

回座后，雪尘向他笑着说话。因为雪尘到底是个幽静的姑娘，她觉得自己神经并没有十分的麻木，总不好意思显出过分的放浪，所以她乌圆眸珠一转，想出这一个主意来。司马起当然感到意外，遂蹙了眉尖，向她低低地问。雪尘笑道：

"真奇怪，世界上的事情总会有反过来的一天，这和我们一样，在过去似乎只有我劝你别喝酒，但今天偏也反过来了。仆欧，你拿香槟来吧!"

雪尘在笑过了一阵之后，她便向旁边侍者吩咐。司马起待要阻止他，但侍者已答应下去了。

酒后的雪尘，她神志有些迷糊起来，她靠在司马起的怀里，捧着他的脸，去吻司马起的香。这时，司马起心中却感到害怕，他觉雪尘至少是带有些可怜的成分。

"姊姊，你醉了，我送你回家吧!"

"是的，我想睡一会子，但是我不要回家。"

"你不要回家？那你睡到什么地方去?"

司马起见她斜乜了秋波对自己嫣然地甜笑，他脸上有些热燥，心不免像小鹿般地乱撞起来。雪尘噗地一笑，说道：

"你真是个鲁男子吗？只怕不见得，因为你上星期日已向我露过马脚的。"

司马起听她这么说，他两颊更红了，心头也愈跳得厉害了。他想着雪尘换衣裳的一幕，他神魂有些飘荡，心灵有些陶醉，望着雪尘春色横眉的娇容，也忍不住憨然地微笑起来。

第十四回

罪把他锁住了

当当的钟声在耳际鸣着，时候已经子夜十二点了，司马起睡在宿舍里的床上，他是整整地失眠了，他含了微微的笑容，眼前是浮现了金光旅社的房间里的一幕。"小洋狗"这绰号是对的，白嫩得太令人心醉了，他耳边又流动了雪尘这几句话：

"弟弟，虽然我们的行动是近乎有些荒唐，不过我绝不会有意地祸害你。你瞧爱情的结果，谁逃得了肉欲的拢住？这当然因为人是性的动物，不过在我俩之间多少还有些感情的存在，希望你除了你的妻子之外，不再向任何一个女子去亲爱，因为社会上可以和你亲热的女子，也许会害了你的终身吧！"

司马起想到这里，又感觉她痴心得可怜。自己也不知道为什么缘故，心头有些凄凉的意味，忍不住微微地叹了一口气。

第二天起来，匆匆地梳洗，上办公室去工作，偶然瞥见到报纸，想到了蒋泽和贯黎明两人也不知道是怎么样的判决，遂翻报寻了一会儿，见果然有一则新闻。司马起念道：

罗明药房职员偷卖药品价值五万余元

除货款交还外，处徒刑一年六个月

粤人蒋泽、贯黎明，向在罗明药房任职，尚称勤俭。不料

近年来涉足于歌榭舞台，以致入不敷出，两人狼狈为奸，异想天开，将药品偷运出外，廉价脱售，计值五万余元。两人俨然阔少爷身份，在大明旅馆开长房间，每日花天酒地，尽情作乐，但好景不常，东窗事发，药房当局报捕，于前晚在迷高美舞厅爵士音乐狂欢声中被捕入狱。昨解地方法院审判，除用去一万八千元，尚有三万余元货款交还罗明药房，余数除向保人追索外，蒋泽、贯黎明判处徒刑一年六个月云。

　　司马起瞧完了这则新闻，心头自然不胜地感叹，而且也暗自地庆幸，因为自己这几天来幸而没有和他们合伙荒唐，否则，我恐怕也要连累在内的了。这是多么的危险，使我不敢和他们两人亲近游玩，这也未始不是雪尘殷殷叮嘱之力量，所以雪尘真可说是我生命中唯一的知己。她昨天把身子都交给了我，在她好像是存心这样的，她曾经说，我是她命中的魔星，她压制不住她内心热情地爱我，所以她不管一切地要把灵肉都呈给我，不过她又不肯因爱我而害我，所以她不希望给我做一个妻子，只希望给我做一个恋人。唉！雪尘痴得太可怜了，我终不能有所负她的。

　　午饭的时候，有人来了电话，司马起去接听，原来是欧阳珠。她笑盈盈地带了俏皮的口吻向司马起低低地问道：

　　"阿起，你昨天和一个爱人坐在兆丰公园里谈得多亲热呀！请你给我介绍，这位姑娘叫什么名字好吗？"

　　司马起冷不防听了这两句话，心头倒是怔了一怔，及至仔细一想，方才理会过来了，这就忍不住扑哧地一笑，说道：

　　"阿珠，这真是一个很可惜的机会，你为什么在昨天不走近一些去瞧过仔细呢？"

　　"我怕打断你们的谈情，所以不肯做这个愚笨的人。"

　　"但是你瞧错了，这并不是我，原是我的弟弟呀！"

"你的弟弟？奇怪了，你怎么知道他约了女朋友在公园里玩？"

"昨天我在家里，弟弟那个女朋友来我家玩，后来他们约我到兆丰公园去玩，我没有答应他们同去，所以他们两人走了。你瞧见的，还不是我的弟弟吗？"

司马起被她这么一问，只好在电话里圆了一个谎，说得很认真的样子。欧阳珠在那边听了这话，心中的疑窦也慢慢地消失了，遂噗地笑道：

"你这话可真？那么你难道真没有一个女朋友了吗？"

"女朋友真的没有，但是倒有一个爱人。"

欧阳珠昨天在兆丰公园瞧见的原是司马文和张雪鸿两个人，不过并非她亲眼瞧见的，是蔡晴梅见了后，来告诉欧阳珠知道。欧阳珠听司马起此刻这么一解释，她心中明白蔡晴梅一定认错了人，因为自己第一次到他的家，门口遇见了他的弟弟，也曾经误认是他的，所以她是非常放心，这时听他回答的说有一个爱人，这不是明明指点我而言的吗？欧阳珠芳心在万分喜悦和安慰之余，也感到无限的羞涩。虽然是在电话中，彼此原见不到面，但由不得也向他啐了一口，却把听筒挂上了。司马起喂喂了两声，没有听到她的回音，于是也把听筒放下，含了甜蜜的笑容，回过身子，坐在写字台旁，呆呆地不禁出了一会子神，暗自想道：雪尘待我虽痴，不过欧阳珠待我的痴心，也未必下于雪尘，她把我钻戒代为赎出，而不肯接受我的钱，在她是多么的爱我，前天在公园里唱一曲歌中的词句，也是包含了多少的深情蜜意。我曾经和她开玩笑说，这是我俩的定情歌吧！她听了并不恼怒，只逗给我一个娇嗔，憨然地媚笑，从可知在她的芳心里，确实有和我结为终身伴侣的意思。唉！叫我又如何能抛得了她？不过雪尘既然只希望和我做一个恋人，那么我何不同欧阳珠结了婚？只要我不忘记雪尘的情分，时时给她一些安慰也就是了。

黄昏的时候，司马起落了办公室，他匆匆地披上大衣，坐车赶到南京路的美华百华公司，剪了两件衣料，价值八百多元，用两只精美的盒子装好，便拿到欧阳珠的家里来。在他是什么意思呢？因为欧阳珠曾经说，你不用还给我钱，假使你一定要还我，那么你就买些东西送送我好了。司马起今日送给她两件衣料，就是这一个意思。

"妈，阿珠没有在家里吗？"

司马起一脚跨进房门，见欧阳夫人坐在桌旁干活计，于是含笑叫了一声，低低地问。欧阳夫人抬头见了司马起，慌忙站起身子，把活计收拾过了，笑道：

"阿珠不是到那边工作去了吗？司马少爷这时候怎么倒有空过来玩？快请坐吧！"

"她前天托我买两件衣料，所以我今天给她送来了。"

司马起一面坐下，一面把衣料盒子放在茶几上，因为不好意思说是送给她的，所以只好说欧阳珠托他代买的了。欧阳夫人一面亲自给他倒茶，一面含了微笑，说道：

"还叫司马少爷特地送了来，真是对不起得很。不知多少钱，阿珠还没有把钱交付你吧！"

"不，已经交给我了。妈，你别客气呀！"

司马起摇了摇头，低低地回答。他站起身子接过她送上的茶杯，这一声妈是叫得怪亲热的。欧阳夫人听他声声地叫妈，想到女婿有半子之分的一句话，她心中甜蜜得脸上笑容没有平复过，遂忙说道：

"你只管坐着，喝一杯淡茶也算不了什么客气呀！"

司马起这才又坐下了身子，微微地呷了一口茶。他见欧阳夫人并不坐下，却走到房门口去，心里似乎明白她的意思，遂又叫道：

"妈，我已吃过了晚饭，你不用忙的。"

"现在还只有刚六点敲过，哪里有这么早的？你别骗我了，我还不曾吃过哩！"

"真的，我们厂家的饭原吃得很早。妈要客气，我可走了。"

欧阳夫人听他这么说，遂也信以为真，于是不再下去吩咐王妈叫菜，她亮了室中的电灯，陪司马起坐下了，谈了一会儿。不多一会儿，王妈开上晚饭，司马起见四菜一汤，都是素的。欧阳夫人道：

"我自阿珠爸爸殁后，就吃长斋了，所以没有荤的菜，你到底吃过晚饭没有？饿肚子可是你自己受苦呢！"

"吃饭不会客气的，你请自己用吧！"

司马起虽然还没有吃过饭，不过已经是说了谎，所以他也只好谎到底了。欧阳夫人说声失陪，她便坐到桌边自管去吃饭。司马起饿了肚子，瞧她吃饭，真有些受不了，遂连喝了两口茶，搭讪着问道：

"妈，你平日一个人也很冷静的吧！"

"可不是？阿珠每晚总要十二点后方可以回来，所以她这个工作，我也很不赞成。听说你不是要给阿珠介绍一个职业吗？不知有些眉目了吗？"

司马起听她这么说，一时倒有些不好意思，因为别人家对于这件事很切心，而自己却并不十分放在心上，这不是有口没心吗？遂微红了两颊，说道：

"我曾经和姊姊提起过，姊姊说有机会她便和姊夫说，我想过几天大概有成功的希望。"

"假使成功了，这比做赌台上的工作到底高尚得多了。"

两人谈了一会儿，欧阳夫人也吃完了饭。司马起见时候已经七点十分，一时肚子饿得有些咕噜起来，遂起身向她作别，欧阳夫人请她星期日上午来吃饭，司马起答应，遂匆匆地走了下来，出了里门，坐车到南京路停下。司马起见已七点三十五分，暗想：到什么地方去吃晚饭好呢？意欲打电话给雪尘，叫她一同来吃饭，不料就在这个时候，忽然有人在他肩上一搭，叫道：

"司马先生，你好，为什么这许多日子不来瞧望我一次呀？"

司马起回眸去望，见是一个徐娘风韵的妇人，她似嗔似怨地逗给自己一个诱人的媚眼，笑盈盈地说出了这几句话。因为在骤然之间，使司马起几乎以为她是认错了人，不过他在一转念的时候，方才想起这个女子正是前星期日在仙乐斯跳茶舞的那个陈丽华，于是忙也笑道：

"原来是陈小姐，因为我没有空，所以没有来拜望你，真是抱歉得很。你此刻打什么地方去呀？"

"我刚从仙乐斯跳茶舞下来，今天难得和你碰见了，我请你吃晚饭，你能赏我一个脸吗？"

"陈小姐，你太客气，我应该请你吃饭的，那么我们就到康乐饭店去好吗？"

司马起对于她这两句话倒是出乎意料之外的，遂笑了一笑，向她低低地客气着。陈丽华点了点头，于是两人并肩向康乐饭店走去了。

康乐饭店内还有一班乐队的，使食客们在兴奋之余可以和带来的伴侣们婆娑欢舞，所以颇有欧风，食客众多，生意鼎盛。司马起和陈丽华坐在桌旁，一面喝酒吃菜，一面听着音乐，一面又瞧着人家相倚相偎欢舞的情景，心里都十分得意。司马起见丽华虽然半老徐娘，但是皮肤雪白，兼之具有一双勾人魂灵的秋波，所以别有一种媚人的风韵，几次想起来向她求舞，但为了丽华跳舞时显得亲热过分的缘故，所以使自己感到有些肉麻，因此他反而有些害怕起来。

"司马先生，你不爱跳舞的吗？"

陈丽华见他并不向自己求舞，心里也有些奇怪，她在微微地喝过了一口酒之后，向他笑盈盈地搭讪着。司马起见她酒后的秋波更有一股子媚人的魔力，遂笑着站起身子，这当然是和她去跳舞的意思。在跳舞的时候，陈丽华是竭力地卖弄着风流，一会儿给他贴左颊，一会儿给他贴右颊，手臂把他脖子挽得紧紧的，身子更偎得紧。司马起全身有些异样的感觉，他心中又怕又爱，不过爱的成分胜过了怕，他到底是感觉十二分的甜蜜。

两人舞罢归座，陈丽华把椅子移近了他一些，秋波斜乜了他一眼，

238

微微地媚笑了一下，低低地说道：

"司马先生，你舞步真熟，我跳舞到现在，还只有碰到你第一个。"

"你太褒奖我了，其实我跳的是'野野舞'，怎及得你的纯熟？"

司马起望了她一眼，低声儿笑着回答。陈丽华把他手紧捏了一下，白了他一个媚眼，抿嘴咪地一笑，说道：

"你瞧我这人很糊涂的，司马先生叫什么大号？哪儿读书的？还不曾请教哩！"

"我单名起字，没有在读书，在那新光药厂里做事情的。陈小姐府上在哪儿？不知还有些什么人吗？"

司马起一面告诉，一面也向她低低地问。陈丽华听了，有些娇嗔的样子，逗了他一瞥怨恨的目光，说道：

"司马先生真是贵人多忘，我上次不是告诉过你舍间是在白克路心明里八号楼上吗？不料你竟不记得了，说起我身世很孤苦，因为我就是这么孤零零的一个人，你想苦吗？"

"那么你难道没有父母兄弟姊妹和丈夫的吗？"

司马起见她意态有些令人心动，遂笑了一笑，低低地追问她。陈丽华微微地叹了一口气，大有黯然的样子，说道：

"父母兄弟姊妹都没有的，还不是为了丈夫死了，才出来做舞女的吗？"

"那么你现在真的只有一个人吗？身世确实可怜。陈小姐，你今年几岁？"

"我今年三十岁了，你相信吗？"

陈丽华听他很表同情地说，遂一撩眼皮，老实地告诉他。司马起望着她出了一会子神，笑道：

"嫩面得很，我的猜想，大概只有二十七八之间罢了。"

"呸！你又说反话了，那么你今年几岁？"

"我吗？今年三十一岁，所以你该是我的妹妹。"

司马起见她啐了自己一口，那种表情令人魂销的，遂也故意吃她的豆腐，扑哧地笑起来。丽华见他顽皮得可爱，芳心荡漾了一下，逗给他一个白眼，笑道：

"你也许只配给我做个过房儿子的吧！"

"那么我就叫你妈好不好？"

司马起偎过身子去，把嘴几乎凑到她的颊上去。陈丽华却把粉颊真的斜过去给他吻了一下，握紧他的手，笑道：

"乖儿子，我就做了你的妈了吧！"

"我的妈，你给我摸……"

司马起因为是喝过几杯酒的缘故，他偷偷地把手向她胸前做个要按的姿势，涎着脸笑。陈丽华把身子侧转了一些，避过众人的视线，将他手拉了来，真个地按到她自己胸部去，秋波斜乜了他一眼，嫣然地笑道：

"好孩子，你现在可满足了吗？"

司马起再也想不到她会有这一个举动，一时手指有些迷醉起来。因为怕被别个食客见了不雅，遂慌忙缩回了手，点头笑道：

"我佩服你，甘拜下风，不敢向你开玩笑了。"

陈丽华听他这三句话中，至少是笑自己脸皮比他厚的意思，遂逗给他一个娇嗔，忍不住扑哧笑道：

"你这么一只童子鸡，要在我老母鸡面前放肆，那你是差得远的了。"

司马起听她这么说，脸上飞过了一阵红，也不禁为之有些赧赧然起来。两人喝完了三瓶啤酒，司马起望她一眼，笑问道：

"陈小姐，还要喝一瓶吗？"

"再拿两瓶，各人喝一瓶。"

"你回头不上高士满伴舞去了吗？我想还是留些量吧！明天再请你喝。"

"不，我今夜不预备去伴舞了。"

"那么你就喝吧！只是你醉倒了，怎么的办？"

"难道不能劳你的驾伴我回家去睡的吗？"

司马起听她一定要喝，因为怕她误会自己肉疼着钱，所以只好又叫侍者拿上啤酒两瓶，待两人把这两瓶啤酒喝下，各人的脸都已红得像朵海棠花了。陈丽华把纤手按着额角，微蹙了眉尖，好像有些难受的样子。司马起道：

"可不是？你现在难受了吧！我送你回家去好不好？"

陈丽华点了点头，遂拿皮包取钞票。司马起叫侍者开上账单，一面也取钞票，一面阻拦她说道：

"如何要你付账？你别闹客气了。"

"为什么我就不能付账？今晚不是我请你来吃饭的吗？"

陈丽华一面说，一面抢过侍者手中的账单，见一百八十八元五角，遂付了他两张一百元的大票。司马起见她皮包内钞票可不少，心中暗想：她倒比我还阔绰，遂笑道：

"那么不客气，今天吃你的了。"

"此刻你吃我的，回头我吃你的。"

陈丽华站起身子，望他一眼，嫣然地笑。司马起不解她这句话是什么意思，以为她是酒后的醉话，遂也不去深思，给她披上大衣，扶了她的身子，和她一同出了康乐酒楼的大门，坐车到白克路的心明里去了。她住的是间客堂楼，里面的家私还算考究，一律西式的。丽华到了房内，就向床边坐下，对老妈子使了一个眼色，老妈子会意，遂掩上房门悄悄地退出。丽华望了他一眼，微微地一笑，说道：

"劳驾你倒杯开水我喝。"

司马起虽然感到她对自己一个初次来家的客人有些失礼，不过心中原谅她是酒醉的缘故，遂点了点头，回眸向四周望了一眼，见五斗橱上有暖水壶一具，遂取了杯子，放了一杯开水，还有些温意，遂亲自送到她的面前。丽华并不伸手来接，逗了他一个媚眼，笑道："你拿着给我喝两口好吗？"

司马起不忍拂她的意思，遂把杯子凑在她的嘴旁喝了两口。丽华方才伸手接过杯子，放到梳妆台上去，她站起身子，两手按住他的肩胛，笑道：

"小弟弟，我爱你，你爱我吗？"

"……"

"为什么不回答我？你给我一些安慰吧！"

丽华见他呆住着不答，遂抵了两脚，手臂挽到他的脖子，把小嘴儿凑了上去。司马起在她这一副情意绵绵柔媚的手腕下，他已失了自持的能力，低头在她薄薄的嘴唇上吻住了。两人经过这含有神秘感觉的一吻，室中的灯光也就随着熄灭了。

"现在是你给我吃的时候了。"

"哦！原来你在康乐酒家早就存了这一个意思的了。"

四周是黑沉沉的，静悄悄的，有了这两句话之后，又流动了一阵细碎的笑声。

晨曦冲破了黑夜，红日已笼上了满窗。司马起一觉醒来，见时已九点，遂急忙推醒旁边的丽华，低低地道：

"时候不早，我要上办公室去了，你多睡一会儿吧！"

"你忙什么？再躺会儿不好吗？"

司马起见她搂住了自己的脖子，微闭了眼睛，低低地说。遂笑道：

"你不要自说自话了，我难道不要上写字间去了吗？"

"那么你几时再来？好弟弟，我爱你！"

丽华这才睁开星眸，抱住了他的脸连连地吻着，表情是分外的柔媚。

"大后天星期四，我们厂里开办十周纪念，放假一天，早晨来你家吃饭好吗？"

"好的，可是你别失约，我的爱人。"

司马起想到昨晚的销魂，他是迷恋起来。因为爱和欲也有分别的，雪尘的爱，只是充满着痴情，而丽华的爱，她有欲情的扩展。司马起觉得丽华有特别的功夫，她能使自己心醉神迷，所以他觉得在床上的时候，雪尘是及不来她的可爱的，于是吻了她一下小嘴儿，低低地安慰她。两人又亲热了一会儿，司马起才匆匆披上衣服起身，回到厂内去了。

吃午饭的时候，欧阳珠又来了电话，她在电话内含了无限怨恨的神气，带了埋怨他的口吻，娇嗔似的说道：

"阿起，你太不应该了，为什么要给我剪这两件挺贵的衣料？我觉得你待我是太生分一些了。"

司马起对于她这两句话倒不禁为之愕然，遂忍不住笑出声音来。暗想：以情字而说，欧阳珠不愧是个天下第一多情人，于是忙说道：

"贵不了多少的，阿珠，你这话太有趣了，我因为不当你外人看待，所以剪两件便宜货送送你，你怎么反而说待你太生分呢？"

"我在电话里也不和你多辩论，你今天下办公室来我家吃晚饭好吗？我要和你算个账。"

"和我算什么账？"

司马起虽然明白她的意思，却忍不住又笑起来问她。欧阳珠咦了一声，说道：

"你只管还我那枚钻戒赎取的钱好了，你把两件衣料的发票交给我，我也照数付给你货价的钱。前天我在大新商场瞧过，这些衣料都要五百元一件哩！干吗我还赚你的钱？"

"阿珠，你这话倒是太显生疏了，难道你要和我算得这么清楚吗？况且我买来的并没有五百元一件呀！"

"哼！你不跟我算清账，我不会跟你算的吗？"

司马起听得出她说话的口吻，简直有些生气的样子，遂又好笑道：

"那么我给你剪两件衣料，也是为了爱你的缘故，难道你不肯爱我吗？"

"呸！谁和你油嘴？我怨你不该就急急地剪衣料送我，因为你的心中至少还有一层别的作用。"

"是什么作用呢？阿珠，你也太会多心了。"

"我真不会多心，好了，别多说废话，今天晚上来不来？"

"今天怕走不出来，星期四下午来好不好？因为我们是放假的。"

"也好，那么我准定等着你，你可不许失了我的约。"

司马起听她说"不许"两个字，心里倒荡漾了一下，正欲再说句占她便宜的话，但她已把电话摇断了，于是放下听筒，不免含笑又想了一会子心事。午后三点钟光景，雪尘也来了电话，她也是薄怒娇嗔的口吻，向司马起问道：

"阿起，你从实地告诉我，昨晚睡在什么地方？"

司马起心头别别地几跳，暗想：难道她已来过电话，厂里茶役告诉她我昨夜没有在厂内吗？这就沉吟了一会儿，幸亏司马起这脸，在那边的雪尘是瞧不到的，于是忙道：

"不错，我昨夜宿在家里，因为我祖母有些不舒服呀！"

"哦！那么现在可好些了吗？瞧的是中医还是西医？我给你介绍一个牛士民西医，他是很有名的，上次我妈的病也是他诊治痊愈的。"

原来，雪尘昨夜十时光景来电话，茶役告诉她出去了，今天早晨九时又来电话，茶役又告诉她没有回厂，所以她知道司马起没有睡在厂内，起初她心头是很怨恨，以为他又在外面胡闹了，及至听了他的谎话，方才信以为真地哦了一声，十二分关怀的口吻，向他低低地说。司马起心中有些羞愧，但也只好索性说谎到底了，说道：

"今天早晨已好多了，因为昨天我们已请宋钧西医给她注射过针的。姊姊，你此刻在什么地方呀？"

"我在家里，你给我安分一些，也别出来游玩，知道吗？"

244

"姊姊的话我敢不听从吗？姊姊，你真白得像头小洋狗。"

"小鬼，你再油嘴，我不捶你！"

雪尘那夜被他瞧了玉雪的身体，司马起曾经这么说过的。此刻又听他这么说，一时羞红了两颊，在电话内情不自禁说出捶你的话。司马起扑哧地一笑，雪尘一面笑，一面却把电话挂断了。

星期四的早晨，天气是暗沉沉的，司马起在十一点光景的时候，匆匆到陈丽华的家里。一脚跨入房内，见她还躺在床上，没有起身，这就笑道：

"昨夜在做些什么事？直到此刻还不起床？"

"你别胡说吧！我原等着你到来呀！"

丽华见了司马起，乐得眉飞色舞地向他横眸一笑，在被窝内撩出一条粉嫩的玉臂，向他招了招手说。司马起坐到她的床边，把手伸到她的被窝内去，笑道：

"只怕没有这么的安分守己吧！给我摸摸。"

司马起一面说，一面手指的感觉是柔若无骨，其软如绵，竟发觉她连一件小衣都没有穿。丽华并不拒绝他的摸索，反把两手挽到他的颈项，吻着他的脸，笑道：

"等了你一上午，快些陪我再睡一忽，下午起来跳舞去。"

"那可不行，下午我还有些别的事情哩！此刻什么时候了？青天白日，你的胃口倒好，快起来吧！晚上陪你好不好？"

司马起一面笑着说，一面挣扎着俯起身子，去掀她的被。丽华这回可急了，抱住了被，红着两颊，叫他走开。司马起笑了一笑，方才把身子退到桌子旁去。不多一会儿，丽华已从床上坐起。司马起见她穿了一件粉红小纺的衬衣，鸡心领上露着雪白的酥胸，两旁堆着耸起的乳峰，想到那晚的风味，真有些像司必令的席梦思。丽华见他木然的样子，遂瞅了他一眼，笑道：

"你给我橱内拿一件旗袍过来。"

"哪一件？"

司马起拉开橱门，望着里面挂着十多件的旗袍，向她低低地问。

"你拿素净的一件，是深蓝的那件条子花呢旗袍好了。"

"是不是这一件？"

司马起掩上橱门，把旗袍拿到她的面前问着。丽华点了点头，遂掀开被下床。司马起见她穿了一条三角短裤，叫人见了神魂颠倒，她却背过身子，伸了两手，是叫他穿衣服的意思。司马起只好服侍她穿上旗袍，丽华回过身子的时候，猛可抱住了司马起的脖子，两人紧紧地又接了一个甜吻。

"他妈的！是哪一个小子敢来偷老子的女人？真是不要性命的了！"

两人正在热吻的时候，突然一阵粗重的骂声响入了耳鼓。两人急忙回头去瞧，见房内站了一个身穿西服的中年男子，他人中上留了一小撮胡须，倒有些像好莱坞的风流小生的神气。不过此刻满脸怒容，望着司马起冷笑不止。可怜司马起是个大少爷的身份，他从来也没有碰到过这些事情，一时急得两颊绯红，全身几乎有些发抖。陈丽华见是自己的相好楚汉云，她却若无其事般地把司马起身子拉到自己的身后，一面扣上衣服的襟儿，一面秋波斜乜了他一眼，也冷笑道：

"小楚，你给我少发一些脾气，这是我的表弟，你管得了我吗？"

"好，好，你这个不要脸的贱货，你丢了我，又爱上这个小王八蛋了吗？我今天非得给他一些厉害不可。"

楚汉云见她弃旧迎新，不觉醋意勃发，真是所谓怒从心头起，恶向胆边生，他猛可在大衣袋内摸出一支勃郎宁来，对准了司马起，冷笑道：

"你这小畜生！要死要活？你叫什么名字？快快地说出来。否则，立刻把你一枪送终。"

"我……我……叫司马起，你别开枪……我情愿……立刻让你的。"

经他这么一来，把个司马起吓得脸如死灰，他一面发抖似的告诉，一面已经要哭出声音来了。在楚汉云的意思，倒并非真的要打死他，因为从司马起那副派头上看来，一定是个富家子弟无疑，所以他是很想挨一些"血"，这几天来真短少钱用。不料陈丽华却误会他真的要司马起死，芳心这一急，遂挺身向前，娇声斥道：

"你这不知廉耻的狗强盗，你闯到我房中来意图行劫吗？"

"丽华！你骂得好，你就这么翻下脸皮不认人了吗？难道你把我好处都忘了？也好，我把他结果了，情愿再给你打死的，也出了我心头这口怨气。"

"不！不！小楚，你要打死他，那么你先打死我！"

陈丽华急得把身子迎了上去，挡住了楚汉云的向司马起进攻。楚汉云见她这么心爱司马起，一时恨极妒极，遂把枪一扬，只听砰的一声响亮，陈丽华惨叫了一声啊哟，她的身子便倒在血泊泊的地上了。楚汉云方欲再向司马起结果，忽然一阵皮靴声杂乱糊糟地响上来。楚汉云见是十余名的探捕，知道自己的行动被探捕注意，所以追踪来此了。他心中这一急，不免情急智生，把手枪抛到司马起的脚跟旁。就在这时，十余名探捕已拥入房内，各拔手枪，大喝住手。一见房中已倒着一个女子，血水流了一地，探长华秉忠伸手去扶陈丽华，司马起见她开着眼睛，竟是气绝身死了，一时又害怕又伤心，几乎滚下泪来。华探长在司马起脚跟旁拿起一柄手枪，心中暗想：谁料在盗案中又发生一件桃色惨案了。这女子不知是谁杀死的，于是吩咐探捕把两人上了铐链，且先押到捕房，一面又把丽华尸身车到验尸所里去，连这儿房东太太和王妈也一同带了去审问。

今天的天空原暗沉沉的，此刻似乎还落着纷纷的细雨。司马起两手上了手铐，一步一步地走出了弄口，他心头是多么的悔恨啊！天空里纷纷的雨点不住地落下来，司马起颊上的泪和雨都凝成一片了，他耳际旁似乎流动了雪尘这几句话。

"不过社会本来是罪恶的，你应该不被社会的罪恶来诱惑你也步入了罪恶的道路。这当然是要瞧一个青年的意志如何了！"

"弟弟，希望你除了你的妻子之外，不再向任何一个女子去亲爱，因为社会上可以和你亲热的女子，也许会害了你的终身吧！"

司马起想到这里，他又想到蒋泽和黎明的结局，于是他哭了。当他跟了众人跨上灰色汽车的时候，他心中留恋的人太多了。祖母、母亲、欧阳珠、雪尘、姊姊、妹妹、弟弟……他两眼一阵昏花，已跌在车厢里了。

天空依然灰褐色的，细雨落得愈加密密层层的，还刮起了几阵秋天寒意的风。灰色的汽车在稀湿的马路上开走了，飞溅起来泥潭中的几个小水泡。这还是早晨的天气，四周显得静悄悄的，似乎在惋惜这一个青年的没落。

《罪》这一部小说，原作有五十余万的字长，因为急于付印，所以不得不先在这儿告一个小段落。至于书中如司马文和雪鸿及智仙，如司马英和士英，如司马琴和士杰，如司马起以后的结局，欧阳珠、张雪尘、蒋泽、贯黎明、唐飞、剑秋等人物，在《罪》的下部《孽》里面都有一个详细的交代。诸君且不要性急，不日当可与诸君再行会面的。

作者写于脱稿后的一个下午里

附　录

从鸳鸯蝴蝶派谈到冯玉奇小说

裴效维

　　《民国通俗小说典藏文库·冯玉奇卷》将收录冯玉奇的百余种小说作品，此举极其不易。现在，我愿以这篇文章给出版者呐喊助威。尽管我人微言轻，但我毕竟是一个中国文学的研究者，为鸳鸯蝴蝶派说些公道话是我的责任。

　　冯玉奇是一位鸳鸯蝴蝶派作家，因此我们要想了解冯玉奇，必须首先厘清有关鸳鸯蝴蝶派的一些问题。

一、何谓鸳鸯蝴蝶派

　　鸳鸯蝴蝶派作家平襟亚在《关于鸳鸯蝴蝶派》（署名宁远）一文中对鸳鸯蝴蝶派的来历说得很清楚：

　　　　鸳鸯蝴蝶派的名称是由群众起出来的，因为那些作品中常写爱情故事，离不开"卅六鸳鸯同命鸟，一双蝴蝶可怜虫"的范围，因而公赠了这个佳名。

　　　　　　　　　　　　　　——载香港《大公报》1960 年 7 月 20 日

251

可见鸳鸯蝴蝶派并不是一个有组织有宗旨的小说流派，而是因为当时流行的言情小说多写一对对恋人或夫妻如同鸳鸯蝴蝶般相亲相爱，形影不离，因而民间用鸳鸯蝴蝶小说来比喻这种言情小说，那么这种言情小说的作家群当然也就是鸳鸯蝴蝶派了。这种说法应该是可信的，因为民间常用鸳鸯和蝴蝶来比喻恋人或夫妻，很多民间文学作品中不乏其例。这一比喻非常形象生动，但并无褒贬之意，因此不胫而走。

传到新文学家那里，便加以利用，并赋予贬义，作为贬低对手的武器。但新文学家对鸳鸯蝴蝶派的界定并不一致，大致有两种看法。

一种看法认同民间的比喻说法，即将鸳鸯蝴蝶派小说局限为通俗小说中的言情小说，将鸳鸯蝴蝶派局限为言情小说作家群。鲁迅是这种看法的代表，他在1922年所写的《所谓"国学"》一文中说："洋场上的文豪又作了几篇鸳鸯蝴蝶派体小说出版"，其内容无非是"'卿卿我我''蝴蝶鸳鸯'"（载《晨报副刊》1922年10月4日）。又于1931年8月12日在社会科学研究会做了《上海文艺之一瞥》的长篇演讲，其中对鸳鸯蝴蝶派小说更做了形象而精辟的概括：

> 这时新的才子＋佳人小说便又流行起来，但佳人已是良家女子了，和才子相悦相恋，分拆不开，柳阴花下，像一对蝴蝶、一双鸳鸯一样。

——连载于《文艺新闻》第20、21期

此外，周作人、钱玄同也持这种看法。周作人于1918年4月19日在北京大学文科研究所小说研究会做《日本近三十年小说之发达》的演讲中，就说现代中国小说"还有《玉梨魂》派的鸳鸯蝴蝶体"（载《新青年》第5卷第1号）。次年2月，周作人又发表《中国小说里的男女问题》（署名仲密）一文，认为"近时流行的《玉梨魂》，虽文章

252

很是肉麻，（却）为鸳鸯蝴蝶派小说的鼻祖"（载《每周评论》第5卷第7号）。与周作人差不多同时，钱玄同在1919年1月9日所写的《"黑幕"书》一文中也说："人人皆知'黑幕'书为一种不正当之书籍，其实与'黑幕'同类之书籍正复不少，如《艳情尺牍》《香闺韵语》及'鸳鸯蝴蝶派小说'等等皆是。"（载《新青年》第6卷第1号）这种看法后来被人称之为"狭义的鸳鸯蝴蝶派"看法。

另一种看法却将鸳鸯蝴蝶派无限扩大，认为民国年间新文学派之外的所有通俗小说作家都是鸳鸯蝴蝶派，他们的所有通俗小说都是鸳鸯蝴蝶派小说。这种看法的代表人物是瞿秋白和茅盾。瞿秋白从小说的内容方面来扩大鸳鸯蝴蝶派小说的范围，他在《财神还是反财神》一文中说，"什么武侠，什么神怪，什么侦探，什么言情，什么历史，什么家庭"小说，都是鸳鸯蝴蝶派小说（见人民文学出版社1953年10月版《瞿秋白文集》）。茅盾则从小说的形式方面来扩大鸳鸯蝴蝶派小说的范围，他在《自然主义与中国现代小说》一文中认定鸳鸯蝴蝶派小说包括"旧式章回体的长篇小说""不分章回的旧式小说""中西合璧的旧式小说""文言白话都有"的短篇小说（载1922年7月《小说月报》第13卷第7号）。这种看法后来被人称之为"广义的鸳鸯蝴蝶派"看法，而且逐渐成为主流看法，以致后来的文学研究者都接受了这种看法。

新文学家不仅在鸳鸯蝴蝶派的界定问题上分成了两派，而且在鸳鸯蝴蝶派的名称上也花样百出。如罗家伦因为徐枕亚等人好用四六句的文言写小说，便称其为"滥调四六派"（见署名志希的《今日中国之小说界》，载1919年《新潮》第1卷第1号），但无人响应。郑振铎因为《礼拜六》杂志为鸳鸯蝴蝶派的主要刊物之一，便称其为"礼拜六派"（见署名西谛的《新文学观的建设》一文，载1922年5月21日《文学旬刊》第38号）。这一说法得到了周作人、茅盾、瞿秋白、朱自清、阿英、冯至、楼适夷等人的响应，纷纷采用，以致使用频率越来越高，知名度越来越大，终于成为鸳鸯蝴蝶派的别称了。于是"鸳鸯蝴蝶派"和"礼拜六派"两个名称便被新文学家所滥用。如郑振铎在《新文学观的建设》一文中称"礼拜六派"，而在《〈文学论争集〉导言》一文中却称"鸳鸯蝴蝶派"（见上海良友图书公司1935年10月出版的《新文学大系·文学论争集》卷首）。还有人在同一篇文章里既称鸳鸯蝴蝶派，又称礼拜六派。如阿英在1932年所写的《上海事变与鸳鸯蝴蝶派文艺》一文中说：张恨水的所谓"国难小说"，与"礼拜六派的作品一样，是鸳鸯蝴蝶派的一体"，"充分地说明了鸳鸯蝴蝶派的作家的本色而已"（见上海合众书店1933年6月出版的《现代中国文学论》）。

茅盾在20世纪70年代觉得统称鸳鸯蝴蝶派或礼拜六派都不合适，于是提出了一个折中的看法，他在《紧张而复杂的生活、学习与斗争（上）——回忆录（四）》中说：

> 我以为在"五四"以前，"鸳鸯蝴蝶派"这名称对这一派人是适用的。……但在"五四"以后，这一派中有不少人也来"赶潮流"了，他们不再老是某生某女，而居然写家庭冲突，甚至写劳动人民的悲惨生活了，因此，如果用他们那一派最老的刊物《礼拜六》来称呼他们，较为合式。

——载1979年8月《新文学史料》第4辑

事实是该派在"五四"前后没有根本变化，都是既写言情小说，又写其他小说，将其人为地腰斩为两段，既显得武断，又无法掩盖当时的混乱看法。

这些混乱的看法导致后来的文学研究者无所适从：或沿用"鸳鸯蝴蝶派"的说法（如北大本《中国文学史》和《中国小说史稿》、复旦本《中国文学史》和《中国近代文学史稿》等）；或沿用"礼拜六派"的说法（如山东师院本《中国现代文学史》等）；或干脆别出心裁地称之为"鸳鸯蝴蝶—礼拜六派"（见汤哲声《鸳鸯蝴蝶—礼拜六小说观念的价值取向及其评价》，载《苏州大学学报》1992年第2期）。这可真算是中国小说史上的一出有趣的滑稽戏了。

二、如何评价鸳鸯蝴蝶派

鸳鸯蝴蝶派的开山作品是1900年陈蝶仙的言情小说《泪珠缘》，因此鸳鸯蝴蝶派应该是指言情小说派，这也就是后来的所谓"狭义的鸳鸯蝴蝶派"，但被新文学家扩大为"广义的鸳鸯蝴蝶派"，实际上也就是民国通俗小说派。

鸳鸯蝴蝶派与同时期的"南社"不同，既没有组织，也没有纲领，而是一个在思想倾向和艺术风格上大体相同或相近的小说流派，连"鸳鸯蝴蝶派"这一招牌也是别人强加给它的。然而客观地说，鸳鸯蝴蝶派确实是一个产生过巨大影响的小说流派。在"五四"以前的近二十年间，它几乎独占了中国文坛；在"五四"以后的三十年间，虽然产生了新文学，但新文学只是表面上风光，而鸳鸯蝴蝶派却一派兴旺发达景象。我对"广义的鸳鸯蝴蝶派"做过不完全的统计：该派作家达数百人，较著名者有一百余人，所办刊物、小报和大报副刊仅在上海就有三百四十种，所著中长篇小说两千多种，至于短篇小说、笔记等更难以计数。在此前的中国文学史上，还没有哪个文学流派有过如此宏大的规模，产生过如此巨大的影响。

鸳鸯蝴蝶派由于规模宏大，又处在历史的一个巨变时期，其成员的确鱼龙混杂，其作品也良莠不齐，但总体来说，它形象地记录了中国二十世纪前五十年的历史，为中国读者提供了丰富的精神食粮，对中国小说的传承起过积极作用，因此应该给予充分的肯定。

鸳鸯蝴蝶派小说已经不是中国传统通俗小说的复制，而是一种改良的通俗小说。在形式方面，它既采用章回体，也采用非章回体，甚至采用了西洋小说的日记体、书信体等，至于侦探小说则更是完全模仿自西洋小说。在艺术手法方面，受西洋小说的影响非常明显，如增加了人物形象和景物描写，结构与叙事方式也趋于多样化，单线和复线结构并用，第三人称和第一人称叙述法兼施，还采用了倒叙法和补叙法。在内容方面，鸳鸯蝴蝶派小说已经扩大了描写范围，反映了当时社会生活的各个方面，甚至已经紧跟时事，及时反映当前的社会现实，被称为"时事小说"。如李涵秋的《广陵潮》描写辛亥革命，而他的《战地莺花录》则描写五四运动，这种及时反映当时发生的重大政治事件的小说，与多写历史故事的古代小说完全不同，显然是一大进步。鸳鸯蝴蝶派的言情小说，也不同于古代的才子佳人小说，而是一种新才子佳人小说。古代的才子佳人小说因面对森严的封建礼教，只能写才子与佳人偶尔一见钟情，以眉目传情或诗书传情的方式进行交流，最后皆是有情人终成眷属的大团圆结局。而这种大团圆结局完全是人为的：或出于巧合，或由于才子金榜题名，皇帝御赐完婚，这就完全回避了封建包办婚姻的问题。而民国年间的封建礼教已经在一定程度上松绑，尤其像上海、北京等大城市得风气之先，恋爱自由和婚姻自主思想已经渐入人心。因此有些鸳鸯蝴蝶派的言情小说也突破了古代才子佳人小说的窠臼，才子佳人已经敢于"相悦相恋，分拆不开，柳阴花下，像一对蝴蝶、一双鸳鸯一样"。其结局也不再全是有情人终成眷属的大团圆，而是"有时因为严亲，或者因为薄命，也竟至于偶见悲剧的结局……这实在不能不说是一个大进步"（鲁迅《上海文艺之一瞥》，连载于 1931 年 7 月 27 日、8 月 3 日《文艺新闻》第 20、21 期）。言情小说由大团圆结局到悲剧结局的确是一个大进步，因为前者是回避封建包办婚姻礼制，而后者是控诉封建包办婚姻礼制。而这一进步的开创者是曹雪芹和高鹗，他们在《红楼梦》里所写的婚姻差不多都是悲剧。因此胡适称赞《红楼梦》不仅把一个个人物"都写作悲剧的下场"，而且最后"作一个大悲剧的结束，打破了中国小说的团圆迷信"（《〈红楼梦〉考证》，见1923年亚东图书馆版《胡适文存》）。可见鸳鸯蝴蝶派的言情小说在一定程度上继承了《红楼梦》开创的爱情婚姻悲剧模式，因而具有相当的反封建意义。我们可以徐枕亚的《玉梨魂》为例加以说明，因为该小说被新文学家指为鸳鸯蝴蝶派的代表性作品。

《玉梨魂》的故事很简单——清末宣统年间，小学教员何梦霞与年轻寡妇白梨影相爱，但两人均认为他们的这种行为是不道德的。为了得到感情的解脱，白梨影想出个"移花接木"的办法，即撮合何梦霞与自己的小姑崔筠倩订了婚。然而何梦霞既不能移情于崔筠倩，白梨影也无法忘情于何梦霞，结果造成了一连串的悲剧——白梨影在爱情与道德的激烈冲突下郁郁而死；崔筠倩因得不到何梦霞之爱而离开了人世；白梨影的公公因感伤女儿、儿媳之死而一病身亡；白梨影的十岁儿子鹏郎成了孤儿。何梦霞为排遣苦闷，先赴日本留学，继又回国参加了辛亥武昌起义（即辛亥革命），壮烈牺牲。

《玉梨魂》不仅描写了一个爱情婚姻悲剧，而且不同于一般的爱情婚姻悲剧。一般的爱情婚姻悲剧都是由封建势力造成的，即由包办婚姻造成的；而《玉梨魂》所写的爱情婚姻悲剧，其原因却是何梦霞和白梨影自身的封建道德。他们既渴望获得恋爱自由和婚姻自主的权利，又不能摆脱封建道德和封建礼教的束缚，两者激烈冲突，造成三死一孤的惨剧。从而揭露了封建道德和封建礼教的影响力是多么巨大，它已深入人们的骨髓，使其不能自拔。因此，它的反封建意义比一般的爱情婚姻悲剧更为深刻。

其实，新文学阵营也不是铁板一块，虽然大多数新文学家对鸳鸯蝴蝶派全盘否定，但也有少数新文学家态度比较客观，他们对鸳鸯蝴蝶派也给予一定的肯定。鲁迅是其中最突出的一位，他不仅认为某些鸳鸯蝴蝶派的悲剧言情小说是"一大进步"，而且不同意某些新文学家对鸳鸯蝴蝶派消极影响的夸大其词。他说：

至于说他流毒中国的青年，那似乎是过虑。倘有人能为这类小说所害，则即使没有这类东西也还是废物，无从挽救的。与社会，尤其不相干，气类相同的鼓词和唱本，国内非常多，品格也相像，所以这些作品也再不能"火上添油"，使中国人堕落得更厉害了。

——《关于〈小说世界〉》，载《晨报副刊》

1923 年 1 月 15 日

这种客观的观点与前述周作人无限夸大鸳鸯蝴蝶派作品能使国民生活陷入"完全动物的状态"乃至"非动物的状态"的观点形成了鲜明对比。当抗日战争爆发后，鲁迅更提倡文学界的抗日统一战线，主张团结鸳鸯蝴蝶派一起抗日。他说：

我以为文艺家在抗日问题上的联合是无条件的，只要他不是汉奸，愿意或赞成抗日，则不论叫哥哥妹妹，之乎者也，或鸳鸯蝴蝶都无妨。但在文学问题上我们仍可以互相批判。

——《答徐懋庸并关于抗日统一战线问题》，

载《作家》月刊第 1 卷第 5 期

鲁迅不仅提倡团结鸳鸯蝴蝶派一起抗日，而且主张新文学派与鸳鸯蝴蝶派在文学问题上"互相批判"，这种平等对待鸳鸯蝴蝶派的度量，也与那些视鸳鸯蝴蝶派如寇仇，必欲置诸死地而后快的新文学家形成了鲜明对比。

对鸳鸯蝴蝶派给予肯定的不只鲁迅，还有朱自清和茅盾。朱自清认为供人娱乐是中国传统小说的特点，因此不赞成将"消遣"作为罪状来批判鸳鸯蝴蝶派小说。他说：

> 在中国文学的传统里，小说……更是小道中的小道，就因为是消遣的，不严肃。不严肃也就是不正经，小说通常称为"闲书"，不是正经书。……鸳鸯蝴蝶派的小说意在供人们茶余酒后的消遣，倒是中国小说的正宗。
>
> ——《论严肃》，载《中国作家》创刊号

茅盾也承认鸳鸯蝴蝶派小说也"写家庭冲突，甚至写劳动人民的悲惨生活"。他还从艺术性方面对鸳鸯蝴蝶派小说给予一定肯定。他认为鸳鸯蝴蝶派的有些长篇小说"采用西洋小说的布局法"，如倒叙法、补叙法，以及人物出场免去套语、故事叙述"戛然收住"等等，这一切是对"旧章回体小说布局法的革命"。还认为鸳鸯蝴蝶派的有些短篇小说学习了西洋短篇小说"截取一段人生来描写，而人生的全体因之以见"的方法："叙述一段人事，可以无头无尾；出场一个人物，可以不细叙家世；书中人物可以只有一人；书中情节可以简至只是一段回忆。……能够学到这一层的，比起一头死钻在旧章回体小说的圈子里的人，自然要高出几倍。"（《自然主义与中国现代小说》，载 1922 年 7 月 10 日《小说月报》第 13 卷第 7 号）

鲁迅、朱自清、茅盾毕竟属于新文学派，因此他们对鸳鸯蝴蝶派的肯定是有限的。我们应该摆脱成见与束缚，从中国文学史的角度，对鸳鸯蝴蝶派做出客观公正的评价。

三、如何看待冯玉奇的小说

我们澄清了以上有关鸳鸯蝴蝶派的三个问题，等于为介绍冯玉奇的小说提供了一个坐标，也等于为读者提供了一把参照标尺。读者用这把标尺，就可自行评判冯玉奇的小说了。

冯玉奇于1918年左右生于浙江慈溪，笔名左明生、海上先觉楼、先觉楼，曾署名慈水冯玉奇、四明冯玉奇、海上冯玉奇。据说他毕业于浙江大学（一说复旦大学）。1937年九一八事变后寄居上海，感山河破碎，国事蜩螗，开始写作小说以抒怀。其处女作为《解语花》，由上海春明书店出版。出版后旋即由东方书场改编为同名话剧，演出后轰动一时。那时他才十九岁。由此一发而不可收，至1949年7月《花落谁家》出版，在短短十来年时间里，他创作的小说竟达一百九十多种，平均每年近二十种，总篇幅应该不少于三千万字，只能用"神速"来形容。这时他只有三十一岁。近现代文学史料专家魏绍昌先生（已去世）所编《鸳鸯蝴蝶派研究资料（史料部分）》（上海文艺出版社1962年10月出版）开列的《冯玉奇作品》目录只有一百七十二种，也有遗珠之憾。不过我们从这一目录中仍可确定冯玉奇是一位以写言情小说为主的通俗小说作家，因为在一百七十二种小说中，言情小说占有一百二十二种，其他小说只有五十种：社会小说三十四种、武侠小说十四种、侦探小说两种。

冯玉奇不仅是一位写作神速且极为多产的通俗小说作家，还是一位热心的剧作家和剧务工作者。早在他二十六岁（1944年）时，就担任了越剧名伶袁雪芬的雪声剧团的剧务，并为之创作了《雁南归》《红粉金戈》《太平天国》《有情人》《孝女复仇》五大剧本，演出效果全都甚佳。在他二十七到二十八岁（1945～1946）时，又与他人合作，前后为全香剧团和天红剧团编导了《小妹妹》《遗产恨》《飘零泪》《义薄云天》《流亡曲》等二十多个剧本，演出效果同样甚佳。可见冯玉奇至少写过十几个剧本。

冯玉奇一生所写的小说和剧本总计不下两百五十种，总篇幅可能达到四千万字以上，是名副其实的"著作等身"，是当之无愧的中国最多产的作家，号称多产的同派小说家张恨水也难望其项背。当时的文学作品已是一种特殊商品，冯玉奇的小说如此畅销，其剧本演出又如此轰动，这足可以证明其受人欢迎，这就是读者和观众对冯玉奇的评价，它比专家的评价更为准确，也更为重要。遗憾的是，我们无法看到他的剧作和三十岁以后的作品，也不知其晚景如何，卒于何年。

从冯玉奇的生活年代和创作时段来看，他显然是鸳鸯蝴蝶派的后起之秀，所以尽管他作品如此之多，影响如此之大，而同派的老前辈却很少提到他，这也是"文人相轻"的表现之一。

按说要介绍冯玉奇的小说，应该将其全部小说阅读一遍，但我没有这么多时间，也没有这么大精力，因而只向中国文史出版社借阅了《舞宫春艳》《小红楼》《百合花开》三种，全都是言情小说。因此我只能以这三种言情小说为例加以介绍，这可能会犯以偏概全的错误，因此只能供读者参考。

《舞宫春艳》写了两个纠缠在一起的爱情婚姻悲剧故事：苏州富家子秦可玉自幼与邻居豆腐坊之女李慧娟相恋，由于门第悬殊，秦可玉被其父禁锢，二人难圆成婚之梦。不幸李慧娟生下了一个私生女鹃儿，只好遗弃，自己则郁郁而死。鹃儿被无赖李三子收养，长大后卖到上海做伴舞女郎，改名卷耳。中学生唐小棣先是爱上了姑夫秦可玉家的婢女叶小红，不料叶小红失踪，于是移情于卷耳，但无钱为卷耳赎身，两人感到婚姻无望，于是双双吞鸦片自尽。

《小红楼》的故事紧接《舞宫春艳》：曾经被唐小棣爱过的叶小红的失踪，原来也是被无赖李三子拐卖为伴舞女郎，小棣、卷耳自杀后，小红才被救了回来，并被秦可玉认为义女。经苏雨田介绍，与辛石秋相

261

识相恋而订婚。同时石秋的姨表妹巢爱吾也爱石秋，但石秋既与小红订婚在先，便毅然与小红结婚。爱吾为了摆脱难堪的地位，离家出走，下落不明。石秋奉父命赴北平探望二哥雁秋，在火车站被人诬陷私带军火，被军人押到司令部。可巧爱吾此时已成为张司令的干女儿兼秘书，便设法救了石秋一命。但张司令强迫石秋与爱吾结婚，二人既不敢违命，又固守道德，便以假夫妻应付。后来石秋回到家里，终于与小红团聚。

《百合花开》写了两个紧密相关的爱情婚姻故事：二十岁的寡妇花如兰同时被四十二岁的教育家盖季常和十八岁的革命青年盖雨龙叔侄俩所爱，而盖季常的十六岁侄女盖云仙又同时被三十六岁的银行家杨如仁和十九岁的革命青年杨梦花父子俩所爱。经过许多曲折后，终于两位长辈让步，盖雨龙与花如兰、杨梦花与盖云仙同场结婚。

由以上简单介绍可知，冯玉奇的这三种小说共写了五个爱情婚姻故事，其中两个是悲剧结局，三个是有情人终成眷属。这正如鲁迅所说："有时因为严亲，或者因为薄命，也竟至于偶见悲剧的结局……这实在不能不说是一个大进步。"其次，这三种小说的五个爱情婚姻故事，倒有四个是三角爱情婚姻故事，但它们的情况并不雷同。唐小棣、叶小红、卷耳的三角恋是一男爱二女，辛石秋、叶小红、巢爱吾的三角恋是两女爱一男，而盖季常、盖雨龙、花如兰和杨如仁、杨梦花、盖云仙的三角恋更为异想天开，竟然都是两辈嫡亲男人（叔侄、父子）同爱一个女子。可见冯玉奇极有编故事的才能，从而使作品更具吸引力和娱乐性。又次，这三种言情小说的描写极为干净，没有任何色情描写。除了秦可玉与李慧娟有私生女外，其他人都非礼勿言，非礼勿行。如辛石秋与叶小红因婚礼当天石秋之母去世，为了守孝，新婚夫妻在百日之内没有圆房。而辛石秋与姨表妹巢爱吾为了对得起叶小红，虽被张司令强迫成亲，却只做了几天假夫妻。

从表现形式和艺术手法来看，我觉得冯玉奇的小说与当时新文学的新小说都受了西洋小说的影响，基本相同。譬如：两者都突破了传统小说书名的套路，不拘一格，尤其采用了一字书名和二字书名，如冯玉奇有《罪》《孽》《恨》《血》和《歧途》《逃婚》《情奔》等；而巴金有《家》《春》《秋》，茅盾有《幻灭》《动摇》《追求》。两者的对话方式也突破了传统小说的套路，灵活自如：对话既可置于说话者之后，也可置于说话者之前，还可将说话者夹在两句或两段话之间。至于小说的结构法、叙述法与描写法，更是差不多的。譬如人物描写不再是"沉鱼落雁""闭月羞花""倾国倾城"之类的千人一面，景物描写也不再是"落红满地""绿柳成荫""玉兔东升"之类的千篇一律，而加以具体描绘。这里随便举一个例子：

  小红坐在窗旁，手托香腮，望着窗外院子里放有一缸残荷，风吹枯叶，瑟瑟作响。墙角旁几株梧桐，巍然而立。下面花坞上满种着秋海棠，正在发花，绿叶红筋，临风生姿，可惜艳而无香，但点缀秋色，也颇令人爱而忘倦。

  这是《小红楼》对莲花庵一角的景物描绘，虽然算不上十分精彩，但作者通过小红的眼睛描绘了院中的三样东西——风吹作响的"枯荷"、巍然挺立的"梧桐"、正在开花的"海棠"，从而衬托出莲花庵幽静的环境，曲折地表明了时在秋季。频繁使用巧合手法是冯玉奇小说的显著特点，可以说把所谓"无巧不成书"用到了极致。巧合手法有助于编织故事，缩短篇幅，增加作品的吸引力等，但使用过多则时有破绽，有损于作品的真实性。冯玉奇的某些小说也采用了章回体，但只是标题用"第×回"和对偶句，"却说""且听下回分解"之类的套语已不再经常出现，因此并非章回体的完全照搬。况且章回体并非劣等小说的标志，它在我国小说史上发挥过巨大作用，产生过杰出的四大古典小说。因此用章回体来贬低冯玉奇的小说，也是毫无道理的。

冯玉奇的小说也有明显的缺点。它们与其他鸳鸯蝴蝶派小说一样，主要注重小说的娱乐性，而忽视小说的社会性和艺术性，因此没有产生杰出的作品。他是南方人而小说采用北方话，加之写作速度太快，无暇深思熟虑，导致语言不够流畅，用词不够准确，还有许多错别字和语病。还有使用"巧合"法太多，有时破绽明显，这里不再举例。

总而言之，冯玉奇既不是"黄色"和"反动"小说家，也不是杰出小说家，而是一位勤奋多产、有益无害的通俗小说家，他应在中国小说史尤其是中国现代小说中占有一席之地。

2017 年 6 月 4 日于北京蜗居

图书在版编目(CIP)数据

罪 / 冯玉奇著. — 北京：中国文史出版社，
2018.3

（民国通俗小说典藏文库·冯玉奇卷）

ISBN 978 – 7 – 5205 – 0058 – 6

Ⅰ. ①罪… Ⅱ. ①冯… Ⅲ. ①长篇小说 – 中国 – 现代
Ⅳ. ①I246.5

中国版本图书馆 CIP 数据核字（2018）第 010438 号

点　　校：清寒树　旷　野
责任编辑：蔡晓欧

出版发行：**中国文史出版社**

网　　址：http://www.chinawenshi.net

社　　址：北京市西城区太平桥大街23号　邮编：100811

电　　话：010 – 66173572　66168268　66192736（发行部）

传　　真：010 – 66192703

印　　装：廊坊市海涛印刷有限公司

经　　销：全国新华书店

开　　本：720×1020　1/16

印　　张：17　　　　　字数：221 千字

版　　次：2018 年 8 月第 1 版

印　　次：2018 年 8 月第 1 次印刷

定　　价：49.80 元